读客® 知识小说文库

读小说，学知识

山海经密码 3

一部带您重返中国一切神话、传说与文明源头的奇妙小说

第3部：追寻黄帝部落从西亚迁入中原的痕迹与传说

阿菩 著

上海文艺出版社

目录

“我只是说出了我的猜测。”神秘剑客淡淡道，“轩辕黄帝崛起于姬水（今天的陕西渭河），在阪泉（今天的山西运城）之战中打败了神农氏之后炎帝，在逐鹿一战中打败了九黎族的领袖蚩尤，自此华夏万邦，俱皆臣服。也是在那以后，许多古老传说都被禁止，许多真实的历史都被篡改，今天的我们再想过问千年之前，已经不大可能了，但是千年之前，夸父一族却想要寻找这个答案，这也是他们举族西迁的缘故。”

有莘不破有些怔了，芈（mǐ）压问道：“夸父不是一个人吗？”

黑暗中的影子咯咯笑了笑，说：“其实我也只是觉得，最近上古遗族出现得越来越多，连刑天的后人都出现了，而且他似乎在慢慢觉醒。我也真是有些替你担心，别闹得让刑天那真正的不死之神也觉醒了，将你们血宗不死不老的秘密给掀了底！”

都雄魁听了这话，冷笑一声，道：“不死之神？真正的不死之神只有一个，那就是我！”

都雄魁道：“现在夏商已经正式开战，我想让你跟我回夏都去，重开九鼎宫！匡扶夏室，完成你师父未竟之业。”

江离听到夏商已经正式开战的消息之后十分震惊，但他却还是摇头道：“不去。”

都雄魁道：“你还对有莘不破抱有幻想吗？”

“也许他真的不能是一个好君主，可是，”江离道，“你要我站到他的对立面，我做不到。”

整个天山轰轰作响，火山凹口一阵摇晃后，整个空间越来越热，没多久就充满了迷蒙的雾气——红色的雾气，把那血池蒸发得越来越浅。

羿令符叫道：“不破，弄旋风！”

有莘不破刀罡挥出，一场杀伤力不大、覆盖范围却很广的旋风刮遍整个火山凹口。旋风带着血水水汽不断旋转，羿令符用“引风诀”发箭，羽箭牵引旋风，带着水汽冲天而上，就像一条红色长龙把火山口的气态血液源源不绝地带走。

申屠畔说道：“我们华族居住在这片土地上，原来是阡陌交错，连成一大片的。但自从华夷起冲突之后，耕地日渐荒芜，便被切断成大大小小的村庄。如今只剩下邰城周围有一大片的土地还算完整，其他的无不朝不保夕。各个村庄离得又比较远，守望接应很成问题。我们这次举族迁徙，就是应公刘大人的号召赶往邰城。”

“号召？”有莘不破道，“是出了什么大事吗？”

“嗯。”申屠畔说，“听说蛮族要发动总攻了。”

苍穹之上，云影相连，幻化出了一头巨大的龙之形象。但这头巨龙与江离所召唤出来的龙不同，它的背部竟有一双巨大的翅膀，双翅张开，竟而笼罩了数百里的天空。

整个天空似乎都已经被这头神兽所掌控，整个大地都因为这头神兽的出现而颤抖！邰城外，姬庆节惊恐地站了起来，失声叫道：“应龙！”无数华族百姓吓得跪伏在地，无数北狄部族则欢呼了起来。

“应龙，应龙！”独狢（yù）颤抖起来，“竟然让我遇到了应龙！”它刚刚是何等的威武，这时却瑟缩起来，应龙之形尚未完成，独狢却已浑身发颤、匍匐在地动也不能动。

第一章
夸父逐日的秘密：寻找黄帝部落的根源

血染空桑城

有穷商队溯江而上，在西部边陲之地成功阻止了水神共工的后裔企图水漫天下的妄想。但在那次厮杀中，商队的重要成员、巴国少主桑谷隽身受重伤，台首有莘不破因召唤玄鸟凤凰透支生命之源而虚脱，两人的身体至今都还没有恢复。而商队另一位重要首领、太一宗的正统继承者江离，更是在混战中被风神飞廉的血脉燕其羽所擒。为了救回江离，有穷商队越过重重高山，不远万里，来到了这指向天山的剑道。

有穷国的流亡将军、箭神后羿的血脉子孙羿令符，目前支撑着整个商队大局，他传下命令，整顿刚刚从有穷之海走出来的铜车队列。有穷商队至宝、具有强大空间容纳能力的有穷之海，经过这次长时间的使用，也开始变得暗淡无光。

一直活跃于东南诸州的有穷勇士，大都没有见过这样空旷荒凉的大漠。有穷南部的大荒原虽然也广阔，然而眼前的大漠却是真正的旷远，黄沙从脚下一直蔓延到天地交接处。没有人烟，没有林木，一眼望去只有零零落落的几点绿色点缀着漫无边际的黄沙。在可怕的荒凉中，有一条不知是什么年代、由什么人踩出来的小道指向西方。

“剑道……这就是传说中的剑道……”

天下三十六商队之一、有穷商队的台首有莘不破一脚迈出铜车松抱，踏在温热的黄沙上。一直生活在东部的他，是第一次见到传说中的沙漠。

“听说，那个传说中的血剑宗就是沿着这条小路走过去的，是不是真的啊？”祝融城的少城主、十六岁的芈（mǐ）压问有莘不破。

“血剑宗……”听到这个传奇的名字，有莘不破没有回答，只是看着那条剑道发呆。

血剑宗姓子，叫子莫首，和商王成汤家族同姓，但只有有莘不破知道，除去自己这个行走江湖的别名，血剑宗和自己的关系不止是同姓那么简单。

现在全天下都知道世上有四大宗师、三大武者，但在三十年前却不是这样的。三十年前的天下有四大武者，除了子莫首、季丹洛明、有穷饶乌之外，还有刚刚逝去、被大夏王禁止提起其名字长达三十年之久的有莘羖（gǔ）。四大宗师排名不分先后，而四大武者却有一个为其他三人所钦服的，那就是排在第一位的血剑宗！

“听说三十年前，大夏王派兵进攻有莘国时，因为担心会遇上你舅公有莘羖，所以特地派了血剑宗做副元帅。”羿令符说，“不过那一战，血剑宗并没有遇上有莘羖，所以两人也就未曾一战，现在想来，也不知道是该庆幸，还是该惋惜。”

有莘不破“嗯”了一声，没有回答，他也很期待这两大强者的决战，然而却又不希望这种事情发生，因为这两个人都是他的亲人——有莘羖是祖母的弟弟，是自己的舅公，而子莫首呢？

“他和你也是有血缘的——他姓子！是你祖父的弟弟！论起来，你应该叫他叔公！”

有莘不破想起了祖母的话，望着眼前的漫漫黄沙，看着这条被称为“剑道”的道路，他的思绪飘到了三十年前……

“若不出降，城破之日，便是屠城之时！”大夏元帅干虎的声音震荡着三十年前的空桑城。

“杀！”两万五千名装甲精良的青铜贲士对十七万手无寸铁的平民，屠城！

大夏副元帅、和有莘羖齐名的绝代剑豪子莫首的剑又开始跳动了。

此时，他一路踩着横卧的躯干和温热的鲜血走进了干虎的大帐。

“已经杀了三万人，弟兄们的刀剑都已经砍钝了。”

“那就叫他们把自己的守护兽放出来，把人一个个吃了！”干虎咆哮着对他的副手说。

“可是屠杀这些没有力量和装备的平民，不算英雄！”

“英雄？谁让你去做英雄！来到我帐下，你只需要做到两件事情：服从我的命令！杀我让你杀的人！出去吧！”

“是。”

子莫首走出营帐，拔出他的剑，刺入一个十七八岁少年的喉颈之中。他突然觉得自己的剑有些窒滞。

“疯了！莫首将军疯了！……见人就杀，他疯了！”

一个时辰之后，干虎听到呼喊，走出大帐。

大帐外，一个男人手持一柄被染红的剑，非常优雅地在月下挥舞着，每挥动一次，便有一条生命释放出他的全部精华，在飞溅的血花中死亡。

一剑，一条命，绝不会多，也绝不会少。

没有人能靠近子莫首一丈七尺，因为那是他的剑光荡漾开来的距离。一时间，干虎呆呆地看着这个他自以为很熟悉、却突然变得陌生的男人，离他三十三丈三尺的这个男人。在那一瞬间他有一种错觉：那柄血剑不是在杀人，而是在吸食每一个人的生命。被血染红的剑锋每一次挥动，都有一种奇异的血色光彩倏然绽放，就像被杀者的生命在一瞬间不由自主地被吸引过去，依附在剑上，成为一朵剑花，血红的剑花。

“这是什么剑法？”干虎问自己。他从来不知道子莫首会这样一路剑法，或者说他根本不知道这个世界上存在着这样一路剑法。

子莫首的剑圈越来越大，和干虎的距离也越来越近。干虎突然感到一股凉意逼近，他知道自己没有时间发呆了。

这个大元帅的眉毛突然竖了起来，旁边的八大虎贲将一看，纷纷闪避，因为他们知道祸事要来了。

“呜啊——”在干虎的嚎声中，月色下的云片出现了扭曲——不！整个天空都出现了扭曲。在扭曲中一头长着翅膀的虎形怪兽探出头来，并慢慢显出整个身形。轰隆一声，穷奇[①]的四只脚就像四根巨型石柱一样砸在干虎与子莫首之间。它的八十八个倒钩齿间喷出一股熏热的绿雾，一刹那间连干虎的大帐都被腐蚀得七零八落。除了干虎和直辖的八大虎贲将，方圆九十丈之内所有的生命都停止了活动。仍然在舞动的，只有那一团血色的光华。

穷奇慢慢向红色的光团靠近。干虎知道，从来没有人能够以躯体抵抗来自天外的幻兽，除非子莫首自己也召唤来能与之抗衡的幻兽。不过，现在已经来不及了。何况，据干虎所知，他的这个副手只会用剑。

没有人知道，在尸山血海的舞台上——子莫首的内心沉浸在一种很诡异的平静中。他已经很久没有这样平静了。

血剑的每一次舞动，其实都不过是他思绪每一次跳动的外现而已。

“我为什么来这里？为什么干这样的事情？”

无论是文化从属还是种族血缘，他都是一个东方人。确切地说，他是一个商人。自从西方民族建立起一个强大的夏政权以后，东方各族就不断地受到它的武力威胁。甘之战以后，东方大大小小的种族与部落都向夏启臣服，成了夏朝的属国或附庸。在夏启驾崩后，东方有穷氏出了一位大有力量的英雄后羿。后羿进入夏都做太康朝廷的卿士，后来造反，代太康为王。后羿代夏，是东方势力对西方势力的一个反动。但没

① 穷奇：《山海经》中长着翅膀的虎形怪兽，据《山海经·北山经》记载：“又西二百六十里，曰邽山。其上有兽焉，其状如牛，猬毛，名曰穷奇，音如獆狗，是食人。”

有多久，少康复国，夏朝中兴，沿大河而下，势力逐步向东延伸，依然是一副西方征服东方的姿态。

很小的时候，子莫首曾问父亲："我们有这么繁荣的经济，这么深厚的文化，为什么要对夏人俯首帖耳？"父亲没有回答他。但他自己找到了答案：那次，夏都的使节来到亳都耀武扬威，那绚丽的兵甲耀伤了子莫首的眼睛。

"武力！是武力！"从那天开始，他丢开了刻甲骨文用的小刀，披开了束起来的头发，拿起了剑。先是一把木剑，然后是一把骨剑，然后是一把铜剑。国人们都说，王子堕落了。连父亲也不赞同他这样做。

"没有武力，怎么保家卫国？"他说，"我要保护爱护我的这片土地和族人，所以才追寻武道的极致啊！"

"我们需要武力来保护我们的财产和宗庙，这没错。"他的哥哥说，"可是武力和暴力往往只是一线之隔。父亲是担心你太醉心于武力，怕你寻找武道极致的结果是连最初的目的也忘了，只记得暴力。"

"天乙[①]哥哥，你放心！我不会的！"

但亳都没能满足他的武道精神，这里的人更加关注的是祭祀和礼乐，于是他离家出走。多年来，他踏遍名山大川，希望找到传说中的昆仑与死神，希望找到"子虚乌有境界"，希望找到"天外天，洞内洞"，找到那些可能给他答案的人。

终于，他遇见了天下四大宗师之一的上一代血祖仇皇。仇皇抽出他的骨头，淬上他的血，炼成了只属于他子莫首的一柄血剑！后来，大夏王给了他展现剑法的机会，在无数次的杀伐中，他彻底体验到了血腥的快感——多年来所寻找的武道真谛，似乎就闪现在每一个生命结束的那一瞬间。

无论是血祖还是大夏王，这两个人身上都有一种可以与他父兄媲美的气度。但是这种气度却比他的父兄来得更加直接、更加残酷。在拜血祖为师的时候，在向大夏王宣誓效忠的时候，他几乎就要以为，那种气

---

①天乙：商王成汤的名字。

度背后，就是武道的真谛了。直到血祖失踪了，直到他曾效命的那个大夏王驾崩了，他还是这样认为，一直到刚才他拔剑杀了那个空桑少年。

“父亲担心的是，你会寻找得连目的也忘了，只记得暴力。”哥哥的这句话再次在他脑海中响起。

是的，他已经拥有了强大的武力，可他为什么寻求武力，他早已经忘了。他最初的动机是保护家园，让东方人有朝一日能够对抗西方的暴力。可累积的鲜血和生命掩盖了善良的出发点。他现在在干什么呢？他正在用从西方人那里学来的本事残杀东方人！

本来，他的每一剑刺出，都会像刺入毫无波澜的静水中一样，让所有可以刺穿的生命无法拒绝死亡的邀请。可就在刚才，当剑刺入少年喉咙的时候，他却感觉到一阵滞窒。

于是，他突然想起父亲和兄长担忧的神色，也因此而陷入冥想。可当他冥想的时候，他的剑并没有停下来。夜幕下是一片凄美的红色。周围的人，无论是引颈受戮的陷城百姓，还是与子莫首共属一军的下属，都被这血红色的圆晕震慑得失去了行动力。

“啊……莫首将军疯了！”

一剑扬起，就是一道血光。

九天幻兽穷奇慢慢走近子莫首。

干虎开始考虑如何收拾残局，因为他认为自己赢定了。五百年来，从来没有人能以血肉之躯抵挡住九天幻兽排山倒海的力量，子莫首当然也不可能例外。穷奇虽然是干虎的守护神，但作为九天之外的始祖级幻兽，可不是那么好请好送的。每一次召唤它的代价，事后总让干虎厌悔不已。虽然，他真正召唤穷奇连今天算上也只有三次。

“剩下的几万军马再加上那十几万该死的贱民，不知能否满足这畜生的胃口。”干虎想。

突然，一道红光闪过，在月下划了一道优美的弧线。红晕散尽，子莫首很寂寞地站在穷奇的尸体上，一脸沉思。

所有人都惊呆了，经过短暂的定格，元帅干虎终于在过度的惊骇中疯了！所向披靡的九天幻兽被一种“不可能”的力量踩在脚下，这令他在那一刻蓦然丧失了理智：“不可能！不可能！天外幻兽不可能被人打倒！没有人可以直接对抗九天幻兽！”他疯了！一刹那间疯了！手足无措地撕烂自己的战袍，砸烂自己的军盔，拔出大夏王所颁赐的宝刀“宰岁”，向子莫首冲了上去。

一道孤直的红色闪电一耀，干虎的一切动作都停止了。

圆月在天空颤抖，被染红的月光中，大军幸存的八贲将有七个在这空前的震慑力中瘫痪了，只有一人勉强地用长矛支住了身体，口中喃喃道：“极致，这便是剑道中的极致吗？”

新的一轮剑花，在圆月的伴奏下有节奏地绽放着。两万五千名大夏精锐，加上十三万有莘氏遗民，被这柄剑杀得干干净净。

多年后，这个修罗场成为一个遗迹，而这个夜晚则成为一个传说，一个属于血剑宗的遥远传说。

“那天你舅公有莘羖听闻噩耗回到故土的时候，大屠杀过后的空桑城已经成为一个鬼域。十几万人，包括一支百战百胜的雄师，都被一柄剑杀得一干二净了！”

直到今天，有莘不破都还清晰地记得祖母眼中那悬而未坠的泪水。

“眼前的剑道，真的是血剑宗走过的西去之路？”芈压的提问将有莘不破从三十年前拉了回来。

“应该是真的。”回答芈压的是有穷四长老中的苍长老，“有人说，血剑宗是为了逃避天下人的谴责；也有人说是由于这个世界的剑术他已经完全掌握，所以他要去寻找一种全新的剑术；还有人说他根本就不知道自己为什么要往西走。不过他西去的路上，遇到了无数人神妖兽的阻截，但却没有任何生命能够抵挡他一剑挥出的光芒。这条荒漠中的路，据说是血剑宗最后的战场，所以神州的人才把它称为‘剑道’。”

“是这样吗？怎么我听说的不是这样呢？”一个沙哑的声音从地底发出。

“谁？”羿令符警惕地喝道。

夸父逐日的秘密

神州大地见闻稍广的人无不听说过，这条剑道是天下最凶险莫测的地方之一。一踏入这里，有穷商队上下数百人没有一人敢有半分大意。

“哼哼，现在才发现吗？”一个人从沙漠里冒了出来，年纪似乎不大，戴着一顶缺了一角的皮帽，帽子遮住了额头，额头下是一双连死神也敢蔑视的眼睛，一脸七纵八横的刀疤，一身破破烂烂的衣服，还有一柄生了锈的剑。“如果我想对你们下手的话，只怕你们这支队伍已经损失惨重了吧。”

羿令符冷笑道：“那也未必。”

不等陌生人回答，有莘不破接口说：“但是你既然这样说，想来是没有敌意的了。”说着看了看他背上的剑，赞道：“好剑！”

“哦？一把破剑，好在哪里？”对于有莘不破这句话，来人似乎微感诧异。

“嗯，说不出来。”有莘不破说，“它应该饮过不少鲜血吧？”

“哈哈哈哈……”那人狂笑起来，“是饮过不少人的血，不过不是别人的，全是我自己的。”

芈压奇道：“自己的？”

那人笑道：“我是个最没出息的剑客，一生没赢过一次，这柄剑虽然饮过血，但都是别人刺伤我以后溅上去的。”

有莘不破道：“我虽然不是剑客，却仍能感觉得到这柄剑环绕着非同小可的血气！这柄剑所吸食的血量，只怕比你现在身上流着的还多。如果沾在上面的全是你一个人的血，而你居然到现在都还没死，那你绝不是一个没出息的剑客，而是一位身经百战的剑士。”

“身经百战？嘿，那倒是真的。”来人笑了，扯动脸颊上的刀疤，笑容便带着三分寒酷。

有莘不破道：“你的嘴唇干裂得厉害，要不要上车来喝点水？”

一见有莘不破邀请这来历不明的剑客，苍长老心头一阵不悦，但他没有说话。

剑客没有应答，反问道："你们是商队吧？"

"嗯。"

"要去哪里？"

"天山吧。"有莘不破说。

"天山？天山附近可没什么做生意的地方。"剑客说，"就算有一片小绿洲，也绝对请不动你们这么大的商队。"

苍长老觉得这个人太多事了，但有莘不破却仍很礼貌地回答他："有一个朋友在那里，我们要去接他。"

"那我劝你们还是打消主意。"

"为什么？"

"你们可知道，你们现在踏足的地方是哪里？"

"天山剑道，对吗？"

"是的，不过这是近三十年的叫法。"那个剑客悠悠说道，"其实它还有一个更加古老的名字——夸父逐日之路……"

众人无不一怔，就连素来沉稳平静的羿令符也惊诧起来："夸父！上古那个逐日的英雄！"

来历神秘的剑客用剑指着脚下，说："这片土地，现在中原已经很少有人踏足了。有许多人甚至认为这里已经是死亡之地，但是在很久很久以前，也许是几百年，也许是几千年，这里却曾经富庶过、繁华过。当时这里还不是沙漠，而是有大片的水草，据说，占据中原帝位长达千年的轩辕一族，就是来自这里。"

"轩辕？轩辕黄帝？"有莘不破对上古的历史知道得没有羿令符多，当然更没有苍长老他们知道得多，他望了过去，向他们求助。

"轩辕黄帝，生于姬水[①]，而姬水则在此地之东方，遥远的东

---

① 姬水：传说中轩辕黄帝的起源地，今天的陕西省境内的渭河，一说是关中中部武功县一带的漆水河，另一说是位于关中北部黄陵县附近的沮河。

方。”苍长老恨不得商队赶紧向东行走，他急切地说道：“这是众所周知的事情。”

“轩辕黄帝的确生于姬水，但那之前呢？”神秘剑客道，“在那之前，轩辕一族又是从哪里来的？是一直就在姬水附近生活，还是说……他们是从更加遥远的西方迁徙过来的？”

几个长老听了这话，惊诧得几乎同时站了起来，喝斥道：“你胡说什么！”

说征服了整个中原、已经被奉为华夏始祖的轩辕一族来自遥远的西方，这是他们都无法接受的！

“我只是说出了我的猜测。”神秘剑客淡淡道，“轩辕黄帝崛起于姬水，在阪泉之战①中打败了神农氏之后炎帝②，在逐鹿一战中打败了九黎族③的领袖蚩尤④，自此华夏万邦，俱皆臣服。也是在那以后，许多古老传说都被禁止，许多真实的历史都被篡改，今天的我们再想过问千年之前，已经不大可能了，但是千年之前，夸父一族却想要寻找到这个答案，这也是他们举族西迁的缘故。”

有莘不破有些怔了，芈压问道：“夸父不是一个人吗？”

“夸父是一个人，但同时也是一个部族。这个部族以第一代首领夸父之名命名，以后历代部族首脑，也都叫做夸父。”羿令符道，“夸父

---

① 阪泉之战：相传约公元前26世纪，黄帝与炎帝两部落联盟在阪泉（一说今山西运城，一说今河北涿鹿东南）的一次交战，是开启中华文明史、实现中华民族第一次大统一的大战。

② 炎帝：中华三大始祖之一，考其源流出于神农氏，在黄帝之前曾是中原地区的领袖，此后被蚩尤、黄帝击败，阪泉一战之后与黄帝妥协，组成炎黄部落，后逐渐扩张占据整个中原，至今中国人尚自称炎黄子孙。

③ 九黎族：远古时代一个部落联盟，居住在长江流域的今湖北、湖南及江西一带。九黎共有九个部落，每个部落有九个氏族，蚩尤是他们的大酋长。今天我们说的“黎民百姓”就是由此而出。

④ 蚩尤：中华三大始祖之一，南蛮集团领袖，上古时代九黎族部落首领，曾与炎黄部落争夺中原的领导权，在涿鹿被黄帝打败以后，蚩尤的最终下场史书存疑，或传闻其为黄帝所杀，或传闻其下落不明，今河北省境内还有蚩尤坟、蚩尤三寨、蚩尤泉等遗迹。蚩尤余部一部分融入炎黄部落，另一部分被迫南迁，今苗族等为其后代。

一族与刑天[1]一族，是神农氏之后的两大战力集团，其首领夸父与刑天是炎帝的左膀右臂。不过，夸父部族在逐日传说出现的时候就已经灭亡殆尽了。”

芈压咀嚼着“逐日传说”四个字，呆呆出神。那个神秘剑客看着羿令符，脸上也显露出一种夹杂着惊异与敬佩的神色：“这位朋友，对千年前的这些传说掌故，知道得倒也不少。”他轻轻叹息了一口气后，继续说道：“在阪泉一战中失利以后，炎帝一系分裂成三派：一派以炎帝本人为代表，主张向黄帝妥协，共同组成了炎黄部落；另外一派却寻找机会，奋起抗争，那就是在炎黄统一后不久掀起被轩辕一族称为叛乱的刑天一族！”

有穷商队众多勇士，一说到“刑天”所有人都是心头一震，这位英雄是华夏历史上最勇猛的战神之一，他那虽死犹战的气概直到今天还鼓舞着所有热血男儿！

“那么还有第三派呢？”芈压好奇地问。

“第三派，就是夸父。”神秘剑客道，“阪泉之战之后，他们眼看无力回天，但又不愿意向黄帝屈服，所以就脱离了炎帝，一路向西迁徙。因为轩辕一族是从西方来的，所以他们就从古北部高原绕道，准备前往西方去探索轩辕一族的来历，去探究他们强大的秘密！这个就是夸父逐日背后所隐藏的大秘密了。前面的绿洲就是夸父渴死之地虞渊。”

芈压听得神往极了，踩踩脚下的黄沙说：“可惜他们没想到这条道路都已经变成了沙漠，结果就都渴死在了这里？”

苍长老听芈压似乎相信了那个陌生人的话，急忙说：“芈少城主，不要听他胡说！夸父逐日为的不是这个！”

芈压道：“那为的是什么？”

“夸父一族西迁，为的是探索时间的奥秘！”苍长老道，“日从东

---

① 刑天：上古战神，炎帝的得力战将，因为在炎黄统一以后掀起反抗黄帝的战争而被杀。据《山海经·海外西经》记载：“刑天与帝争神，帝断其首，葬之常羊之山。乃以乳为目，以脐为口，操干戚以舞。”

出，却从西降，于是夸父一族认为，太阳的运行就是时间的运行，太阳的归宿就是时间的秘密。因此他们举族迁徙，是要一直追着太阳走，希望在那里能解开时间的谜团，得到永生不死的奥秘。”

芈压哦了一声，看看那神秘剑客，又看看苍长老，一时不知道该相信谁。

却见那神秘剑客哈哈一笑，说：“如果夸父一族逐日西行为的只是追寻时间的奥秘，那么轩辕一族为什么还要派人前来追杀？”

苍长老愕然道：“什么？黄帝派人追杀夸父？”

神秘剑客道：“轩辕黄帝一听说夸父一族向西，马上派出座下最强大的神兽应龙[①]追击夸父一族，双方在渭水、黄河两次大战，夸父族死伤惨重，首领夸父为了断后也力战而死，残部推举夸父之子为新的首领，继续向西，这才渴死在这大沙漠里头。”

说到这里，那剑客指着前方说：“按你们现在的前进速度，十天之后就会到达那个禁地。”

“禁地？”

“对。大漠的禁区！谁也越不过去的禁区。”神秘的剑客说，“不知道从什么时候开始，妄图穿越那里的人，没有一个能活着回来。”

“可惜，”有莘不破说，“我们不得不过去。我们的朋友还在天山等着我们呢。”

“我就知道。”剑客说，“在你们之前，我已经劝过一百个人了。结果……”

芈压抢先问道：“结果怎么样？”

“结果他们都像你们一样，固执地走下去。”

“后来呢？”

“如果你们不愿回头，到那里就知道了。”说完这句话，他转身就

---

① 应龙：一种生有翅膀的龙，与西方的龙（dragon）形象相似，是黄帝座下最凶猛的神兽。《山海经》有三处提及应龙，说的都是它与蚩尤一族、夸父一族作战的事，如《山海经·大荒东经》：“应龙处南极，杀蚩尤与夸父，不得复上，故下数旱。”

要走。

有莘不破提声叫道："等等。"

"哦，"剑客回过头来，"改变主意了？"

"不是，我是想请教你两个问题。"

"说说看。"

"第一，刚才我们长老说起这条路近三十年被命名为剑道的缘由，你却说不是这样的，请问你听到的又是怎么样的？"

"我听到的？"那人目视西方，神情肃穆地说，"我听到的那个关于剑道命名的缘由，据说不是因为血剑宗，而是因为那些追随血剑宗而来的后人。我听人说，这条小路之所以被称为剑道，是因为它是学剑之人的试剑场！"

"试剑场？"

"嗯。"那人抚摸了一下背上那柄破剑，道，"至高无上的血剑宗所达到的境界，是天下所有学剑之人的目标。据说他当年就是沿着夸父一族走过的这条道路，一直走到天山，并在那里长眠的。"

长眠？难道血剑宗已经死了？这个问题没人问出来，因为大家都知道这个问题不会有答案。关于血剑宗的一切，就像关于夸父的传说，仿佛永远只有传说而没有答案。

"你们难道没有听过那个传说吗？天山的某处，埋藏着血剑宗的血剑。谁能找到那柄血剑，谁就能得到他无上的剑法和至高的荣誉！"

羿令符哼了一声说："无稽之谈罢了！"

神秘剑客道："但天下间却有千千万万的武人相信这个传说。"

有莘不破道："你呢？你信不信？"

"信！"神秘剑客说得很严肃。

"所以你走上了这条剑道，希望能找到他的血剑，得到他的绝代剑法，是吗？"

这一次神秘剑客的答案却令人有些意外："不是。我来这里，是想阻止某个人得到它！"他望着还远在视线之外的天山，不紧不慢地说："被这个传说引来的人有千千万万，但每个人的愿望都不大相同。数十年来，无数学剑之人踏上这条道路，追寻着血剑宗的足迹去寻找血剑。有的为情而来，结果把自己和情人一起埋葬在这个地方；有的为仇而来，结果连自己也毁灭在这条剑道上，引发了新的仇恨；还有的为了名誉，或者财富……”

“财富？”苍长老诧异道，“这个沙漠有什么财富可言？”

“当然有！文人穷，武者富，来到这里的人有很多都是腰缠万贯，甚至有人像你们一样，成群成队来寻剑。这些人倒下以后，他们的财富却不会跟着他们上天堂或下地狱。所以这片沙漠在短短的时间里集聚了超乎想象的财富。到后来踏入剑道的，大半不再是纯粹的寻剑人。他们为了财富，为了名誉，为了情仇，或者仅仅为了使自己找到血剑的机会大一点，开始在这个地方展开血腥杀戮。在他们中也有所谓的真正的剑客，在这条剑道寻找血剑宗的那份孤独与快感。然而他们中的有些人，到后来也异化了。血剑还没有出世，这条路就已经铺满了尸体。”

芈压道：“这些人也太愚蠢了，为什么不先同心协力找到血剑再拼个你死我活呢？”

那人笑道：“哈哈，你不曾经历过那段岁月，你不会懂的。或许，来到这里的人全都被一种奇怪的天命绕了进去，不能自拔！”

“天命？”

“我也只能这样看待这些年发生的事情了。”神秘剑客说，“话好像扯得太远了。总之，当天山脚下汇聚了来自九州万国的剑客之后，能够走过这条道路，穿过沙漠抵达天山再回来，本身就是一种实力的证明。所以我刚才才说，这里是学剑者的试剑场！这也正是这条道路被人誉为剑道的原因。”一阵风夹着沙尘吹过，这风沙数十年来不知淹没了多少寻剑人的足迹。“如果你们仅仅是商人，那我再劝你们一次，回头吧。无论是什么样的人，踏上这条剑道都会被寻剑人视为猎物——练剑用的猎物。”

有莘不破道：“这一路上大概会有多少个寻剑人？”语气中竟然隐隐透出一点兴奋，仿佛完全忘记了他的功力只剩下不到三成。

“一两个吧。”

“一两个！”几个人齐声惊呼。

“本来有很多的。现在……全被一个人杀光了。”

众人一听又吓了一大跳。

“由于有那个人的存在，近几年敢走上剑道的人已经不多了。所以我在这里守了三年，也只遇到一百个人。”

有莘不破问道：“那人是谁？”

“他以山为姓，叫常羊伯寇。”

羿令符目光一闪：“天狼常羊伯寇？”

“没想到你听过他的名字。”剑客说，“不过他已经不是中原人知道的那个天狼常羊伯寇了。好了，今天我说的话太多了。这位小哥刚才好像还有第二个问题，希望不像第一个问题这么麻烦。”

有莘不破笑道：“我的第二个问题很简单：请问你叫什么名字。嗯，我先介绍自己：我叫有莘不破。”

那人嘿了一声，道：“我叫什么名字？前面那一百个人，只会问‘你到底是谁’。”

有莘不破眨了一下眼睛：“身份很重要吗？我现在只想问问你现在的名字，称呼起来方便。说不定我们以后会成为朋友。”

“朋友？”这个剑客放声大笑，迈步走入风沙之中。

有莘不破高声道：“你还没回答我的问题！”

“我——叫——常——羊——季——守！”他的人影已经消失在风沙之中，声音才远远逆风传来，“天狗——常——羊——季——守——”

“天狼常羊伯寇，天狗常羊季守，名字听起来倒像是两兄弟。老大，他们到底是什么人？”那人远去之后，有莘不破问羿令符。

“以山为姓……常羊山①……”羿令符悠悠道，“难道你就没有听过那个古老的传说？关于常羊山的传说？”

“常羊山的传说……”有莘不破啊了一声，整个人几乎跳了起来，

① 常羊山，在今甘肃省境内，据《山海经》记载，是刑天的葬身之地。

“刑天！刑天！常羊山不就是刑天的葬身之地吗！”

羿令符道：“没错，在刑天死后，就一直有一群以常羊为姓的人在那里出没，据说他们就是刑天一族的后人，为了躲避轩辕一族赶尽杀绝而改了姓名。不过那已经是很久以前的事情了。炎黄二部统一已久，如今的中原也不再会有人因为炎黄之争而掀起屠杀。”

“那么那个常羊伯寇……”

“天狼常羊伯寇是西北一带流星一闪般的剑客，在短短几个月间声名鹊起，被誉为年轻一代的剑术奇才，但成名不到一年就失踪了，”羿令符望着常羊季守消失的地方，说道，“原来他来了剑道。但那也已经是十年前的事情了，我也是初出道的时候偶尔听人提起，具体情况却不清楚。至于这个天狗常羊季守则从来都没听过。”

有莘不破目视苍、昊、旻、上四位长老，四长老都摇了摇头。有莘不破叹道：“如果连羿老大和四位长老都不知道他们的底细，只怕商队再没有人知道了。只是不知道那杀尽剑道寻剑人的常羊伯寇本事如何。听说刑天有不死之身，如果常羊伯寇是他的后人，不知道是不是也和刑天一样杀不死。”

羿令符哼了一声道：“如果是在水族一役之前，管他有多厉害，这剑道我们都照走不误！现在却有点麻烦。”

“放心。”有莘不破鼓起上臂肌肉笑道，“打起架来，我至少能照顾自己。再说还有你在，这个世界上除了血剑宗，我就不信还有谁的剑能快过你的日月弓！”

羿令符嘿了一声，却不说什么。

“对了，雒灵哪里去了？从踏进这片沙漠以后就不见她了。”

羿令符道：“她在清理骸骨。”

“骸骨？”

“嗯，丢弃在路边的几具骸骨。她带着阿三等几个人埋葬去了。”

有莘不破脸上露出了一丝笑容：“她蛮有爱心的嘛。”

“可是我却觉得她对死人的爱心多过对生人的重视。”羿令符说，“希望这只是我胡思乱想。”

芈压笑道："羿哥哥是不是幻想无所谓，可以确定的是：就算雒灵姐姐对所有人都漠不关心，也会把我们的不破大哥放在心头的。"

经历过这么多事之后，有穷四长老都清楚，就算没有其他缘故，天狗常羊季守的那一番话也不可能动摇有莘不破继续前进的决心。更何况，无论对商队还是对有莘不破来说都极为重要的江离，还在前方等待他们去救援。

雒灵回到铜车松抱以后，有穷商队上路了。羿令符的铜车领头，有莘不破和雒灵所在的铜车居中，芈压的铜车断后。力可拔山的犫牛拉着万斤铜车奔跑如飞，横亘的雪峰渐行渐远。三天以后，再回头终于连雪山也看不见了。前后左右，都只有莽莽黄沙，如果不是有辆能感应到江离所在的七香车在前方带路，只怕他们早已迷失了方向。

传说中剑道根本就不是真正的道路——如果那所谓的剑道真的存在的话，那也仅仅是偶尔暴露在黄沙中的骸骨和断剑残刀所连接起来的一条看不见的虚线。

到了第五天，有穷商队开始缺水。幸好有精通地行之术的左招财、右进宝在，在离开商队驻留地三十里外，找到了一条深藏数十丈的地下河。商队为了补充食水整整耽搁了一天才继续前行。

"唉，要是江离还在，或者桑谷隽醒来就好了。"但现在不但江离生死未卜，桑谷隽也一直没有醒过来。团住桑谷隽的蚕茧越来越大，把整个石车"无碍"塞得满满的。幸好蚕茧三四天前就不再长大，否则有莘不破等人就只能想办法把它弄出来放在车顶了。羿令符见了这个情况说："看来桑谷隽的伤势已经恢复得差不多了，随时会破茧而出。不破，你的功力恢复了几成？"

有莘不破叹了口气，道："五六成吧。唉，没想到这次恢复得这么慢，上次我被蛊雕的胃液泡得骨头都软了，也只用了两天就恢复过来了。"

羿令符道："别叹气。恢复得慢说不定是好事。等你完全恢复过来，也许能体验到以前所未达到的境界。"

有莘不破眉头一展，心情登时好转："要是伤势大好以后能随时请出凤凰来，那就，哈哈……"

"呵呵！"有莘不破这妄想连芈压也知道不可能。

再走四天，羿令符计算着一路来的行程，猜想天狗常羊季守所说的那个大漠禁区应该会在一两天内到达，建议让商队停一停。

"不！"有莘不破反对说，"只要能保证见到仇皇时我和桑谷隽都恢复过来就好，我不想因为别的事情耽误商队的行程，迟一天，江离就多一分危险。有你和雒灵，嗯，和芈压在，我不相信会对付不了那个什么天狼！"

芈压也极力赞成，雒灵自然也不会有什么意见。于是羿令符传下令去，命商队上下打起十二分精神，务必做到步步小心。

一夜无事，第二天再次出发。走到中午，一直安静的雒灵突然站起来，接着冲了出去，向龙爪秃鹰示意，龙爪秃鹰三声啼叫，全队闻警停止前进，三十六辆铜车首尾相接，围成车城。

有莘不破问道："怎么了？"

雒灵指了指地下。

有莘不破道："地下有埋伏？"

雒灵却摇了摇头。

这时，羿令符也已经赶到，道："雒灵既然有感应，下面多半有古怪，挖吧。"

虞渊之战

黄沙底下，竟然挖出九十九具尸骨！

羿令符道："这些人，个个都是高手！"

芈压道："高手？"

有莘不破道："你掂掂这根骨头的重量！"

芈压接过来，有些吃惊地说："好重。"

有莘不破道："你再试试这根。"

"咦！好轻！但也很坚韧！"

羿令符道："这些人的骨头都有各自的特点，或厚重，或轻薄，或刚硬，或柔韧，从这些骨头我们可以判断出，这些人的身体在生前都经过千锤百炼！"

"但是他们却都死在这个地方。"

"嗯。"羿令符道，"这些尸体并不是被集中起来埋葬的，而是毫无秩序地散落在这数十步方圆之内！从他们出土的姿势来看，埋葬他们的不是杀他们的人，而是风沙。所以，这里……"

有莘不破接口道："所以这里不是一个弃尸地！而是一个战场！凶手杀了他们之后根本没有埋葬他们的意思，甚至是有意把他们丢在这里向后来者示威！如果常羊季守所说的话是真的，那么杀人的凶手很可能会随时出现在这一带！那个人，很可能就是天狼常羊伯寇！"他抚摸了一下其中一根骨头的伤痕，道："好剑法，不过我还对付得了。"

芈压道："可不破哥哥你的功力还没恢复！"

"现在的我也对付得了！"

"未必！"羿令符道，"这些伤口所显现出来的风格十分相似，但水准却参差不一，可见杀他们的那个人在不断进步，而且进步得很快！如果我们想推测出和杀人者最接近的剑法层次，那就得把这些尸骨的伤痕都细细检查一遍，把那具最后的尸骨找出来。"

"呵呵！"有莘不破转过头去，把手上的骨头扔了。

芈压道："不破哥哥你不打算逐个查看吗？"

有莘不破摸了摸鬼王刀，反问道："你认为我会干这样的事情？管他是谁，一个旋风斩卷起，再全力一击，解决了！"

芈压道："羿哥哥，你呢？"

羿令符轻轻把骨头放在原来的位置上："我没这个必要。"

刚才，羿令符和有莘不破检查尸骨的时候，雒灵正带领人把挖出来的尸骨一件件地收拾起来。尸骨的伤口所体现出来的剑术造诣她不是看不出来，但她对这一点却完全没兴趣。她的注意力，全放在盘绕着尸骨的重重怨念上。这九十九具尸骨的怨念集合在一起，足以造成一个威力巨大的灵场，让走进这个地域方圆十里的人产生严重的幻觉而不能自拔，直到丧失对生命的希望。有穷商队之所以走到这里却没有发生这种状况，一方面固然是由于商队里几乎个个都是身经百战的勇士，另一方面也是由于有穷几个首领本事太强，他们在不知不觉中散发出来的气势已足以盖住这个地方的森严鬼气，令鬼怪闻风退避。

黄沙中，有一些零碎的骨头散在各处，但雒灵总能为它们找到主骨架。雒灵做的事情有莘不破既不支持也不反对，只是在旁边静静地看着，反而是芈压跟在她身边帮忙。

一直忙到傍晚，九十九具尸骨终于都整理齐了，被摆放在车城中央，围拢起来。

“你要干吗？”有莘不破问。雒灵没表示什么，只是闭起眼睛，双手合十。有莘不破突然感到雒灵身上散发出一种肃穆的气息，这种气息他也曾在江离身上感应到过。在几个伙伴当中，无论是阅历最深的羿令符，还是精通法术的桑谷隽，都不曾有过这样的悲悯情怀。

“你要超度他们吗？”

雒灵点了点头。

用过晚饭，有穷商队的人围拢起来，一起唱起了祷祝之歌。人群的中心，雒灵跳起了巫舞。在歌声中，在舞蹈中，尸骨一具具无火自燃，一点点幽幽的绿光随风而上，化成灰烬，散落在沙漠戈壁间。

九十九具尸骨化尽，一个声音在祷祝歌声中叹息道：“好平和啊。其实，我有必要这么执著吗？”

一个人站了起来，失神地向仍在舞蹈中的雒灵走去。竟然没有人知道他是怎么进来的。

“啊！常羊季守！是你啊！”有莘不破招呼道，“看舞蹈不用凑那么近，过来这边，我请你喝酒。”

羿令符却好像突然想通了什么事情，脸色微微一变。他心神微分，一股杀气陡然逼近，一道剑气刺破黄沙，向众人卷来。有莘不破、芈压一起跳起，雒灵停下了舞蹈，常羊季守也回过神来。

“铮”一声响，羿令符羽箭已发，打断了那道剑气，然而还是迟了一步，阿三一声惨叫，右手已经和他的上臂分家。

一道人影倏忽退去，羿令符喝道：“留下！”箭去如流星，又是一声铮然疾响，羽箭落地，那人影已消失在车城之外。

常羊季守怔怔地看着羿令符，道：“好箭法。这是我第一次见到比他的剑气更快的！”

羿令符哼了一声，道：“比他快吗？若真如此，我的下属就不会受伤，他也逃不掉了。”

常羊季守微笑道：“箭和剑毕竟还是不同的。按近身攻防来说，还是剑要高出一筹的。”

芈压要追，却被有莘不破拉住。

早有专人拿来药物帮阿三包扎伤口，苍长老拿起断臂，叹了口气。

有莘不破道：“阿三，对不起，是我的疏忽，让你受伤！”

阿三痛得冷汗直下，但还是忍住痛道：“台侯……是……是阿三自己学艺不精。”

羿令符道：“把断臂好好保存，等桑谷隽醒来或找到江离以后，他们也许会有办法续上去。”

苍长老道：“怎么保存？”

左招财道：“我家王子还留下一些黄泉之泥，裹住断手，可以保证肌肉半年不坏。”

自从窫窳（yà yǔ）寨一役之后，这还是有穷商队第一次有属下受伤（几个首领不计在内）。救伤的事宜处理得很迅速，但有莘不破还是觉得很不爽。

“老大，把龙爪秃鹰放出去，一定要在出发前把那家伙找出来，要不然四长老以下只怕谁的安全也保证不了。商队行动起来防御线太长，我们顾得了头顾不了尾。”

羿令符道：“龙爪早飞出去了。不过那人藏在沙里，逃离了视线。看来他对这一带的地形熟得很呐。”

“藏在沙里？可惜桑谷隽还没醒！要不然一定能把这家伙找出来！”有莘不破眉头微皱，转头望向常羊季守，“刚才那人，是否就是你提过的那个天狼常羊伯寇？”

“你猜得的确没错。他就是大漠中的天狼，近三年把剑道截断的使剑狂人！”

有莘不破哼了一声，道：“什么使剑狂人！偷偷摸摸躲在沙土里暗箭伤人！鼠辈罢了。”

常羊季守微笑着说道：“近两年来，你们是第一批他不敢正面相对的人。”

羿令符道：“他到底要干什么？如果说是为了寻找剑术上的突破，就应该堂堂正正地出来挑战，而不是向武艺明显不如自己的人偷袭！”

常羊季守道：“挑战高手自然是他的目的之一，但同时，杀人对他来说也是一种享受。我想他现在最想干的事情，就是如何把你们商队杀个一干二净！”

“他休想！”有莘不破道，“他休想再伤害我们中任何一个人。”

“你们加起来的实力比现在的他强，这一点我相信。”常羊季守说，“可是要想全商队几百号人都不受到伤害，嘿嘿，只怕很难。”他指着铜车，道：“有穷商队铜车车阵的威名，我在中原就曾经听说过。可是这车城也许能挡住千万大军，却无法阻截住一个顶尖高手的脚步。”

羿令符道：“不破，他说得有道理。”

“有道理又怎么样！”有莘不破道，“难道我们就任他自来自去，伤害我们的弟兄吗？”

苍长老道：“这个人来无影去无踪，根本就无法防范！”

“无法防范倒未必！”羿令符道，“结成车阵之后，我们应该还能确保安全，不过上路之后可就不好办了，最好能把他给引出来！”

“不用引。”常羊季守说，“现在离天亮还有两个时辰，我敢保证，他一定还会再来。他既然出了手，就不会容许自己在一天之内连一个人也杀不死。”

“那好！”有莘不破摩拳擦掌，“他要敢再出现，我一定不会让他活着离开！”

羿令符却道：“再说吧。眼前最实际的是如何让大家睡个好觉。”

有莘不破和芈压同时叫道：“我守辕门！”

“单单守辕门还是不够的。”羿令符道，“我们需要四拨人，守住四个方向。辕门在西，你们俩既然都想守辕门，那就交给你们吧。‘松抱’位于正北，有雒灵在我们都可以放心。‘鹰眼’在东方，那个方向就交给我吧。”

有莘不破道：“那南边呢？那边沙土最疏松，那个常羊伯寇潜入沙土中逃走，看来他也懂得一些钻土行地之术。”

左招财插口道：“他冒出来的时候我注意到了，和我们巴国的地行术不同，他不过是利用疏松的土质在地下挖坑藏身罢了。”

有莘不破点头道：“就算如此，如果他要再次出手的话，土质疏松的南边应该是最容易被潜入的，我们必须伏下一路重兵！”

羿令符道：“这个简单，把桑谷隽那个蚕茧埋在正南方向的沙里就行了。”

“桑哥哥，”芈压道，“他都还没醒！”

“用不着醒来！虽然隔着天蚕之茧，但天狼这个层次的人应该也能感应到他的气势！”羿令符道，“如果常羊伯寇想先向强者挑战，那他应该会先来找把他逼退的我！如果他想先挑弱者打击我们的信心，那被他选上的人也绝不会是沉睡中的桑谷隽！”

芈压道：“那他会先挑战谁？”

羿令符淡淡道：“自然是辕门。”

有莘不破和芈压一听大怒：“你说我们两个加在一起还不如一个桑谷隽？”

羿令符轻轻一笑，不理会他俩，转头对常羊季守道：“本来我对你的来历没什么兴趣，但在这样的局势下，我还是想确定两件事情。”

常羊季守不改他一脸的平静：“哪两件事？”

“第一，你和常羊伯寇的关系。第二，你的立场。”

常羊季守微笑道：“我说了，你就信吗？”

羿令符缓缓道："我只是希望你给我个答案，是不是相信，我自有判断！"

"我是他弟弟。"

虽然苍长老已经隐约猜到了，但听常羊季守回答得这么直接还是不由一怔。

如果在一年前，苍长老一定会立刻要求有莘不破和羿令符赶快把这个身份可疑的人赶出去。但现在的他却选择沉默，一年来的经历让他建立起对有莘不破和羿令符的强烈信心：这两人的行事很多时候尽管自己难以理解，但事后却屡屡证明他们的做法是正确的，甚至是高明的。

而有莘不破和雒灵等听到常羊季守的这个答案却无动于衷。

"至于立场……"常羊季守道，"我这些年来一直在这个沙漠中徘徊，就是希望有朝一日能够降服我哥哥手中那把剑。"

羿令符鹰隼一般的眼睛逼视着常羊季守，半晌才道："好吧，我相信你。如果没什么意见的话，今晚就在铜车'鹰眼'上陪我喝一杯如何？要是如你所言，令兄今晚还会再来，或许我有机会能看到你背上那柄宝剑的风采！"

"好啊！"常羊季守欣然道，"我也很想看看你的箭能不能把那个男人制服。"

四更了，天黑得厉害。

"挑最弱或最强的！"芈压愤愤不平道，"羿哥哥那浑蛋！说最强的是他自己也就算了，却说我们俩这一环最弱！哼！那什么天狼不来也罢，如果再来，我都不知道希不希望他从我们这边来。不破哥哥，羿哥哥太过分了！居然说我们两个加起来还比不上昏迷未醒的桑哥哥！"

有莘不破哼了一声道，"我们当然得盼着那个天狼冲我们这边来！别管羿令符那浑球！只要我们把天狼制服，人家就会服我们！"

芈压道："不破哥哥，这样吧，趁着那天狼还没来，我来布置几个陷阱怎么样？"

"不行！"有莘不破道，"如果他敢正面挑战，那我们就堂堂正正地迎战！芈压你在一边看着吧，看我的鬼王刀如何砍断他的天狼剑！”

“我不干！”芈压道，“这次说什么也得由我来动手，你还是在旁边看着吧！从祝融城出发到现在，我就没和厉害的人来过一次真的！水族那个小子仗着地利倒也挡了我几个回合，可他实在不怎么样，就算打赢了也没什么成就感。”

“芈压，你还小，以后大有机会！再说，你要是伤了，我怎么向你老爹交代？上次在毒火雀池边你差点被桑谷隽的老爹误杀！当时吓得我半死，要不是季丹大侠救了你一命，我拿什么去赔给芈城主？”

“谁要你赔？我们南方人的规矩，十五岁就算长大成人了！你们别老是把我藏着掖着，真出了什么事情，我自己负责！总之，今晚这头天狼是我的！”

“我的！”

“我的！”

……

“好酒！”常羊季守赞道。

“嗯。”羿令符自己饮一口，又喂了银环蛇一口。

常羊季守道：“前几年我在大漠的边缘，听说过东方一个少年英雄，箭法了得，据说已经直追箭神有穷饶乌了，后来却突然失踪了，你听说过那个人吗？”

“没有。”羿令符道，“没人能在箭法上追上有穷饶乌的。”

“呵呵，是吗？”常羊季守一个鲸吸，一股暖意直下丹田，吐出一口酒气，道，“你现在的口气，和曾经的某人好像。”

“曾经的某人？”

“我哥哥。”常羊季守说，“他也曾有个偶像，就是那个传说中的血剑宗。”

羿令符“嗯”了一声，学剑的人崇拜血剑宗，就像学箭的人崇拜有穷饶乌，那简直就是理所当然的事情，没什么值得奇怪的。不过为什么是曾经呢？他现在不崇拜血剑宗了？

“不知道。”常羊季守说，“我现在已经不知道他的想法了。我想，他大概已经疯了。”

“疯了？”

“对！疯了。从十年前那个晚上开始。”常羊季守的眼睛仿佛透过月色看到遥远的家乡。“我们常羊一族，原本是刑天墓的守墓人。当年我们为了支持大哥的理想，举家西迁，搬到了大漠中的一个绿洲上，牧马放羊。那个绿洲，”常羊季守回身指了一指，继续说，“在更远的西边，天山北高峰的脚下。大哥二哥轮流出去寻找传说中的血剑，没出去的那个人就留在家中守护家人。那天晚上，算来该是大哥二哥交替的时候了，我们一家子——我们的父母、我的二哥，还有大嫂，还有我的侄儿，都在期盼从剑道归来的大哥。直到子夜，我们才等到了他——等到了他的人，也等来了他的剑。”

“剑？”

“嗯。”常羊季守一脸的平静，“他面无人色地回到家中，一直喃喃自语，我也不知道他在说什么。二哥说大哥大概是剑法上遇到了困难无法突破。当时我的功夫和见识都浅得很，没学到大哥二哥剑术的三两成，并不很懂得二哥所说的话。那晚大哥待在二哥的房间里，两人不知在说些什么，一直到四更的时候，嗯，也就是差不多现在这个时候，二哥的房间里传来一阵骚动，跟着二哥顶破门板飞了出来，浑身是血。然后我们就看见了大哥拿着一柄沾满鲜血的剑走了出来。”

羿令符道：“你大哥伤了你二哥？”

“不是伤了，是杀了。”夜很静，常羊季守的声音微微有些发抖，“当时我们都惊呆了，但大哥脸上却一点表情都没有，提起他的剑，一个个杀过来。先是我们的老父亲，然后是母亲，然后是……是大哥他、他的亲生儿子。最后，他在我面前杀了他。”

尽管声音中带着微微的颤抖，但常羊季守的腔调仍显得很平静，仿佛在讲述一个别人的故事。羿令符脸上没有任何表情，只是突然一仰头，喝了一大口酒。

常羊季守摸出一块晶莹剔透的饰物来：“这叫雪魄冰心，据说是长在千丈玄冰中的一种植物，也有人说是一种石头。很漂亮，是不是？”

“嗯。”

“我在天山碰巧找到的，又花了九牛二虎之力，才把它做成了一个镇发[①]。”

“手工不错，看得出你做得很用心。”羿令符道，“要送给女孩子的吗？”

常羊季守点了点头：“嗯，要送给我大嫂的。可惜来不及。有一次我在偷偷做的时候，被她发现了，她问我：‘要送给哪个女孩子的呀？’我当时脸上热热的，没回答她。她可没想到我是要做给她的。嘿！我本来想给她一个惊喜的。”

羿令符道：“你喜欢她？”

“我不知道。”常羊季守说，“当时我才十七岁，从小又是很笨很笨的一个人。”

羿令符道：“你大哥发疯的那个晚上，为什么唯独放过了你？”

“谁说他放过我了？”常羊季守道，“当时他的剑已经很快了，我还没来得及看清楚，他的剑已经刺穿了我的心脏。”

如果是别人，听到这话非惊诧莫名甚至怀疑说话的常羊季守是个疯子，但羿令符却一点都不诧异，只是淡淡地道：“嗯，后来呢？”

“后来不知道为什么我却没死。我从死人堆里爬出来，火化了家人，在灰烬中找到背着的这柄破剑，开始寻找常羊伯寇那个疯子。”

“找到了吗？”

“找到了，但我根本不是他的对手。第一次找到他的时候，我被他一剑砍倒。过了几天我又爬了起来，再去找他，再次被他刺倒。我总是赢不了他，但他也总是杀不死我。这样十来次以后，他要再刺中我已经没那么容易了，他的剑法越来越高，但我能抵挡的时间也越来越长。现在他已经很难伤到我了。”

如果有第三个人听到常羊季守所说的话，一定会问他：“为什么你

---

① 镇发：古代用来压住头发的首饰，功能类似于发簪。

被刺穿心脏却没有死？为什么你每次被打倒后都能站起来？”

但羿令符却没有问，他突然站起来，道：“他来了。”

常羊山的传说

“来了！”有莘不破轻喝一声，按紧鬼王刀。

“妈的，居然敢大摇大摆来闯辕门！”芈压大声骂道，“太瞧不起人了！”

黑暗中走出一个人来，身上束着紧身的皮草，脸上嵌着一双死人般的眼睛。

“常羊伯寇？”

“你们知道我的名字？”这个人的声音，给人一种一脚踏中毒蛇的感觉，“又是那多管闲事的小狗告诉你们的吗？”

有莘不破冷笑道：“不再学老鼠一样偷袭了吗？”

“哼哼哼哼……”常羊伯寇一点也没被激怒，“你们几个是我的大餐，特别是那个射箭的家伙……在啃硬骨头之前，我习惯先把杂碎清理干净，那样才能尽情地享受。可惜你们把软柿子都藏得严严实实的，我只好出来一个一个地先把硬的捏了。”

有莘不破冷笑道：“看看谁捏谁！”说着就要上前，芈压已经冲了出去：“不破哥哥你可别上来碍手碍脚！”

有莘不破没想到会给芈压抢先出手，现在插手会让这小子觉得自己不受尊重，因此顿住脚步，高声叫道：“小心点！他的剑很快的！”

“哈哈！”芈压高声笑道，“他碰不到我的！”一层火焰从他脚下燃起，把他全身裹了个全。“天狼，有种你别逃！”两道火焰左右包抄，把天狼所在十丈方圆密密围住。

“逃？就这点火苗，拿回家烧饭去吧！”他的人就像剑光般一闪，突然进入芈压三丈之内。芈压脸色一变，张口一吐，吐出七八个火球向他撞去，但眼前的人影倏忽不见，却听一个声音在左边响起：“太慢了！

太慢了！”

芈压大惊，还来不及回头，脖子一疼，忙向右一冲，逃离了天狼剑的剑锋。

常羊伯寇收回了剑。刚才他闪进芈压的侧面，那一剑本来势在必得，谁知道就在刺入的那一瞬，天狼剑几乎被笼罩芈压全身的那层薄薄的火焰烧熔！

常羊伯寇轻轻一摸从烈焰中及时收回的剑锋，一股残余的热量竟然烫焦了他的食指。“重黎之火吗？嘿！居然连我的皮肤都受不了这余热。啊！妙啊！妙啊！我听见我的血液在血管中流动的声音了！不行，我太兴奋了！不行，不能一下子把这兴奋花光。”

那边有莘不破高叫道：“芈压，你怎么样？快回来！让我来对付他！你跟不上他的速度！”

“开什么玩笑！我都还没输！”那一剑刺得并不深，但如果再深入一寸，芈压的喉管就要被割断，幸好现在只是让芈压感到疼痛而已，血流得也不多。“不破哥哥你放心，我知道怎么对付他了！”突然脚下一点，倒退十步。

常羊伯寇冷笑道：“学乖了啊。要远程进攻吗？”他突然抓住了天狼剑，剑上的余热把他的左手烤出一股焦味，他的手被天狼剑的锋锐割破，鲜血流在剑上，天狼剑冷却下来，一股血腥慢慢荡漾开去，整个空间充满了一种令人厌恶的怨念。

“讨厌的家伙！”芈压叫道，“让你试试我的四方火兽！”四头巨大的火龙、火鹤、火蛇、火鸦斜斜向常羊伯寇的方向包抄飞去，眼见离常羊伯寇不到五步，四头火兽突然加速，一起撞向常羊伯寇。

“剑旋！”天狼剑螺旋式的剑气发出，把四头火兽割裂成数十块，剑气越来越盛，把被分尸的火兽冲出一丈开外。

芈压朝天一指，四散的火团在常羊伯寇头顶的半空中聚拢，片刻间火势大了十倍！“天火焚城”压了下来，把以常羊伯寇为圆心的数十丈方圆烧成一片火海。“看你怎么逃！”

“小弟，你的力量很了不起。”芈压听到这个声音不由得大吃一惊，火海中一个人影从沙下钻了出来，“可是你的攻击力虽然很强，但不够集中，这样是伤不了我的。更何况，你的速度和反应也太差了。”

“芈压——”惊叫声中有莘不破冲了过来，常羊伯寇的剑还在芈压数尺之外，但芈压只觉额前一痛，就不省人事了。

芈压醒过来的时候，已经在铜车松抱上了，头枕着雒灵的膝，额贴着雒灵的手。再一看，有莘不破也在身边。

“雒灵姐姐，”芈压说，“你对我这么亲密，难道就不怕不破哥哥吃醋吗？”

有莘不破哈哈一笑：“会说笑话，看来你这条命是没有大碍了。”

“我受了很重的伤吗？那剑明明没到，为什么我会受伤？而且那感觉，又不像是被剑气刺伤。”

车外一个声音道：“那是剑示。”

“剑示？”说了两句话，芈压已经完全清醒过来，听出外边说话的人是常羊季守。

“嗯。是一种以念运剑，以剑发念的高深剑法。”常羊季守在窗外道，“中了剑示的人，身上不会有任何伤痕。但精神却会受到深浅不一的破坏。最糟的情况就是灵魂整个儿被消灭，变成一具行尸走肉。”

芈压大吃一惊，摸了摸额头，果然没有半点伤痕。“有莘哥哥，雒灵姐姐……我，我的伤要不要紧？”

有莘不破微笑道：“常羊季守说你至少要躺个三五天，醒来后只怕会丧失部分记忆。不过雒灵用手摸了摸你的额头，没一会就醒了。”

芈压道：“会不会有什么后遗症？”

雒灵微笑着摇了摇头。

芈压大喜道：“雒灵姐姐说没事，那一定就没事了。”他跳起身来，果然全身上下除了脖子有点疼之外，都没有什么不妥。

芈压打开车门，天还没亮，借着有穷车城中心篝火的火光，才看见常羊季守坐在轼木上，用他那顶帽子遮住大半个脸。芈压把他的帽子扯下来，朝他做了一个鬼脸，再把帽子给他盖上，转身道：“不破哥哥，是你救了我吧？”

“不是。由始至终我都没出过手。是你把他击退的。”

“啊！我把他击退的？怎么会？”

有莘不破笑道：“他用剑示击倒你的那一刹那，突然出现一只好大的火鸟，不但替你挡住他，还把他烧伤了。在我冲上去之前，他已经狼狈逃走了。”

芈压兴奋道：“火鸟？什么样子的？”

有莘不破道：“就是在祝融边界上你老爹骑着来找我们晦气的那头独脚火鸟。”

“毕方！”芈压兴奋地说，“那么危急的情况下，我居然还能把毕方叫出来！哈哈，不破哥哥，看来我也蛮有战斗天分的嘛。”

破晓之后，有穷商队再次起程。芈压伤了常羊伯寇，确实是出乎众人意料。然而有莘不破暗中决定：绝不让芈压单独面对那个天狼！那天的战果虽然是两败俱伤，但常羊伯寇的情况远没有有莘不破形容的那么糟糕。如果当时有莘不破不在场，被毕方灼伤之后的常羊伯寇仍有机会再给芈压以致命的一击。常羊伯寇从容退去以后，有莘不破无论如何运功输送真气也救不醒晕死的芈压，如果不是伙伴中刚好有一位心宗嫡系传人，常羊伯寇的那一记剑示只怕会给芈压留下永久性的伤害。

不知为何，羿令符居然主动邀请常羊季守上铜车“鹰眼”作客。苍长老不敢说什么，却屡屡向有莘不破使眼色，希望有莘不破能劝阻这件事情，因为在他看来，无论是身份、行为还是意向，常羊季守都是一个很可疑的人物。然而有莘不破却对苍长老的暗示装糊涂，令这位商队元老郁闷了老半天。

常羊季守指着前方道：“再过三天，我们就会到达那个地方。”

“那个地方？”有莘不破不解地问道。

“嗯。整个剑道最大的坟场。”

“坟场？”

“昔日的战场，今日的坟场。”

“我懂了，就是发生战斗最多的地方。”

“对。”常羊季守解释道，“那里原来是个绿洲，沙漠里景观最美丽、水源最丰富的绿洲之一。但现在……唉，那里已经成为一个鬼绿洲。只剩下尸骨、怨灵和常羊伯寇。”

“什么？”有莘不破道，“那家伙也在那里？”

“那可算得上是他的大本营！在那里，他的剑示才能发挥最大的威力！连我也不敢轻易靠近那个地方，都是等他离开了那里才去找他晦气。”常羊季守说，“那天你见过他使用剑示的，应该知道为什么。”

有莘不破沉吟道：“莫非是利用那个地方所盘踞的强大怨念？”

“没错。”常羊季守道，“昨晚我们所在的那个地方，本来也有相当强大的灵场，因为那里聚集了一百个高手的怨魂。幸好先一步被雒灵小姐超度了，要不然，嘿嘿，辕门外那一战只怕就没那么轻松了。而我们将要到达的那个鬼绿洲，嘿嘿！却聚集了数以万计的怨魂！”

“数以万计？没那么多吧？”

“说数万还是少的，也许有上十万！”常羊季守道，“那里是历史最悠久的战场，据说连血剑宗都曾在那里杀过人。我第一次到那里的时候，原住居民已经死得一个不剩了。当时外来的每天至少有上千人，常住的接近一万。每天都有人被杀，每年那里的常住人口至少会减少一半以上。三年前，我那个疯掉了的哥哥在绿洲大发狂性，杀了三天三夜。从那以后，整个绿洲就废掉了。只有鬼，没有人。”

有莘不破道：“照你这样说，如果天狼能利用这上万的怨灵来发出他的剑示，那岂不是很可怕？”

“嗯，不过我们也有另一张王牌。”

“王牌？”

“我们有深不可测的雒灵小姐啊。”常羊季守笑道，“有雒灵小姐在，我想一定会有奇迹发生的。”

有莘不破呵呵几声，不接他的话。不知为什么他不大愿意和常羊季守谈论雒灵。他有种奇怪的念头：常羊季守对雒灵似乎有种与众不同的情感。自从昨晚看见常羊季守被雒灵的巫舞所吸引，有莘不破就有这种奇怪的感觉。

“这小子不会是喜欢上了她吧？咦，我怎么这么在乎？难道我在吃醋？”他心想自己因为雒灵而吃醋倒也没什么好奇怪的，但不想在这个问题上纠缠下去，于是就转换了个话题，道：“天狗老兄，能不能问你一个问题？”

“呵呵，”常羊季守笑道，“你的问题还真不少，说说吧。”

有莘不破道：“你是不是总站在沙漠边缘，遇到有人踏上剑道就劝人回去？劝阻不了就一路跟来？”

常羊季守笑了笑，却不说话。

有莘不破一拍大腿，道：“原来你是这剑道的守护神啊！”

“守护神？”常羊季守苦笑道，“我要真是守护神，那个地方的一百个剑客就不用死了。”

“一百个？”有莘不破道，“怎么我们只挖出九十九具尸骨？难道还有一具没挖出来？”

“这个，我也不是很清楚。但在我记忆中这三年确实有一百个人先后死在那个地方。”

“那一百个人大概都不怎么相信你吧。要是每次被人问起来历，你都说你是天狼的弟弟，只怕那些来闯剑道的家伙没半个会相信你的话。”有莘不破瞥了一眼常羊季守背上的那把破剑，道：“再说，要保护别人可比战胜敌人难得多，这一点我深有体会。”

到达常羊季守所说的“鬼绿洲”的时候，有穷商队的食水几乎用尽。他们本希望能在这个绿洲上得到补给，但真的来到这个地方之后却个个倒吸了一口冷气：还没踏入绿洲，就远远看见绿洲上方盘绕着一股黑气。那股黑气甚至连阿三这样的肉眼凡胎也能清楚看到。

不过，这确实曾是一个绿洲，从遍地枯死的植物和层层叠叠的房屋来看，这个绿洲当初的规模还不小，有很繁荣的人类活动迹象。

“啊！找到水源了。”下属前来报告。然而取水过来一看：竟然全是黑的，哪里用得着尝，扑面就是一阵腥味！

“原来如此，”苍长老叹息说，“水源变成这个样子，怪不得这个绿洲会废掉。这样的水谁喝了都要被毒死。”

“不，不是这样的。”常羊季守说，“不是水源污染了这个绿洲，毒死了人群，而是那无数黑色怨灵污染了绿洲的水源！三年前某个晚上，当绿洲达到它繁荣顶端的时候，一场大屠杀让整个绿洲染满了怨毒的腥血！”

有莘不破道：“是天狼一个人做的？”

“应该是。”常羊季守说，“我在远处看到火光，中途又受到一些阻碍，来到这里已是三天之后。我到达这里时，正看到他拿起剑刺入最后一个活人的咽喉。唉，这里可能是你们能到达的最西边的地方了。”

芈压奇道：“为什么？”

常羊季守道：“本来，我在天山山麓的老家还远在这绿洲的西面，但自从三年前绿洲变成这个样子以后，我就再也走不过去了。无论怎么走都会回到这个布满鬼魂的绿洲。”

有莘不破道：“你走不过去，很可能也是这个绿洲搞的鬼。这么说来要想继续西行，还得把这鬼绿洲的秘密勘破。”

苍长老道：“台侯，不管怎么样，我们还是别进去了。有龙爪秃鹰在，我们未必会迷路。我宁可脱光了衣服在沙漠里睡觉，也不愿进去沾染那股黑气！”

旻长老道：“可是我们的水已经用得差不多了。再不补充，过不了三四天商队至少有一半的人都得倒下！”

苍长老道：“你看看这地方，这样的地方找出来的水能喝吗？你再看看，看看盘绕在天上的那黑气，现在还是白天啊！是未时，太阳底下都这样阴森，我都不敢想象入夜以后会怎么样。”

其他几位长老一齐叹了口气，知道苍长老说得有理。苍长老向有莘不破禀道：“台侯，下令商队离开这个地方吧。找个避风的场所，布开车城，再请巴国的朋友寻找干净的水源。”

有莘不破正要点头，雒灵突然下车，赤着双足，踩在滚烫的黄沙上。有莘不破还没反应过来，她早已向绿洲走去。

有莘不破叫道："雒灵！你干吗去？快回来！"只一句话的工夫，雒灵已经走进了鬼绿洲。

有莘不破呆了一呆，下令道："全都上车，进去！"

苍长老惊惶道："上哪里去？"

"进绿洲！"

苍长老惊道："台侯！不可！"可是看见有莘不破那不容改变的神色，再看看羿令符没有半分阻拦的意思，苍长老知道自己还是没法子阻止这几个年轻人的任性。无奈之下，只得发出号令。

进了鬼绿洲之后，雒灵就放慢了脚步，后发的商队铜车很快就跟了上来，一直跟着她，辗过断壁残垣，来到绿洲的中心。芈压放一把火，烧出一片开阔的空地来，三十六辆铜车首尾连接，布下车城。

羿令符放出子母悬珠，挟带着自己的英气升上半空，驱散了车城上空的鬼气。雒灵取来刀竹，画下一个简单的图形，写下珍珠、玳瑁、翡翠、天青石等十八种珍宝，以及布帛、五谷、三牲等物事，示意苍长老照办。商人最重巫祀，苍长老一看就明白雒灵要做什么，于是就安排人手，于黄昏之前在车城中心搭起一座祭台。

有莘不破和常羊季守一直在旁边静静地看着。常羊季守忽然道："黄昏了。我猜今晚天狼一定会到！"

有莘不破道："我的功力已经恢复了七成！单打独斗绝不怕他。但这家伙要是向有穷的弟兄动手可就麻烦了。"

芈压道："那我们还是像上次那样，分头守住四个方位。"

有莘不破道："雒灵不是要你帮忙吗？"

芈压一怔，有莘不破又道："上次你已经和他斗过一次了，两败俱伤，算是打了个平手。这次说什么也得让别人显显身手，总不能老是看你芈少城主唱独角戏啊！"

"那好吧。"芈压一副委屈的样子。

有莘不破道："我守前，羿老大守后，还是像上次那样，把桑谷隽的蚕茧埋在左边的地底，右边嘛……天狗兄，能麻烦你一次吗？"

常羊季守微笑道："你信得过我？"

有莘不破笑道："你若背叛，我事后杀了你，让这鬼绿洲再添一个鬼魂就是了。"

常羊季守哈哈大笑，按了按头上那顶破皮帽，向车城右方走去。

十万怨灵

绿洲的上空没有星也没有月。一团篝火冲天而起，给阴冷的沙漠之夜带来少许温暖。

入夜以后，怨灵的活动更加猖獗了，不断向车城的上空冲去，聚集在子母悬珠的周围，似乎要把羿令符凝结在宝珠上的英气吞噬掉。

有莘不破倚着辕门，稍稍为雒灵担心。常羊季守说得没错，这个荒废的绿洲只怕有十万以上的怨魂，雒灵明知如此却还要闯进来，而且排开了那样的阵势，她到底要干什么？

二更了，子母悬珠周围已经聚集了五万以上的怨灵，数目这样庞大的怨灵拥挤在车城上空的狭小空间里，力量大得可怕。有穷商队里功力较弱的人已经开始抵挡不住了，要好几个人抱团才能勉强抵挡住从半空中直透下来的阴寒。那股阴寒不同于普通的寒冷，似乎它不仅要带走活人的热量，还要带走活人的生命。像老不死这样的弱者即使靠在几个勇士旁边也不停地发抖，无论怎么拼命，也没法把互相碰撞的牙齿咬住。

三更了，绿洲所有的死灵都已经聚集在车城周围，整个车城都被这股鬼气所困。除了几个首领和四位长老，有穷商队所有人都丧失了行动能力。苍长老知道，现在有穷商队再想撤出绿洲也已经来不及了。整个车城还活动着的，只有巫舞中的雒灵。

"说实在的，我还真有点搞不懂你们这群人。"沙漠上最凶残的屠夫，天狼常羊伯寇走出黑暗，出现在有莘不破的视线中，"如果说你们是误闯绿洲，那么困死在这里也是活该。可你们中间分明有高人在，居然还自己进来送死！"

他抽出了他的剑，在剑上抹上了自己的血。

“你终于来了。”有莘不破道，“我玩厌捉迷藏了，敢不敢和我来一场堂堂正正的决斗！”

“决斗？”常羊伯寇仿佛看到了一个愚蠢透顶的人作出了一项愚蠢透顶的决定，“难道你还没发现自己的状况很糟糕吗？在这个地方，你只怕连平时三成的功力都发挥不出来。”

常羊伯寇说得没错。聚集在车城里外的鬼气不断地散发出各种幻象和阴寒。要避免被幻象迷惑，有莘不破必须无时无刻打起十二分的精神；而要抵抗阴寒的侵袭，则更要无休止地运真气环走全身。而这件事情不但严重耗费他的精神和内息，而且还牵制着他的活动能力。

“可是，我和你却恰恰相反！”常羊伯寇道，“这些怨灵，一个个都是我力量的来源！在这个鬼绿洲里，我的力量是无穷无尽的！就算是血剑宗来到这里，也不是我的对手！”

“你吹牛！”说话的不是有莘不破。那声音来自有莘不破的背后，一个衣裳褴褛的男子坐在一辆铜车的顶上，玩弄着他的小皮帽。

“你怎么到这里来了！”有莘不破不回头，眼睛仍盯着常羊伯寇，问的却是本应该在车城右方守卫的天狗常羊季守。

“我感应到他来了。”常羊季守说，“我们之所以要面面俱到地防守，是因为不知道这家伙会从哪里过来偷袭。现在他已经出现了，我自然没必要再待在右方。”他眼光直逼常羊伯寇：“我有个预感，明天太阳升起之后，就再也没有天狼剑了。”

“哈哈哈哈……”常羊伯寇狂笑起来，“你这只讨人厌的小狗！缠了我这么多年，虽然我不知道为什么你老是死不了。不过你的运气总有用尽的时候！看！看看你的周围！三年了，我从没见过这个绿洲的鬼物这么兴奋过，这里聚集了超过十万个鬼魂！十万个鬼魂啊！此时此地，就算是那个号称不死之身的血祖都雄魁，我也有把握送他下地狱！”

“呸！”有莘不破吐了一口口水，但那口水还没落地就被怨灵把其中的阳气蚕食得干干净净。

“台侯阁下。”常羊季守道，“在这个战场，你的活动似乎不是非常灵便啊。能否让我来试试？”

“我不灵便，难道你就灵便了？”

“我不一样。”常羊季守似乎笑了，“无论这个地方聚集了多少鬼魂，都不会对我造成影响的。”

“为什么？”

常羊季守笑道：“这一点我也不知道。就像我一直不知道为什么老是死不了一样。”

一语未毕，一道剑气破空而来，袭击有莘不破。有莘不破一跃跳开，只听常羊伯寇冷笑道：“我来这里不是听你们聊天来着，受死吧！”

那剑气的速度与威力，有莘不破本能地避开了。但千钧一发之际总差那么一点，似乎手脚被一些什么东西扯住，于是他被数道剑气划破皮裘，伤及皮肉。

天狼剑血色光芒大涨，连续三剑，劈出来的不是剑气，而是声音。

常羊季守叫道：“小心！是剑鸣！”但他的声音早被一声刺耳的金属震动所掩盖，声音传了出去，引发数万鬼魂哭号，令整个绿洲上的生命如入噩梦！有莘不破被那剑鸣突破防线，竟尔心神微散，被周围的鬼气侵入经脉。有莘不破体内的先天真气发动自我疗复，但常羊伯寇哪里容得他有这个空暇？天狼剑上鬼气大盛，直指有莘不破眉心。

“剑示！”有莘不破心中一惊，芈压就是败在这一招上面，危急间一条人影闪过，人剑合一，挡在有莘不破身前。

“常羊季守！走开，冲我来的我自己对付！”

“别坚持这种无聊的固执了，台侯阁下。”常羊季守道，“在这个环境中，根本就没有公平决斗这回事！”

常羊伯寇笑道：“小狗，你说得没错！我背后有十万鬼魂做后盾呢！你们还是一起上的好！把那个射箭的家伙，还有那个喷火的小孩一起叫出来，大家一起来听听我天狼剑所发出的死神判决！”

“我不认为你有资格让我和别人联手。”声音凌厉得像北溟鲲鹏[①]

① 北溟鲲鹏：北溟，即北海，或即今天的北冰洋。鲲，神话传说中一种长达数千里的大鱼，能够化成巨鸟，变化成的鸟即为鹏。

抟起的巨风，箭穿日月，眼如秃鹰，羿令符来了！

“是你！”常羊伯寇沾满他自己鲜血的剑变成暗红色，“再次见到你太好了。从来没有人能在我剑下救人，你是第一个。听听，我的天狼剑已经迫不及待地想喝你的血了。”

“哼！是吗？”羿令符背负双手站在辕门上，一点战意杀气都没发出来，但十万鬼魂对他却个个退避于数丈之外。“那为何那天晚上你不敢来找我？我可是整整等了你一个晚上！”

“现在也不迟！等我先宰掉面前这两个小子……”常羊伯寇举起剑，鬼魂向他飞聚过来，森森鬼气扑向他的天狼剑，剑身越来越黑，黑到如同墨汁一般。

羿令符脸色微变，叫道：“有莘，小心，他的剑在吃鬼！”

“吃鬼？”有莘不破笑道，“我这把可是鬼王刀啊！怕什么。”

“鬼王刀？”常羊伯寇的笑声中充满轻蔑，“小子，让你看看什么样的兵器才能配上鬼王的名号！三千怨灵天狼剑——死吧！”

数百骷髅从常羊伯寇的剑尖冲了出来，有莘不破举刀一挡，骷髅却像幻影一般不受鬼王刀的阻隔，直接扑向有莘不破，肮脏冲击他的视觉，恶臭冲击他的嗅觉，鬼号冲击他的听觉，阴寒冲击他的触觉，更有一股躁动直接引诱他热血中的邪恶，刺激得他几乎要发狂。

“不破！”羿令符的一声断喝把有莘不破拉了回来。他抬起头，那一瞬间竟然出了一身的冷汗！只听羿令符平静的声音道：“不破，你的心力、真气和力量都有破绽，很容易在这样的环境中受到侵袭，暂时还是交给我们吧。”

“呵呵！开什么玩笑！”有莘不破知道羿令符说得没错，却还是觉得不爽。定神看时，两个人影正在黑暗与光明的缝隙中此起彼伏。常羊伯寇的天狼剑在挥舞中发出幽幽的光芒，常羊季守的天狗剑相形之下却显得暗淡。聚拢在天狼剑上的三千怨灵受到常羊伯寇的催动，不断地袭向常羊季守，但怨灵穿透常羊季守，就像幻影穿透幻影，不但没有对他造成一点伤害，甚至没有损耗到他的半点精力。反倒是常羊伯寇的剑锋把常羊季守割出一道又一道的伤痕。

有莘不破看得赞叹不已："没想到他的精神修养这样牢固！"

"那倒不见得。"羿令符道，"不破，你根基之牢固不在任何人之下，包括我，也包括天狗。"

"可我就算身体完好，也无法像季守兄那样面对怨灵毫无影响。"

羿令符哼了一下，却不做声。

有莘不破突然道："对了！你的死灵诀好像对这些怨灵很有用，不如……"

"用死灵诀的话，一枝箭只能对付一个目标。"羿令符道，"我虽然可以不辞劳苦，但……我们商队的箭好像不够我用。"

"当我没说过。"

常羊季守身上已经多了十八道伤痕，有莘不破终于知道他脸上为什么会有那么多伤疤了。可是常羊伯寇尽管占尽上风，却无论如何也无法将顽强的天狗击倒！天狼心中开始烦躁，这一点连有莘不破也发现了。

"季守兄有机会了！"有莘不破道。

"哦？"

"天狼已开始烦躁了，难道你没发现吗？我估计他很快就会发动最强的攻击，但在这种精神状态下，那也是他最容易露出破绽的时候。"

"有点道理。"羿令符道，"不过那也得看看天狗能不能缓出手来攻击那破绽！"

有莘不破心一沉，被羿令符一提醒，他果然发现常羊季守的动作有一点点缓慢下来了。天狗尽管顽强，但力量也不可能是无穷无尽的。

"五更了……"羿令符望向东方，"天也快亮了吧。天一发白，天狼大概就会逃走。"

"逃走？为什么？他未落下风啊。"

羿令符道："天一亮，怨灵就会被我们的正气压制住，他的三千怨灵天狼剑就失去了阴气来源。那晚他不敢来找我，就是因为没有这些鬼物提供他阴力，他没把握对付我。哼！他原本以为利用十万怨灵作为后盾可以把我们全部击杀。不过他还是失算了。他大概没有料到怨灵剑对常羊季守一点用处都没有。这么说来或许……或许他其实也还不知道他弟弟天狗的真相。”

“真相？”

“嗯。就是天狗不怕怨灵攻击的原因。”

“原因？”

“哈哈哈哈……”常羊伯寇的狂笑打断了两人的交谈，常羊季守的右臂竟然被天狼齐肩斩断！有莘不破大惊，握紧了鬼王刀。但羿令符却仍然没有出手的意思。

常羊伯寇举剑斩下，常羊季守就地一滚，嘴巴咬起了跌落在地上的剑，左手一伸，从和身体分离的右手上接过天狗剑，他竟然仍没有半分退缩的意思！

“好！三弟！你很好！”常羊伯寇喘息着，这是他今夜见到常羊季守之后第一次叫他“三弟”，“看来，这次我还是杀不了你。不过，今晚我也不能白来！”

常羊季守警惕道：“你要干什么？”他一开口，被咬住的右手便跌落在地，他却一点也不在乎。

“哼！几块硬骨头，今晚是来不及啃了。不过，我至少要先把杂碎清理干净。”

“你要干什么！”常羊季守重复道。

“干什么？”常羊伯寇忽然松开右手，天狼剑却浮在半空。常羊季守脸上仿佛有些羡慕，又夹杂着担心：“剑祭！你什么时候练成的？”

天狼却不回答他，只是冷冷道：“三千怨灵已经是我的身体能承受的极限。可是，用剑祭的话就不存在这方面的限制。”人影一闪，常羊伯寇已经踏在天狼剑剑身，向子母悬珠飞射过去。

“不好！”

羿令符、有莘不破、常羊季守一齐向车城中心掠去。祭台边，芈压竭力维持着五个燃烧着重黎之火的大型火炬——正是这五个火炬保护了祭台和有穷商队的人不受鬼灵的侵害。祭台上，一身白袍的雒灵已经停止了巫舞，仰天卧倒对着漫天飞舞的幽灵念念有词。

芈压叫道：“不破大哥，你们怎么搞的！怎么没拦住那家伙，让他跑到上面去了！”

众人抬头仰望，天狼常羊伯寇一脚踏在子母悬珠的母珠上，天狼剑凌空停在他的头上，十万怨灵失控一般向剑身涌去，就像找到了一桌美味的食物。然而到底是它们在吞噬着天狼剑，还是天狼剑在吞食它们？无从知道。

常羊季守喃喃道：“凌虚驭剑，没想到他真的做到了。”

“剑祭？什么鬼东西？真那么厉害的话他干吗不早点用出来？”

“剑祭是剑法中的高深境界，天狼现在用的应该是血祭，用血混合真气，再以心灵加以羁绊，把剑祭起来遥控指挥。”常羊季守道，“但可怕的不是剑祭本身，而是他利用天狼剑自动聚集鬼灵，要发动十万怨灵的大攻击。本来他的身体承受不了这么多的邪灵，但利用剑祭遥控，他本身所需要承受的压力就会减轻很多。”

“十万怨灵！”有莘不破大吃一惊，三千怨灵已经那么难以抵挡了，如果是十万怨灵的话，就算他和羿令符等人在天狼的攻击中能够幸免，只怕自苍长老以下、有穷商队数百人马无人逃得过一死！于是他忙叫道：“羿老大！快放箭！”

“来不及了。”常羊季守说，“剑祭发动以后，天狼剑本身就已经有了半独立的意志！就算攻击剑主也解不了它要发动的剑劫！快让有穷的人撤退！”

羿令符道：“那也来不及了。”

“唉。”芈压一个虚脱，倒坐在地上，“我没力气了。”五个大型火炬随即缩小、熄灭。但却没有邪灵趁机袭来，所有的邪灵都已经被天狼剑所吸引，聚集在有穷商队的半空，形成一个幽绿色的光球。

“完成了。”常羊季守苦笑道，“完了，完了！为什么每一次我想帮人，却总是把事情弄得更糟！如果没有我带路，或许你们就不会找到这个鬼绿洲，就算受到一些损伤，也不至于像今天一样全军覆没。”

“你这结论下得太早了。”羿令符道：“我一直没出手，是因为相信自己的伙伴。”

常羊季守闻言全身一震，向祭台的方向看去，然而他还来不及看到什么，半空中绿幽幽的光华暴闪，天狼剑挟带着十万怨灵俯冲而下，没有声音，没有锋芒，也没有阴寒。天狼剑所带来的，是一种没有尽头的虚空，一种吸引所有生命又吞没所有生命的虚空。

常羊伯寇踩着子母悬珠笑了。十万怨灵之剑，这个世界上不可能有人能抵挡得住。这一剑一发动，他就知道自己赢了。就算是这支商队的那几个本领了得的首领能在这一轮攻击中活下来，只怕也已经奄奄一息了吧。

“这样子利用鬼物取胜，也算是剑道的一部分吗？”就在胜利即将到来的那一瞬间，常羊伯寇脑中突然浮现出一些奇怪的念头，“为了快感，无差别地夺取生命；为了胜利，不计较使用任何手段，这难道就是所谓的剑道巅峰吗？”

为什么要想这些东西？为什么会有这些乱起暴躁的念头？

常羊伯寇的脑中像翻起层层巨浪：“不管了！不必顾念这一切！只要能取得胜利，何必在乎尘世间所有无谓的伦理、道德、感情……这些都只不过是牵绊罢了，都是一些转瞬即逝、虚无飘渺的牵绊！只有那最后的胜利，才是天下间最实质的存在！”

然而在这疯狂的心灵自语中，一个来自心灵更深处的声音质问他：如果连胜利也没有，那这一切又算什么？

一线生机

“一切都结束了。”

天狼剑刺穿祭台上的木板，牢牢钉在地面上，一圈语言难以描述的灵光像涟漪一样荡漾开去，传遍整个绿洲。

看着整个绿洲瞬间被晶莹的光芒所覆盖，天狼常羊伯寇笑了。内心的自我质疑被胜利的喜悦压了下去，尽管每一次胜利之后都有一种空虚感，但此际更显著的还是快感！

“如果连胜利都没有？哈哈！我怎么会输？以良心为赌注，以家人性命为赌注！从来没有一个剑客做到像我这样绝、这样彻底！我怎么会输！”看着那光华，常羊伯寇喃喃自语道，“一弹指间阴气刺入皮肤，二弹指间阴气侵入心田，三弹指间生命失去温度……哈哈哈哈，现在大概连那个射箭的家伙也趴在地面上翻滚吧……”

“你在说谁？”

居然是羿令符的声音！

“怎么会这样……”常羊伯寇似乎受到了一些打击。虽然有穷所有人都笼罩在那片绿色光华中看不清楚，可他很清楚地听见那个声音连一丝颤抖都没有！“没想到你的功力这么了得，居然能抵挡得住十万怨灵……可是，可是怎么可能？被十万怨灵正面击中，就算是四大宗师、三大武者应该也不可能毫发无伤才对！”

“呵呵！这家伙可真够自大的！”是有莘不破的声音！难道他也没死？嗯，以这个小子的功力，确实可能挨得住，不过多半已经元气大伤了吧。

“这光芒好温暖啊，台侯。”说话的人是阿三，他功力浅薄，中气不足，站在百尺高空中的常羊伯寇只能隐隐约约听到他的声音。就算他听清了阿三的口音也不可能知道这个无名小卒是谁，然而踌躇满志的天狼已经开始发觉不妥了。脚下隐隐传来的不是砭人肌肤的阴寒，而是一股微微的暖意。

“暖意？不可能！应该是阴寒的鬼气！一定是哪里搞错了！”

遮蔽着东方的一片云飘开，露出半轮红日，整个绿洲陡然间亮了起来。常羊伯寇凌空鸟瞰，阳光下，水源上的黑气已经消散得一干二净，在日光下荡漾着粼粼水光！一阵风吹过，温暖中带着些微湿润！祭台前边，竟然有点点绿色破土而出，努力地生长着。

“不可能！不可能！”

“大哥，你输了。”一道剑光冲起，常羊季守踏在剑上，飞到和常羊伯寇等高的空中。常羊伯寇瞳孔一阵收缩：“剑祭！”

常羊季守笑道：“受到你的启发，刚刚领悟出来的。”

常羊伯寇哼了一声。常羊季守道：“对你来说，我也许一直都是一条碍手碍脚的小狗，可是对我来说，你不但是我的仇人，我的亲人，也一直是我的师父啊！我每一件本事，都是从你身上学来的。所以你一直杀不了我，我也一直没法打败你。可是……”常羊季守往下方一指，道：“下面的这群人，他们的行动和思维已经远远超出我们的想象，他们的力量更非我们所能压制。大哥，这次你输了，完完全全地输了。”

“胡说！我不过输了一阵而已！天狼！起！”但天狼剑却完全没有感应到他的指令，常羊伯寇一阵恐慌：他发现自己已经感应不到天狼剑的存在了。

常羊季守道：“大哥，那柄剑在你背后呢。”

常羊伯寇倏地回头，果然看见了悬浮着的天狼剑，但却被一个素装人踩在脚下。他想取回那柄剑，陡然间杀气大盛，向那女孩子逼去，就在他想动手的一刹那，他看见了女孩子的眼睛！只被这眼睛看了一眼，许多长久以来深藏在自己心灵某处的念头便完全被释放出来！

“输了！”还没交手，心中那个不断质疑他存在价值的声音已经这样告诉他！“输了！输了！仍然输了，输得莫名其妙！剑示对怎么也杀不死的弟弟不起作用，绿洲的十万怨灵竟然被这个女人净化！我舍弃了这么多对人生至关重要的东西，到底换来了什么？原本除了胜利，我已经什么也没有，而现在，连胜利的快感也被人剥夺了。输了，完了！什么都没有了！为什么？为什么？难道从一开始我就错了吗？不！不会的！不可能的！”

几十年的往事瞬间在心河中一一闪过：初学剑术、仰慕血剑宗、传授弟弟剑术、与弟弟一起追寻血剑、决斗胜利、饶过对手、手下留情、手下留情、手下留情、被所饶之人背叛、杀人、杀人、杀人、剑下不再轻饶敌人、追寻胜利的快感、追寻杀人的快感……一直到他残杀全家亲人的那一刻！

“不——我没错！我没错！”常羊伯寇咆哮着，突然咬破舌尖，往西边一纵，抛物线状地向地面射去，着着实实地摔在车城外的泥土中，撞出一个大坑。但他很快便歪歪斜斜地跳了起来，几个起落，消失在绿洲之外。

“可惜，”常羊季守道，“没想到在这样的绝境中，他还能这样坚持！这样固执！”

雒灵听了，微微一笑，似乎想说些什么，突然脸色一阵发白，晃了晃，从天狼剑上直跌下去。常羊季守大惊，地上有莘不破一跃而起，把雒灵紧紧抱住。

要一口气超度十万怨灵，对雒灵来说实在是勉为其难。那一夜的巫祭，她自忖能做到的仅仅是逐渐减轻怨灵的执念，并超度其中的一部分。然而常羊伯寇改变了整个进程！

绿洲的怨灵生前大都被天狼剑所杀，死后充满了对天狼的畏惧和仇恨。因此天狼剑对这些怨灵来说是一个特殊的存在，它们和天狼剑有着特殊的感应，一方面想要报复，另一方面又受其奴役。

所以在常羊伯寇发动剑祭的那一瞬间，雒灵改变了主意。她侵入了常羊伯寇的心田，挑起常羊伯寇的自我怀疑，制造了他心灵上的防守缝隙。雒灵把凝聚了一夜的祝念悄悄地通过常羊伯寇，渗透入受到常羊伯寇所控制的天狼剑，并在天狼剑上播下了一颗善种。这颗善种植根于怨灵的内部，与外力强行超度不同，它以怨灵的执念为土壤，会随着怨灵的集中、膨胀而迅速地自我成长，并在天狼剑出击的那一瞬间把十万怨灵的执念化为生机。

这个法子尽管巧妙，但所需耗费的心力仍然远远超越了雒灵的承受力。她从空中摔了下来，人在半空就失去了知觉。

“别太担心。”羿令符道，“她和你请出玄鸟后的状况很像，只是劳累过度。睡一觉就好。”

“我知道。所以我才更清楚那份难受劲！”有莘不破搓着手掌，“我们是男人！男人受伤受累什么的不要紧，她一个女孩子，怎么受得了这苦？”

羿令符微笑道：“没想到你也有这样细心的时候。我看，就在这绿洲休息几天吧。”

“这……”有莘不破确实希望有时间让雒灵能安定下来休息休息，

但另一方面又牵挂着至今存亡未卜的江离。

羿令符仿佛看穿了他的心事："别太担心江离，也许他的状况比我们预想中的要好。"

"哦？"有莘不破随口应道。

"我这句话可不是安慰你。难道……你还没察觉到江离留下来的痕迹吗？现在这个绿洲到处都是江离的气息——虽然很微弱，不留心无法察觉。"

"什么！"有莘不破听了这句话马上来了精神，"痕迹？你说江离留下什么痕迹了？"

羿令符道："这个绿洲，已经荒废了三年。这里的生物早已经死尽死绝，经历了三年这么长的时间，只怕连百年大树的根系、离离野草的种子也早在怨灵的阴寒中腐灭了。雒灵净化了怨灵之后，水源变得清澈不难理解，但那些草木的幼苗在接触水源后立刻破土而出就令人不得不怀疑了。这些幼苗是哪里来的，为什么会长得这么快，你想过没有？"

羿令符的话还没说完，有莘不破已经跳了起来："江离！一定是江离！他也在这个绿洲！"

"那倒未必。"羿令符道，"不过他曾经到过这里倒是可以肯定的。也许他曾经和雒灵一样，想把这片绿洲从怨灵手中解放出来，不过因为某种原因没有成功，或者没法去做，只是留下了这些种子。比如……"

"比如什么？"

"比如他仍然被那个控风的少女限制住行动力，吊在空中没法下来，却随风播下了无数种子，以待后来的有心人。"

"不错！如果他还在这里的话，没理由不出来跟我们相见。嗯，他能留下这种子，看来性命已经无恙，甚至功力恢复了也说不定！"

"江离的状况到底怎么样还很难说，但至少比我们料想中要好得多。他留下这些种子，其中一个用意就是要给我们留下一个路标。"

"路标？"

"你忘了常羊季守的话了吗？三年前这里变成一个鬼绿洲以后，绿洲西边的沙漠就遍布重重幻象，无论谁进入那个沙漠不是迷失在里面就是走回这个绿洲，连天狗也走不过去。”羿令符道，“如果我没有猜错的话，这一路过去，前方会出现……”

“呼——”车城外传来一阵欢呼，打断了羿令符的话。

“出了什么事？”有莘不破道。

羿令符一动念，和他视觉相通的龙爪秃鹰向呼声的方向振翅而去。

“怎么了？”

羿令符微微一笑，道：“是好事。一起去看看，如何？”

有莘不破想了想，点头道好。回头看了看雒灵，她还没有半分转醒的迹象，有莘不破替她扶了扶被子，吩咐车长阿三照看好车门，这才跟羿令符下车前往辕门。

辕门外已经是一片春色。江离播下的种子长得很快，一夜之间便让这个荒废了数年的绿洲重新焕发生机。

羿令符道：“怨魂被净化以后反而成了一股灵气，江离的种子多半是借着这股灵气才能生长得这么好。”

两人一齐向西边走去，十几个人聚集在绿洲的边缘欢呼着，常羊季守也在其间。

有莘不破一来，挡住视线的人群分成两边散开，纷纷道：“台侯，你看！”

绿洲再往西边，本是一片绝无生机的沙漠，常羊季守曾经说过，在三年前绿洲发生剧变之后，这片沙漠中便有着常人难以突破的幻象，走进沙漠的人无论如何都会回到这个绿洲。然而此刻向西远眺，无边的茫茫黄沙竟然有一道绿色一直延伸到云与沙的交接处。在荒漠中出现这样的奇景，直令人以为乃是造化的恩赐！

常羊季守抚摸着靠得最近的一株鬼草①，喃喃道：“看来，可以回家了……”

---

① 鬼草：《山海经》中的神异植物，就是今天的忘忧草。《山海经·中山经》记载：牛首之山，有草，名鬼草，其叶如葵而赤茎，其秀如禾，服之不忧。

有莘不破指着那条绿线，兴奋地道：“江离！一定是江离！”

正抚摸着鬼草发呆的常羊季守抬起头来，问道：“江离？”

“嗯，是我们的另一位伙伴！”有莘不破骄傲地说，“我们这次去天山，就是去找他！这些、这些，还有这些……”他指着一株株的植物说：“很可能都是他的杰作！”

常羊季守一皱眉头：“你的这位伙伴有这样神奇的力量啊……我也很想见见。”

有莘不破道：“好！”接着突然咦了一声，因为他发现常羊季守的右臂竟然没事。“你的右手……”

常羊季守笑道：“我无论受多重的伤都能复原的，要不然早死在我哥的天狼剑下了，哪里还能见到你们。”

有莘不破道：“难道你是血宗传人？”

“血宗？”常羊季守道，“是威震天下的血祖吗？我听说过，但我和那个门派并没什么关系。我为什么老死不了，连我自己也不知道。”

有莘不破道：“那你能不能帮帮阿三。”

常羊季守摇了摇头，脸上略带着歉意。

“不要紧。”有莘不破笑道，“我相信一定另有办法的。”

雒灵睁开眼睛，却找不到有莘不破。她很艰辛地克服大脑的疲惫，勉强挣扎起来，打开车门，按照车长阿三的指引来到绿洲边缘。

“他在那里。”雒灵看到了有莘不破，“为什么那么高兴？是什么值得他那么高兴？”

“啊！雒灵！你醒了！”有莘不破奔了过来，一把抱住她，“看！看看！”

雒灵顺着有莘不破的手指看去：荒凉的黄色中镶着一线绿色生机。这个敏锐的女孩子马上感应到了那片绿色中留有江离的气息。

“原来是他！”不知为什么，雒灵心里突然涌起一股奇怪的感觉。她自己也不知道这感觉是怎么回事——虽然她控制过毕方，扰乱过九尾狐，还刚刚打败过常羊伯寇、净化了十万怨灵，可对于自己的心，她还是那么不理解。“江离留下的这一点气息，就能把有莘不破从自己身边带走吗？”

大大咧咧的有莘不破并不知道雒灵在想些什么，只是看着那绿色线条发笑。雒灵突然感到一阵疲倦，伏在有莘不破怀里，睡着了。

她再次醒来，已在铜车松抱上。车行辚辚，有穷商队已经离开了那个刚刚重获生机的绿洲。这一次，有莘不破还是没在她身边。这时雒灵的精神状况比上次醒来好得多了，很快就感应到有莘不破就在松抱上面。和他在一起的还有常羊季守。

雒灵轻轻跃上车顶，两个男人，一坛酒。

有莘不破醉眼迷蒙，看见雒灵，道：“醒了？”

雒灵轻轻倚在他背后，有莘不破便不再理她，举杯和常羊季守对饮漫谈。

“为什么他老是这样？”雒灵还是和往常一样不开口。她并不喜欢这个时候的有莘不破。以前她常常无声地坐在他的背后，用一种欣赏的心态看他和朋友们胡闹。但慢慢的她的想法变了。她希望有莘不破能多花一点时间在自己身上。她不希望在有莘不破心里，自己的分量仅仅和江离、桑谷隽、羿令符他们相等。她希望自己能攫住有莘不破心灵中最重要的一部分，甚至全部！可是她同时又猜不出自己在有莘不破心里到底有多重要。这个男人带给了她肥沃的心灵土壤和刺激的肉体快感，然而这个男人并不沉迷于温柔乡。雒灵曾经构想过有莘不破的两种身份：如果他是个君王，那他生命的主要内容应该是朝廷而不是后宫；如果他是个浪人，那他生命的主题也绝不会是家庭生活而是外面的世界。

“在他心里，我的地位或许比江离还不如。”这个念头偶尔在雒灵的心中闪过，然而她却不愿意深思，也不愿意去求证。也许她是害怕深思或求证的结果和自己所想的一样。

“到底，我应该怎么样才能让他……”当她想到这个问题的时候，她突然心中剧震！发现自己已经深深沉溺其中难以自拔时，雒灵知道，自己最大的考验来临了。雒灵的想法，有莘不破不知道。他已经醉了。就在这时，前方飞骑来报：“芈首领在路边发现了一个昏迷的年轻人！”

第二章
华夏战神刑天不死力量的觉醒

血宗传人

在有莘不破到达之前，身在前方的苍长老已经替那个落难的年轻人检查过了。

“身体严重缺水，看皮肤的干燥程度和风沙的覆盖情况只怕已经晕过去十天以上了。他在这里倒下去应该是在我们到达绿洲之前，多半是由于被沙漠的幻象所迷。我们发现的时候他几本已成为一具干尸，不知为什么居然还有微弱的心跳。”

“他就是我见过的第一百个人。”常羊季守看过那人之后道，“他是一个月前踏入剑道的。奇怪，我明明看见他被天狼剑斩首而死，怎么还活着？嗯，看来他就是你们没有找到的第一百具尸骨。”他翻看了一下那人的衣服：“没错，这衣服上的剑痕都是天狼剑留下的，但为什么皮肤上一点痕迹也没有。还有连颈项也没有一点伤疤。”

“当然不会有伤疤。”一直不开口的有莘不破说。他看着那个落难者的脸，似乎在考虑着什么。

看见有莘不破的脸色，常羊季守问道：“你认得他？”

“嗯。他叫血晨。”

“血晨？”芈压道，“这个名字好像听说过……啊！我记起来了，就是在巴国、蜀国边界上跟我们动过手的那个家伙！”

苍长老等人惊道：“那个血宗传人？”

常羊季守道：“敌人？”

有莘不破点了点头，道：“曾经。”

“那我们怎么办？”芈压问道，“还救他吗？”

“既然伸手，便不能半途而废。给他水喝。”有莘不破想了想道，“但暂时不要给他东西吃。还有，要找人看住他。这人很狡猾，不好对付，而且还不知道他为什么会出现在这里。”

芈压道：“别担心，我来看住他。”

常羊季守见有莘不破不置可否，说道：“我也留下吧。我想研究一下他衣服上的剑痕。”有莘不破这才点头答应，又道：“小心些，这家伙不是普通人，头砍下也能合上。”

常羊季守讶异道：“有这种事情？”

有莘不破笑道：“你不是手断了也能长出来吗？”

“可我不知道这世界上还存在着这样的人。”

有莘不破道：“这人是血祖的徒弟。”一提到血祖都雄魁，有莘不破就头疼不已，遇见那个大魔头是有莘不破有生以来最接近死亡的一次经历。“他们血宗的生命力特别顽强。我和他一个同门打过一架，刀砍手撕，内脏流了一地，却怎么也弄不死他。而这家伙好像比他那个同门还厉害。”说着把自己和血宗门下雷旭的那一战解说了一遍。

常羊季守沉吟道：“元婴，元婴……难道我能伤后复原、死而复生也是因为这个吗？”

有莘不破笑着说道：“说不定有些关系。也许你是那个血祖的私生子哦。”

常羊季守笑骂了一句：“胡说八道！”随即转为沉思。

有莘不破道：“总之这个家伙也许是上天送给你的礼物，趁他还昏迷着，你不如把他大卸八块，把心肝脾胃肾、经脉骨头什么的都挖出来琢磨琢磨。”

常羊季守道：“那怎么行！”

“不要紧。”有莘不破笑道，“这家伙不是什么好鸟，而且我保证你就算把他斩成一团肉酱他也死不了。”

有莘不破自然没兴趣在一旁等着血晨苏醒，趁着酒意，搂了雒灵回“松抱”了。反正血晨的实力也不见得能强过常羊季守或芈压，有两人看着，自己乐得袖手。

他和雒灵之间早已没有了羞涩，然而激情依旧不减。一直到了晚上车子停下才肯平静。云雨之后两人相拥而睡，直到晚间被人叫醒：“台侯，那人醒了。”

雒灵对那个血晨没什么兴趣，便不下车了。有莘不破吩咐人到“一品居”给雒灵弄点吃的过来，才跟着禀告者来到篝火旁。

这时候车城已经摆开，每架铜车上都点燃着一把火炬，车城中的空地上燃烧着三处篝火。进入沙漠以后，虽然没有树木干柴可用，但左招财却常常能在地底寻到一些可以燃烧的黑水充当燃料。

苍长老料想台首或许会有什么紧要话问血晨，因此传命商队各色人等都回自己所属的座车去。篝火旁边除了血晨，就只剩下有莘不破、芈压、常羊季守和留听使唤的阿三。

血晨早在旁人口中知道自己是被有穷商队所救，见有莘不破走近，低着头，也不施礼，也不道谢，闷着声不说话。

“嘻嘻，”有莘不破笑道，“没想到血宗的高足也会被这样一片小小的沙漠困住。”

血晨哼了一声，道：“龙遭浅水，算我倒霉。”

芈压嗤了一声：“这人真没礼貌！人家救了你，谢字也不说一声。早知道水也不给你喝上一口！”

血晨咬紧了牙，道：“如果不是被那怪人缠住，耗了那么多力气，我会被这沙漠困住？”

常羊季守道：“你又遇见我哥哥了？”

血晨冷冷道："我头颅被砍下的时候你不是在旁边看着吗？那家伙是你哥哥？嗯，你们的骨架倒有点像。他叫什么名字来着？"

"他叫常羊伯寇。你要报仇吗？只怕不容易吧。"常羊季守的本意是问他后来是否又遇上了常羊伯寇，听了血晨的话才确信那个被常羊伯寇砍下脑袋的人果然是他。

血晨哼了一声，冷然道："你以为我真的输给他？我不想在无谓的事情上白耗力气罢了。不过最可恨的还是这片见鬼的沙漠！"

有莘不破笑嘻嘻道："好了，你和天狼的事情我不想管。现在嘛……无论如何你是被我们救下来的，这笔账怎么算？"

芈压听得大奇，挟恩图报，这根本不像有莘不破的行事风格嘛。

血晨脸上阴晴不定，好一会才说："下次你落在我手上，我饶你三次不死。"

有莘不破一听放声大笑："那不用，而且你也没这机会。被你这样的人惦记着我想想就难受，哪怕你是要来报恩我也觉得恶心，我们还是尽快把账清了好。这样吧……"他指着阿三的断臂："能帮忙接上吗？"

血晨看了一眼，道："断掉的臂膀还在吗？要重生可比较麻烦。"

有莘不破目视阿三，阿三领悟到台首是在想办法要帮自己续上断臂，心中大喜，忙跑去把自己裹着黄泉之泥的断臂拿了过来。

血晨敲开泥壳，看了看说："保存得倒不错，像刚刚斩下来的。"

有莘不破道："你如果能帮他接上，我们之间就算两清了。"

血晨冷冷道："蜀国界北那次怎么算？"

有莘不破满不在乎地道："那次另算。"

"好。"血晨阴着脸，"续臂不难，但我现在没力气做事。"

"要吃东西？"

"一壶酒，两壶清水，五人分量的食物。"

有莘不破吩咐阿三去准备，芈压在旁边骂道："吃这么多，小心撑死你！"

血晨也不回话。不一会儿，阿三拿了粗粮酒水回来，他也不管好歹举起就喝，张口就吞，不经齿舌直下喉咙，不像是在吃东西，而像在往一口皮袋里装东西。一眨眼的工夫全吃完了。

先前由于有莘不破的吩咐，苍长老只让人喂血晨少量的水，因此有莘不破再次见到他时他的面皮仍然十分干枯。但这时两壶水一落肚子，皮肤马上光润起来，变化快得连常羊季守也感到吃惊。

血晨道：“再拿五壶水来。”

阿三道：“不是说只要两壶吗？”

“给他。”有莘不破说，“反正我们现在也不缺水。”

五壶水下肚，若是常人非把肚子撑破不可，血晨的肚子却凸也不凸出一丁点来，但本来就光滑的皮肤却更显细腻了。

常羊季守心道：“这样纤细的人，大西北只怕是一个也找不出来。只有中原那富饶腐败的水土才能养出这样的家伙。”

血晨吃喝已毕，站起身来，右手拿起阿三的断臂，往断口处吐了一口唾沫。

阿三怒道：“你干什么！”

血晨哪会回答他，左手探出，五指如刀，插入阿三的上臂，已经结疤的上臂登时血流如注。阿三痛得大声惨叫，连芈压都吓了一跳，就要动手，看看纹丝不动的有莘不破，心知有异，才忍了下来。

阿三拼命挣扎，有莘不破喝道：“阿三！他在给你续臂，是男子汉就忍住声别丢脸！”

阿三这才咬住牙关，闭上眼睛任血晨作为。

血晨五根修长的手指不停游动，拨动着阿三两截手臂的经脉骨骼，突然右手一送，把断臂安了上去，接着他咬破舌尖，将血喷在断臂接口上。那点血沿着接合处流动，所到之处，断臂自然吻合，结了一圈浅浅的疖子。

血晨冷冷道：“躺上三天就没事了，保证比原来的手更有力气。”

阿三点了点头，随即摔倒，原来是痛晕了过去。芈压叫来阿三的属下，把他扶回去休息。

“不错嘛。”有莘不破说，“你要是去做巫医，保证生意兴隆。”

血晨冷冷道：“断臂已经接上，我们之间有怨无恩。你说话给我小心点。”

有莘不破笑着说道：“你的身体倒是恢复得蛮快的。不过别忘了这里还处在沙漠的中心，没有我们，你一个人没吃的没喝的，未必能活着走出去。”

“同一个沙漠不可能第二次困住我。”血晨哼了一声，道，“至于吃喝，你们有穷商队的东西，我要拿就拿，你能怎样？”

芈压立刻充满了敌意：“你要抢？”

“是又怎么样？难道你们还拦得住我？”

有莘不破手按鬼王刀，笑道：“好极了！你肯动手最好。我正好拿你做个演习，积累点找寻元婴的经验，将来再遇见血祖也不至于手足无措了。”

血晨脸色一变：“你遇见过他了？”

“是又如何？”

血晨怒道：“不可能！如果你遇见过他，就不可能还活着！”

“呵呵，真是让你失望了。我确实遇见过他，不过现在也确实还没死掉。”

血晨对着有莘不破左看看，右看看，上看看，下看看，疑惑道：“他肯放过你？”

“我承认我的确还远远不是他的对手。不过当时倒不见得是他手下留情，或许是当时周围的高人太多，他不敢下手。”

“高人？不敢下手？”血晨冷笑道，“在他眼里，除了他自己，这个世界哪里还有什么高人……”他突然想起什么，道：“有莘羖？”

“不许你的臭嘴提我舅公的名字！”有莘不破心中一阵黯然，“那时如果我舅公还在，嘿！小相柳湖旁边只怕免不了一阵大战！”

“还在……难道有莘羖死了？可惜，可惜。”

有莘不破冷笑道：“我舅公谢世你可惜什么？难道凭你这两下三脚猫功夫还想向他老人家报仇不成？”

血晨冷笑道：“我当时不是他对手，不代表一辈子打不赢他。”

“呵！蛮有志气的嘛。成！我舅公的事就是我的事！这仇我揽过来了，你冲我来就好了。”

“我本来就没打算放过你！不过……”血晨道，“你还不是我最想对付的人。”

有莘不破一怔，顺口问道：“那是谁？”

血晨微一迟疑，道：“是我家那个老头子。”

“你家那个老头子？难道你是说你师父血祖都雄魁？”

血晨却不像有莘不破那样维护长辈的尊严，道：“没错。我和他已经势不两立了。有他没我，有我没他！”

“你们血宗的事，我可真搞不懂。师徒两个闹别扭，有必要搞成这个样子吗？”

血晨还未说话，辕门方向传来羿令符的声音道：“这是他们血宗的传统！”

有莘不破奇道：“传统？”

羿令符渐渐走近，在篝火旁坐下，对芈压道：“该轮到你去守卫辕门了。”

芈压道：“我想听听血宗的故事！”

“血门全是一些打打杀杀、冷酷无情的事情，没什么好听的。”

见芈压还不肯去，有莘不破说道：“芈压你多大了，还缠着大人听故事？”

这一下子命中了芈压的死穴，他最怕人家说他小孩子气，灰溜溜往辕门跑去了。

羿令符继续道：“血宗有个数百年未曾失灵过的诅咒，不破你没听过吗？”

有莘不破道：“没有。”

血晨则横了羿令符一眼，冷冷道：“你知道的倒真不少。”

羿令符淡淡一笑，继续道：“四大宗派都有各自的生命终极理想，以血宗而论，听说追求的乃是练成不老不死之身。”

有莘不破嗤之以鼻：“什么生命终极理想，不就是做长生不死的白日梦嘛！”

血晨冷笑道："井底之蛙！"

有莘不破道："若真的能够不老不死，那怎么不见第一代血祖活到现在？"

"不破你错了。"羿令符道。

有莘不破一愣："难道他们真能长生不死不成？"

羿令符道："我本人不是很清楚。但听一些前辈说，理论上，血宗是能达到这一境界的。甚至已经有人达到过这样的境界。"

"理论上？"有莘不破知道羿令符口中说的前辈，很有可能是有穷饶乌、季丹洛明这样的绝顶高人，当不至于信口开河。

羿令符道："以肉身生命力之强而论，血宗完全可以称得上天下第一。不过就算练成血门传说中的不死之身，也并非在任何情况下都不会死亡，而是说他们可以避免生命的自然终结。"

"生命的自然终结？"常羊季守道，"换言之，就是说他们没有被杀的话，就能一直活下去？"

"对。"

有莘不破道："血宗传到现在大概有十几代了吧？如果像你说的那样，怎么不见他们活下来？难不成他们个个都是死于非命？"

羿令符笑道："给你说中了。不但是死于非命，而且每一代血祖都死在自己最得意的弟子手上！"

有莘不破又是一怔，不禁看了血晨一眼，突然对他刚才那句话有些明白了。

羿令符继续道："据说当年血宗的创始人已经练成了不老之身，但就在接受诸门来贺的大典前夕，他被自己的弟子、后来的第二代血祖所杀。那晚到底为了什么，发生了什么，外人无法得知。但许多年后，一个说法渐渐在江湖上传了开来。那就是第一代血祖在临终前发下一个大诅咒：诅咒徒子徒孙，个个会被弟子所杀，血肉丧尽，尸骨无存！"

有莘不破听得心中一寒，心想血宗在四大宗中声名最恶劣果然不是偶然，连师徒传承的关系中都透着邪气。

羿令符道："这个诅咒到底是不是真的，我们就不知道了。不过数百年来，从没有一位血祖逃得过被弟子弑杀的命运。”

有莘不破道：“如果真有这样的诅咒，难道历代血祖就不会对自己的徒弟防着点吗？”

羿令符笑道：“这就不清楚了。这个问题，或许你可以上天山问问仇皇。”

血晨听得脸色大变：“你们……连仇皇大人的行踪都知道？”

有莘不破冷笑道：“哼！那有什么稀奇？”

血晨道：“你们既然知道他的来历，难道想不出他的厉害？居然还敢去见他？你们是活腻了，还是自大到以为凭你们几个能对付得了我那位已经天下无敌的祖师爷？”

羿令符叹道：“其实我也不想去招惹他，不过为了救出同伴，只能去博一博了。”

血晨扫了他们一眼，突然大笑道：“原来如此，怪不得少了一个！那个江离被仇皇大人抓走了，是不是？”

有莘不破怒道：“你笑什么笑！”

血晨笑道：“我笑你们异想天开！居然想从仇皇大人手里救人。且不说你们根本不可能斗得过他，就算你们有高人相助，这会只怕也来不及了。那个太一宗的家伙多半早被丢进血池分解掉了，连渣都不会剩下一点来！”

有莘不破闻言全身剧震：“你说什么！”

剑道的真相

“血池？”有莘不破道，“那是什么东西？”

血晨冷笑不语。羿令符的脸色则转为沉重：“是血宗修炼完美身躯的重要场所。”

“完美身躯？”

羿令符道：“每个人的身体都不可能是完美的，总有这样那样一些缺陷。而血宗追求永恒生命的第一步，就是构建一个完美的身体。据说要完成这一步有两个途径：第一是通过自身的肉体再生，把死肉、死皮或一些有瑕疵的部位去掉，利用血宗的重生法门重生。但这个法子见效很慢，而且重生之后的器官或部位也不见得能达到理想状态，通常只是比原来好些。因此必须一次次重生，才能渐渐接近完美身体的境界。单靠这一途径的修炼很慢，慢得几乎不可能在生命大限到来之前完成。不过，血宗还有第二个辅助的办法，那就是寻找理想的血肉来代替。”

常羊季守心中一寒，道：“理想的血肉？难道是把别人……”

“没错，”羿令符道，“具体的方法我不懂，但基本的原理听说就是找到一个健康的人，放进血池中融解，再把需要的那部分转移到自己身上。比如血宗门人对自己的骨头不满意，见到不破你的骨头够硬朗，就会把你扔下血池，抽出你的骨头换到自己身上……”

有莘不破心中一寒，截口道：“行了行了！别比如了！”转头盯着血晨，打量着他那漂亮的皮肤，修长的身形，森然道：“你也干过这种事情，对吗？”

血晨毫不畏惧，道：“那又怎样？”

有莘不破一听大怒。按照羿令符刚才所说的原理，那么血晨修炼成现在这具躯体，也不知已经杀害了多少无辜的人！

羿令符道：“不破，别冲动。真要动手他逃不了。嘿！血宗门下，没干过这事的只怕不多。”

有莘不破哼了一声，随即心中涌出一阵恐惧：“那个仇皇……他把江离抓去，难道……”

羿令符叹道：“这正是我最担心的地方。”

“他敢！他要真敢碰江离一下，我一定把他剥皮拆骨，管他什么不死之身！”

血晨冷笑道：“大言不惭！”

有莘不破知道血池之事以后，更不愿和他再打交道，手按鬼王刀，就要动手。

羿令符道：“不破，等等。”整个有穷商队能够阻止暴怒中的有莘不破的，除了江离就只有羿令符了。

羿令符对血晨道："你体力只怕也恢复得差不多了吧？到现在还留在这里，想来是有些打算的。你是想和我们做什么交易吗？"

血晨犹豫了一下，道："本来有过这样的打算。"

羿令符道："说来听听。"

血晨冷笑道："现在已经没这个打算了，不说也罢。"

"你倒也有几分脾气。"羿令符笑道，"你想和我们联手对付都雄魁，是不是？"

血晨冷冷道："你既然听说过那个诅咒，那你就应该明白，如果说这个世界上还有人能杀得死他，那个人就一定是我！"

"是吗？"有莘不破冷笑道，"那你去杀！我们不会跟你抢的！"

血晨冷笑不语。

有莘不破对羿令符道："我说什么也不会和这个家伙联手！你别拦着我，我这就宰了这个家伙！"

羿令符道："你不想救江离了？"

有莘不破动作一顿，道："就算是江离在，他也绝不会同意和这样猥琐的家伙合作！再说，你认为这样一个人渣真能帮到我们什么？"

"谁说我要跟他合作了？"羿令符转头对血晨道，"血祖的事情，我们暂时不担心，因此对联手对付他没兴趣。不过我们也许可以交换一点信息。"

血晨道："信息？"

羿令符道："血祖在西陲露过两次面，因此我们知道一些你应该还不知道的消息。而我们对仇皇却一无所知。"

血晨道："我怎么知道你所说的是真是假。"

羿令符脸色一沉，道："你既然怀疑我，就请便吧。"

血晨迟疑道："好，有穷饶乌的传人，想来不会说谎。你先说。"

羿令符斜眼一瞥，似乎因这两句话便把血晨看低了三分，道："第一，仇皇的使者两度在西南的雪原出现，因此你师父知道仇皇还活着的可能性很高；第二，四大宗师中除了你师父以外，还有两位曾在雪原出现过，现在你师父很可能被其中的一位牵制着。”

血晨心中琢磨着羿令符这两句话，觉得可信度很高，便道：“那我也告诉你们两件事情。”接着他便模仿羿令符的说话方式道：“第一，几十年前我祖师爷遭到暗算，尸骨无存，但他的元婴却未被完全消灭；第二，他这些年一直蛰伏不出，很可能就是因为他还没有造出一具完美的身体。”

常羊季守续道：“第三，你发现自己已被你师父猜忌，所以才打算前往天山，想利用你祖师爷的力量来对付你师父。”

血晨脸色一变，有莘不破大笑道：“没出息的家伙！在这里杀你，污了我们车城的地方。滚！既然你要去投靠仇皇，我们就在天山上再见分晓！”

血晨看看有莘不破，又看看羿令符，心中没有胜算，话也不丢下一句，隐入黑暗中。

血晨一走，有莘不破怒色转为忧色。

羿令符道：“别太在意血晨的话。仇皇把江离放进血池血解的机会不大。”

“哦？”

羿令符道：“你是见过都雄魁的，有没有注意到他的体质？”

有莘不破点了点头。

羿令符道：“我没见过他，但从感应到的气势推想，他一定是那种强横类型的。”

有莘不破道：“不错。十分雄壮！”

羿令符道：“由都雄魁可以推想，仇皇所要的身体应该也有相似的特性。江离一向偏重于调精养神，他的身体对仇皇来说只怕太脆弱了。而留着江离性命的话，也许有更好的用途。”

有莘不破一点便透：“你是说他会拿江离来跟他师父谈条件！”

“对！”羿令符道，“此外，四大宗派还有一个不成文的传统。”

“什么传统？”

“那就是一般情况下，宗师们都不会介入下一代的斗争之中。”羿令符笑道，“所以有朝一日，如果江离和雒灵动手，我敢打赌，就算雒灵的师父在场也绝不会帮忙的，反之亦然。因此宗师们主动向别的门派的小辈出手的情况很少见。仇皇比江离高出两辈，如果在江离受伤的情况下对他不利，会惹来耻笑的。何况，如果我所料不差，仇皇重造身体的材料应该也准备得差不多了，不缺江离这一块嫩肉。”

“不错！”接话的居然是常羊季守，“应该早就够了。”

有莘不破道：“你们在打什么哑谜？”

常羊季守苦笑道：“如果我们猜得不错的话，那这个流传了数十年的剑道传说，也许根本就是一个天大的谎言！”

“谎言？”有莘不破脑中灵光一闪，“你们是说，所谓血剑的存在，其实是仇皇用来吸引天下剑客蜂拥而至的谎言？”

羿令符道：“据说，在蛮南有一种异术，是把许多毒虫聚在一个狭小的空间内，让它们互相残杀，再把最后剩下来的那条最毒、最强壮的虫炼成毒虫。仇皇被徒弟害得尸骨无存，远避天山。但天山一带地广人稀，哪里去找那么多体质上乘的人来给他重造身体？”

有莘不破接着道：“于是他散布了这个谎言，把天下剑客都吸引到这个地方来，从中挑选适合的身体诱入血池血解，以此重生！”

常羊季守叹道：“只怕真是这样。没想到……没想到我们兄弟毕生追寻血剑的结果，竟然是找到了一个谎言。”

羿令符却道：“仇皇确实很可能利用了血剑传说。但血剑宗的传说未必全是假的。退一步讲，就算传说中的血剑根本就不存在，你们的努力也不会因为这是个谎言而白白浪费！天狗，还记得在我们刚见面时你所说的话吗？”

常羊季守精神一振，笑道：“不错。真正的剑客在这剑道上所寻找的根本不是血剑本身，而是它所代表的剑道巅峰！”

羿令符忽然道：“常羊兄，有一个传说，或许应该告诉你。”

“什么？”常羊季守问。

羿令符道：“据说，血宗那不死神通的形成，与刑天有关。”

“刑天？”

羿令符道："据说他是上古不死国[1]的后裔，其人纵然身受千刀，只要心灵不朽，身体就不会死亡，血宗之法，据说从此而来。"

常羊季守全身一震，低着头思索着，似乎想到了什么一般。

血晨走出有穷车城之后，意外地发现原本荒凉的沙漠竟然出现一条向西延伸过去的绿色植物线。他一开始以为是幻觉，就把其中一截仙人掌撕下来放在口中咀嚼，汁水黏稠，这才知道都是真的。

为什么会这样？血晨没有多想，沿着这道绿色向西边奔去，累了便卧倒在路旁休息，渴了便挖些仙人掌充饥。他对这生长不易的生命全无半点爱护之心，往往连根拔起，咀嚼不完便随手丢在地上。如此不知走了多久，天山已在眼前。

然而如何寻找神秘的仇皇呢？

天山横亘数千里，广袤、壮美而荒凉。这天，血晨在一片山坡草地上正感无着手处，依着感觉乱逛，蓦地瞥见草地上有两个人影，似乎正在歇息。血晨心中大喜，迎了上去，走近一看，只见那两人一个全身包在一团灰衣之中，不但看不清面目，连身材也瞧不清楚，另一个却是一个短发少女。血晨还没开口打听，那短发少女扫了他一眼，对那灰衣人说："主人，这男人的身体不错。"

那灰衣人动也不动，道："这家伙没用！全身都是二手货。"声音沙哑，听不出年龄，只知是个男人。

血晨听了这句话却心头大震，马上意识到这一男一女绝非常人。

那短发少女道："主人，我们继续上路吧，要不宰了这个家伙？"

灰衣人站起身来，道："不必理会他，由他去吧！"

血晨哼了一声，拦在两人身前。

那少女笑道："主人，这人要送死哩。"

灰衣人还没说话，血晨喝道："你们两个什么人，敢在本少爷面前撒野！"

---

① 不死国：上古传说中的一个奇特民族。据《山海经·海外经》记载："不死民在其东，其为人黑色，寿不死。"

少女笑了笑，左手抬起，灰衣人忽然道："且慢动手。"转身对血晨道："小伙子，你从夏都来？"他虽然面对着血晨，但血晨还是看不清他的面目。

血晨道："没错！"

灰衣人道："来天山做什么？"

血晨心中一阵迟疑，他找上这两人本有问路的意思，但真要问时却发现不知从何问起。加上眼前这两人来历奇特，心中起了忌惮，更不愿意轻易透露自己的意图。

灰衣人见他没回答，问道："你是来找血剑，还是来找血池？"

血晨心头一震，道："你到底是谁？"

灰衣人嘿嘿笑了两声，道："你是都雄魁的徒弟吧？"

血晨被人三言两语窥破来历，然而他却始终看不破这灰衣人的深浅，心头又是一震。

那少女忽然插口说："主人，既然这家伙的身体没用，跟他讲那么多干什么，把他杀了喂鸟吧。"

血晨将这两人前后的话一串，脑中灵光一闪，道："你们也是血宗门下！"

少女咯咯一笑，不答他的话，灰衣人却笑道："错了，错了。我怎么会是血宗门下？我是血宗的老祖宗！"

血晨一听大吃一惊。他来天山要寻找的就是上代血祖仇皇，所谓踏破铁鞋无觅处，得来全不费工夫！但他却万难相信会这么容易，冷笑道："你敢称自己是仇皇大人！哼！"

"'哼'是什么意思啊？"

血晨道："仇皇大人是我太师父！我绝不容许别人顶着他老人家的招牌，在外边招摇撞骗！如果你今天不能证明自己就是，我绝不放过你！"他这样子说话，其实已经信了两分。

灰衣人对他色厉内荏的威胁毫不理会，转头对少女叹道："这家伙没眼光、没见识、没根骨、没志气，都雄魁怎么这么没眼光，收你这样的徒弟？嗯，是了，是了，他是害怕那个诅咒！压根儿就没打算收嫡传的弟子。”

血晨听他道破血祖和自己间的关系，心下更惊，对灰衣人的身份又相信了两分，躬身道：“请前辈恕罪，晚辈从未见过太师父，所以不得不谨慎。若前辈能一显神通，令晚辈心悦诚服，晚辈自当鞍前马后，以供驱策。”

少女笑道：“威胁不行，改拍马屁了。主人，这家伙我瞧着恶心，还是宰了吧。”

灰衣人笑道：“不急。”又对血晨道：“你要到血池，想来是要找办法对付都雄魁了。”

血晨犹豫了一下，终于道：“是。”

“很好。”灰衣人道，“天山有一颗贪吃果，是上一次昆仑大开的时候，我渡过弱水带回来的，三十年前用第一次复活后的残余精血做土壤，种在天山某处。你去寻来，若找得到，便算是有缘人，我便教你怎么对付都雄魁。”

血晨听他的言语、气派、见识都像极了传说中的祖师爷，又听他说出“第一次复活”的话来，血宗元婴复活的形式进程乃是门中的不传之秘，这灰衣人居然能够道破，心中又多信了两分，当下道：“前辈所说的贪吃果，不知生在何处？有何特征？”

灰衣人一笑，那少女冷笑道：“要不要我去摘了送到你手上啊？”

血晨脸一红，灰衣人笑道：“羽儿，送他一程吧。”

少女道：“是。”手一挥，一股龙卷风拔地而起，血晨没有防备，被这股强大的龙卷风卷入天山群峰之间。

灰衣人道：“你这风起得大了。有穷商队离此已经不远，此时只怕已经见到了。”

“怕什么！主人！来一个拿一个，来两个拿一双。”

灰衣人道：“我只因尚未找到一副好骨架做根基，所以迟迟不肯完成最后的复活。现在这个身体不过是一个临时的宿体，要拿住那几个小伙子，只怕不容易。”

“何必主人动手！”少女道，“羽儿一个人便足够了。”

“哈哈哈……”灰衣人道，“你太自负了。别人不说，光是被你拿住的那个江离，根基就绝不在你之下。当时他要不是召唤大椿精力耗尽，你未必能胜过他！”

那少女却似乎不服，只是不敢和灰衣人抗辩。

灰衣人又道：“江离这小子真的很不错，申眉寿有这样的徒孙，运气啊！如果这小子能活下来的话，将来成就只怕还在申眉寿之上。你别看这小子斯斯文文的，其实骨子里傲气得很！但他言语间对自己的朋友那么推重，莫非那几个人也有和他不相上下的资质？”

少女道：“我可看不出这几个人如何了得，羽儿这点能耐，他们遇见了我还不是束手就擒？”

灰衣人嘿了一声，道：“如果我所料不差，那几个年轻人个个大有来头！那个手持日月弓的小伙子，多半是后羿的隔代传人。被你打得奄奄一息的多半是桑鬲（lì）的孙子或重孙。不过我最有兴趣的还是那个召唤出玄鸟的小子！嘿！契的后人，个个都不是凡品啊！我所要的绝世根骨，多半就在这三人之中了。”

少女道：“既如此，就把他们全部拿下，主人你再慢慢挑选。”

灰衣人一笑道：“你胃口太大了。我这次是来相相货色。要是能被你一网打尽，那这几个小子就不值得我如此期待了。你这次只要能引诱他们都出手就行。擒拿的事情，我自有主张。”

少女不敢违拗，点头答应。

风之少女

有穷商队停了下来，因为羿令符望见了那龙卷风。

“就是那风把江离卷走的？”有莘不破问。

羿令符点了点头。

“好像离我们不是很远。”芈压说。

有莘不破点了点头。

“停车！布阵！”三十六铜车首位环接，布成车城。

“不破哥哥！”芈压说，“我们这就去把那个袭击江离哥哥的家伙捉回来！”

“用不着！”羿令符道，“好好等着吧，很快就能见到那人了。”

有穷商队的车城仿佛凝固在黄沙戈壁间，辕门向西，远望天山的积雪。申时末停车，酉时初阵成，太阳落下，月亮升起，月亮退隐，太阳出山……整整一天过去了，芈压已经在辕门外等得睡着了，到处还是静悄悄的，一点动静都没有，羿令符看来却一点也不着急。

芈压等得烦了，叫嚷道：“不破哥哥！那个家伙一定是怕了我们，不敢来。还是我们去找她吧！”

有莘不破跃跃欲试，但看了看辕门内的羿令符，他正画地为棋，向常羊季守请教据说传自另一个文明的棋术。

“等一等吧。”有莘不破说。

“要是给她跑了怎么办？”

有莘不破还没回答，一阵沙尘扑面而来，打了他和芈压一脸，把羿令符画好的棋盘也盖住了。羿令符倒拖落日弓，又画了一个棋盘。

有莘不破赞道：“好风！只怕要来了。”

“没错，真的是她。”

好熟悉的声音啊！有莘不破一回头，一个人怔怔地望着西边发呆，脸色苍白、形容消瘦，正是多日来作茧自缚的桑谷隽！芈压欢呼一声，有莘不破也是心中激动，道：“小隽，终于醒了！”

桑谷隽向他做了一个要吐的表情：“别恶心！我告诉过你不要这样叫我！”随即恢复了那脸痴痴的神情。“嗯，我睡了多久了？”

“好久咯！”芈压说，“我们越过群群重山，现在在剑道上。看——那就是天山了！应该不远了。”

“剑道？”桑谷隽道，“那水族的事情……”

“解决了。”有莘不破道，“虽然留下了一些手尾。”

“手尾？”

“嗯。”有莘不破道，“后来弄得糊里糊涂的，只怕中下游还是免不了一场水灾，但应该不会很严重。唉，最麻烦的是江离给抓住了。”

“什么！”桑谷隽一震。

有莘不破道：“当时我们离得远了，都没看清楚，只知道那抓走江离的人是个控风的人，似乎是个少女。”

桑谷隽又是一震，叹了一口气道：“是她，真的是她。”

有莘不破道：“谁？把你打伤的人？”见他点点头，有莘不破骂道：“桑小子你也太窝囊了。打了败仗也就算了，怎么连对方的力气也没耗掉多少！从羿老大的转述看来，那人对付江离的时候简直还是个生力！嘿！还是个女人！”

桑谷隽这次出奇地没有还口，只是说：“她叫燕其羽。”

“燕其羽？”有莘不破看着他的样子，有些担心地说，“你小子不会迷上她了吧？”

桑谷隽没有承认，也没有否认。

“不是吧！你不是一直牵挂着那个坐着芭蕉叶的美女吗？这么快就移情别恋了？咦，等等，”有莘不破托了托下巴，“芭蕉叶……天！不会同一个人吧？”

桑谷隽点了点头，脸上居然有些红。

有莘不破见他这个样子，也不知道做什么表情好，说道：“呵，嘿，呵……原来如此，我说你怎么会那么没用，原来是遇到……遇到克星了。嘻嘻，我收回刚才骂你的话。”又拍了拍他的肩头，道：“不要紧，小隽啊，你这一仗败得大有道理，很好，很好。”

“好个屁！”桑谷隽骂道，“要不是我，江离就不会……”

“不要紧的。”芈压也上来凑趣，“只要我们把江离哥哥救出来，你再让嫂嫂给江离哥哥道个歉，双方就没事了。”

桑谷隽的脸色更红了，岔开话题道：“燕……燕姑娘到底为什么要和我们作对呢？”

有莘不破一怔，随即醒悟过来。刚才芈压的玩笑说得太容易了，仇皇可是那么好对付的嘛！能否救出江离已经是未知之数，就算能救出来，中间定要经过难以想象的苦战。燕其羽是仇皇的使者，只怕桑谷隽这点痴心是极难梦圆的了。

桑谷隽又问道："我昏迷的这段时间，到底发生了什么事情？"

"我！我来说！"芈压绘声绘色地讲了起来。有些芈压不是很清楚的，有莘不破便补充两句。太阳开始西斜，风越来越大。约一顿饭时间，芈压才把这一路来的事情讲完。

桑谷隽听说燕其羽竟然是仇皇的使者，急得直挠头，连玄鸟降临、天魔出现的事情也没什么兴趣了。直到听说新交了一个朋友常羊季守，这才向辕门内望了一眼。

有莘不破笑道："羿老大好潇洒，这会子还拖着天狗兄下棋。等他们玩完了，我再替你们介绍。天狗这人蛮有意思的，多亏我们老在他面前唠叨你的丑事，他对你也是'久仰'了。"

"哦。"桑谷隽答应着，但连芈压都看出他有些心不在焉。

"呵呵！"有莘不破骂道，"你这小子真不是东西！重色轻友。"

芈压噘嘴道："就是，就是！"

桑谷隽道："不破，你们……是不是怪我？"

有莘不破见他认真，忙道："别说胡话，我们开玩笑而已。这里这么多兄弟，绝对支持你排除万难，把那位芭蕉上的美女追到手！就是江离也肯定是支持的！"

"谢谢。"

有莘不破笑道："你别那么认真好不好，我不习惯。"

桑谷隽笑了笑，这才恢复了一点受伤前的神采，道："我能不能分别求你们两个一件事情？"

芈压马上点了点头。有莘不破却笑道："要我给你出谋划策，做个爱情军师吗？"

桑谷隽不理他的调侃，道："芈压，我肚子饿了。能给我弄点吃的东西吗？"

"肚子饿？就这点小事？"见桑谷隽点了点头，芈压不禁有些失望，这事也太小了。

桑谷隽把芈压送来的东西三两下扫个干净，赞了几声。这时，从西面扑过来的风已经越来越大了，羿令符和常羊季守的棋也到了紧要处。

有莘不破道："你要求我什么事情？"

"嗯……我能感觉到是她……"

"她？"

"燕姑娘。"桑谷隽道，"我在茧里就感觉到她要来了。"

"原来如此！"有莘不破和芈压一齐叫了一声。有莘不破满脸夸张的讥讽，芈压也学着他的样子，骂道："重色轻友！"

有莘不破笑道："看来我们还得多谢我们的芭蕉叶姑娘，要不是她，你都不知道还要在蚕茧里睡多久！"

桑谷隽今天的脾气出奇地好，话说得也有些底气不足："待会如果她来了……"

有莘不破笑道："放心，我们会给你个机会和她单独见面的。"

"不，不是。"桑谷隽说，"我希望你不要出手。还有，帮我看着羿老大，如果他要射箭，可无论如何帮我拉住他！"

有莘不破怔了一怔，道："那江离的事情，你打算怎么办？"见桑谷隽不言语，有莘不破道："等江离救出来，你要怎么做我们都由得你。但现在最要紧的，是救出朋友！"

"我知道。"桑谷隽道，"可是……"

"这件事我不能答应你。"有莘不破道，"待会你可以先上。最好你能把她留住！其他的，我不能答应你什么。"

桑谷隽叹了一口气，芈压看着觉得可怜，替他求道："不破哥哥……"

有莘不破喝断了他："芈压！"

芈压被他这一声断喝吓了一跳，随即点点头道："我知道了。"于是他便不再说什么，跟着有莘不破回辕门内看羿令符和常羊季守下棋。

桑谷隽独个儿站在辕门外，他身上只用蚕丝裹着，被大漠的风一吹，只觉得干燥难耐。他知道有莘不破的话是有道理的，现在应该把救出江离的事情放在首位。至于那个女孩，对她来说自己的恋慕不过是一厢情愿罢了。但就算如此他还是无法对她下手。在大相柳湖的地门，他就算在失去意识之后也没想过要伤害她，只是用一根丝线把她牵绊住，何况现在！

“也许我真的很没出息。”桑谷隽喃喃说。燕其羽伤了他，但他对她的思念反而更加厉害，甚至感觉到她的存在便提前破茧而出。

远方一阵混沌，野马耶？尘埃耶？究竟是天上掉下一个龙卷风，还是地上倒卷的羊角气？大风接天蔽日，把天地的界限都扰乱了。

“来了，终于来了……”那龙卷风离此还有数十里，但外围的威势已经足以令人战栗！桑谷隽知道，如果让旋风的中心卷到车城附近，就算是万斤铜车也得被卷上天去！

“不破说得对。”桑谷隽告诉自己，“现在最要紧的，是朋友！”走出数里，手按地面，“青山隐隐”——数座沙丘耸起，挡在有穷车阵前面。桑谷隽背对沙丘，等待着龙卷风渐渐逼近。

一片芭蕉叶滑过长空，停在桑谷隽上空，叶上的少女咦了一声，道：“是你！桑谷隽！”

“燕姑娘，你好。谢谢你还记得我。”

燕其羽哼了一声道：“你受了我风轮之伤，居然还没死！”

“嗯。谢谢你。”

燕其羽奇道：“谢我什么？”

“谢谢你关心我的伤势。”

燕其羽一听，不由莞尔：“你这人可真奇怪。嗯，那个江离说你喜欢我，是真的吗？”

桑谷隽全身一震，讷讷说不出话来。

燕其羽道：“不过他的话我不大相信。就算相信也没用，桑谷隽，你这种男人我不喜欢。”

桑谷隽只觉得脑袋轰隆隆作响，就像被雷劈中！

燕其羽看他失魂落魄的样子，轻蔑道：“没出息的男人！”

这句话把桑谷隽刺醒过来，勉强收拾好心情，仰头道：“燕姑娘。我的好朋友江离，是被你……被你带走的吗？”

“是。”

“他怎么样了？”

“还没死。”

桑谷隽哦了一声，不知是因为宽心，或者是一声无意义的呓语。

躲在沙丘中的有莘不破听到两人这一轮对话，咬牙切齿。旁边芈压道：“不破哥哥，怎么了？”

有莘不破道：“这婆娘好可恶！要不是碍着桑谷隽，我马上冲出去把她砍了。”

只听桑谷隽道：“燕姑娘，你能不能放了江离？我们做个朋友，好不好？”

燕其羽“哈”了一声，似乎听见了一个极其荒唐的提议。她指着背后十里处的龙卷风道：“看见没？这可是近三年来这片沙漠上最大的龙卷风。我把它赶到这里来，你这几个沙丘要是能挡得住它，我可以考虑考虑你的问题！”

“好！”桑谷隽隐隐间仿佛看到了一个可以化解双方对立立场的用力点，精神一振，脚下一沉，小腿陷入沙中，“燕姑娘，这里风大沙大，不但是你的地盘，也是我的地盘啊。”

燕其羽见两道沙线从桑谷隽脚下弧形衍射出去，绵延十余里，似乎要形成一个沙圈把龙卷风包围起来。“他要做什么？啊，是了，这沙线藏着他的力量！他要隆起一围沙丘把龙卷风困住！这旷漠之所以能形成大风，就在于阴阳二气不衡。若给他把这一带弄成一个小盆地，二气混沌，这里便成为一个死谷！”

燕其羽手一挥，几道风刃向桑谷隽袭去。桑谷隽抱头抵挡，叫道：“燕姑娘，你不是说只要我把这龙卷风……”

沙丘中有莘不破骂道：“桑谷隽这个浑蛋！见到女人连祖宗姓什么都忘了！那女人根本什么都没答应过他！”

果然，燕其羽冷笑道：“我有说过不对你出手吗？你受死吧！昊天风轮！”

有那巨大的龙卷风做底，风轮来得又快又狠，昊天旋风一瞬一千八百转，把桑谷隽全身绸衣撕成碎片，再把碎片撕成条条蚕丝。蚕丝在风中越来越多，但桑谷隽的脚却像岩石一样镶在地面上。燕其羽怒道：“你就是一座山，我也要把你拔出来！”

风力继续增强，旋风的向心力把往西南游去的龙卷风反引了回来，两处旋风并作一处，威力更是惊人。桑谷隽果然被慢慢拔了起来，但他的双脚还是没有离开地面，风力没有把他扯出来，桑谷隽脚下的泥沙岩石越隆越高，竟然似在借助风力形成一座沙丘——不！形成一座山岳！桑谷隽脚下的山峰越是高大，他就站得越稳！八万蚕丝随着龙卷风渐渐绞成一条条丝绳，扶摇而上，竟然向燕其羽缠来。

燕其羽大惊，想起在大相柳湖被桑谷隽一束蚕丝缠住，竟然耽搁了老半天！最后损了一角芭蕉叶才得以脱身，忙借风力再把芭蕉叶升得更高。从有莘不破的角度仰面看去，燕其羽只剩下一个小点，完全看不清身形面目了。

燕其羽在高空道：“你要独个儿赢我吗？没那么容易！这里可是沙漠，哼！昊天现劫，度尽一国众生！”

“燕姑娘，没用的。”面对燕其羽的招式，桑谷隽化作一个沙像，却被昊天旋风吹散，漫天风沙在空中四处奔流，作野马形，作猛兽形，作蝴蝶形。气轻沙重，燕其羽渐渐觉得负荷过度。桑谷隽的身形混迹于风沙之间，却显得游刃有余。

燕其羽心道：“我在高空他奈何不了我，他躲在沙中不肯出来，我也奈何不了他。看来真要拿住他也不容易。”这才服膺仇皇说过的话：“看来今天要完成我夸下的海口是很难了，且把主人交代的事情完成再说。”想着丢了已经被搅得乱七八糟的风轮，趁着风，羽毛一般掠过漫天沙尘，就要飞越沙丘向有穷车城冲来。

桑谷隽、有莘不破一齐叫道：“不好！”

桑谷隽一时脱身不得，有莘不破从沙中跳了出来，横刀而立。燕其羽笑道：“又来一个，看招！”九十九道风刃向有莘不破飞来。有莘不破张开气罩，把风刃挡在外围。燕其羽见了他这样严密的防御力，暗叫道：“好厉害。”

那边芈压也跳了出来，呼呼吐出数十个火团。有莘不破大惊道：

“芈压快停下！”

燕其羽哈哈大笑，吹一口气，把迎面而来的火团倒刮回去，落入有穷车阵之中！车阵马上一阵大乱。

“快！快救火！”

看着有穷商队的人蚂蚁一般乱窜，一些有穷勇士张弓向她射来，但离得太远，射到燕其羽附近早被罡风刮走！燕其羽笑道：“就这几支破竹子也来献丑？我是风之神！就是有穷饶乌来了，也伤不了我！”

蓦听一个雄壮的声音喝道：“放肆！”

一个极尖锐的破空之声响起，燕其羽眼前一花，左肩剧痛，从芭蕉叶上直掉下来。

桑谷隽“哎哟”一声，飞出蚕丝要救她。忽然一个黑影不知从何处冒了出来，裹住了燕其羽，化作一道血光，向西边掠去。

有穷车城乱成一团。羿令符看着被弄乱了的棋局，叹道：“可惜，可惜。”

血剑之影

羿令符伤了燕其羽后，那片芭蕉叶随风西飞。龙爪秃鹰箭一般冲了过去，把芭蕉叶叼住。芭蕉叶在秃鹰口中慢慢枯萎，化作一片羽毛，羿令符把它收了，顺手放入箭筒。

桑谷隽看着沙漠上点点猩红——点点是心上人的血。

有莘不破一拍桑谷隽的肩头，道：“别担心，我看得真切，羿老大那一箭只伤了她的肩。”

桑谷隽叹道：“我也有看到。但把她抓住的那影子……我实在担心。那家伙也不知藏在什么地方，我们居然都没有发现！”

芈压道：“桑哥哥，你也别太担心了。我看黑影九成是那个姐姐的伙伴。”

桑谷隽点了点头：“希望如此。”

桑谷隽用沙丘堆起一个盆地，把龙卷风渐渐消磨掉，常羊季守见了他的神通，深感佩服，两人定交。

风沙止息之后，有穷商队再次起程，在常羊季守的带领下来到他昔日的家园——天山山脉中的一个峡谷。

这个峡谷对于有几百人的有穷商队来说小了些，食物还行，商队自身的储粮足以支撑，饮水却明显不足。但桑谷隽已经醒来，方圆数百里内的地下水源尽在他指掌之中，用水便不成问题。

自从家庭被兄长常羊伯寇毁灭之后，这个刑天的后人常羊季守再也没回到这个伤心地。整整十年的时间无人踏足此地，房子破败得厉害。但草木鱼虫却依旧欣欣向荣。常羊季守坐在峡谷口，不肯进去。有莘不破等人安顿好商队之后出来，常羊季守指着群峰中一片红光道："看见没有，那团红云？"

常羊季守所指的是一座奇异的山峰。别的山峰顶端都笼罩在皑皑白雪中，唯独它顶着一片红云。有莘不破问道："那就是血池所在吗？"

"不是。"常羊季守道，"我虽然不知道你们所说的血池在什么地方，但那地方却应该不是。这山峰奇怪得太过明显了，能来到这个地方的寻剑人望见它没有不上去探个究竟的，我也曾跟着二哥上去过，却一无所获。山上除了那个奇怪的身影，没有别的东西。"

芈压道："奇怪的身影？"

"嗯。"常羊季守说，"据说，那是血剑宗留下的身影。所以人家都叫那个山峰剑影峰。"

芈压奇道："身影怎么能留下来？"

常羊季守笑道："很难说清楚，但如果看见你就知道了。怎么样，有没有兴趣去瞧瞧？"

有莘不破和芈压都跃跃欲试，羿令符道："我也曾听说有一个所谓'剑宗遗影'的存在，师韶还说他在那里听闻过剑鸣。他既如此说，那么那座山峰多半大有来头。"

有莘不破道："看来大家都想去看看的。不过那座山峰夹在群峰之间，铜车只怕是过不去的了。我们是要轮流行动，还是留下一两位首领在此留守？”

雒灵突然指了指自己。有莘不破道：“你想留下？我怎么舍得。”

雒灵倚在一块岩石上，似乎懒洋洋的不大想动，但又指了指自己，似乎决意要留守。

常羊季守道：“雒灵小姐若肯留下，那是最好不过的了。我大哥在雒灵小姐手上吃过大亏，就算恢复了元气，也绝不敢前来冒犯的。”

有莘不破犹豫再三，这才答应。

众人在谷中休息了一夜。当晚有莘不破十分不舍，搂着雒灵要缠绵，却被她推开了。两人认识以后，这种情况还是第一次。他轻拍她的肩膀，抚摸她的头发，做了许多暗示性的小动作，雒灵却总不理睬他。有莘不破心中郁闷，一夜辗转无眠。

第二天有莘不破黑着眼圈，和羿令符、桑谷隽、芈压到谷口和常羊季守会合。桑谷隽已经恢复了心情，指着他的黑眼圈大加嘲笑，芈压也在一旁落井下石。

苍长老送到谷口，雒灵竟没出来。有莘不破心中微微有些忧虑。羿令符道：“雒灵做事从来都有分寸，不要担心。”

有莘不破却哪里能把昨夜的事情说出来跟朋友们参详？想不出到底哪里出了岔子，只好接受羿令符的说法宽慰自己。

桑谷隽召来幻蝶供众人乘坐，往那座奇怪的山峰飞去。从峡谷中望去，只能见到笼罩着剑影峰的一团红云。望着似乎不远，其实路途甚遥。幻蝶朝着那红云飞出数百里，才渐渐把那山峰看得真切。来到峰前，已近傍晚。

这座山峰十分高大，山巅的南北两面都被血一般的红云笼罩着，常羊季守说从十几年前便已经如此。

桑谷隽本来要驱着幻蝶直上山顶，但羿令符道：“那红云只怕有些古怪。且不要去碰它！”众人这才在山脚停住，步行上山。山峰无路，却丝毫难不倒他们五人。

山间偶有野果野菜、青苔雪莲，都是平原罕见的珍物！芈压一见就手痒，随手采摘。后来摘得多了，他自己两只手拿不过来，有莘不破等只好帮他拿。五人越行越高，还没进入雪域，五个人十只手都被占了。眼见就要达到峰顶，常羊季守道：“好了，好了，绕过这个弯就到了。”

芈压抢先跑了过去。这时夕阳只剩下一点点余晖，这个坡崖背东面西，空荡荡一无所有。

芈压叫道：“什么也没有啊。”

常羊季守忽然大喝一声，引发雪崩，有莘不破大惊，张开气罩，把从山壁上落下的积雪弹下悬崖。

芈压叫道：“你干什么！谋杀啊！要不是不破哥哥，我们都得被雪埋了！”

常羊季守笑道：“你再往山壁看看。”

芈压一转头，只见自己的影子被夕阳拖得又长又大，映在积雪落尽的山壁上。“什么也没有啊，咦，这影子……啊！”他突然大叫一声，手指指向山壁，手中的野生瓜果落了一地。

原来芈压发现山壁上那影子和自己的身形并不一致，仔细看时，才发现是两个叠在一起的影子。再仔细看，又发现另外那个高达百尺的“影子”不是真的影子，而是凹进去的一个人形印记。那栩栩如生的形状，若说是天然的也太巧合了；但要说是人工雕刻出来，天下又哪有这样神通广大的匠人能完成这样的奇观！

有莘不破选了一个位置站好，把鬼王刀插在地上。

桑谷隽叫道：“好！”原来有莘不破站在这个位置上，被夕阳一照，背影投射在山壁上后刚好和山壁上那个人形凹印重合。

羿令符叹道：“现在我也相信当年血剑宗曾来过这个地方了。为什么相信，却说不出来。”

桑谷隽道：“或许他站在这里时，刚好就是现在这个时候。他的背影投在这片山壁上，不知使了什么神通，竟然在山壁上印刻了下来！”

有莘不破道：“也许他根本就没想过要用什么神通，看这个背影留下的神采，当年他一定是站在这里出神，对着这群山，对着这夕阳，自然而然地就留下了这‘影子’。”

这剑影峰比西面的群山都高出一头。有莘不破举目向山下望去，茫茫群峰尽在脚下，遥想当年血剑宗参透剑道无上奥秘，穷究武学之巅峰，来到此地，四顾无人……他胸间突然生出一股豪气，陡地放声长啸，羿令符、桑谷隽也都有同感，应声附和，三个人的啸声远远传了出去，又在群山间回荡开来。

雒灵抚摸了一下手中的长剑。她本不使剑，确切地说，她从来不用任何兵器。

倾国倾城的美女能用眼神杀人，雒灵杀人连眼神也不用。

此刻她手中的这把剑曾在常羊伯寇手中，屠杀逾十万。在那个不知何名的绿洲中，雒灵却又利用这把剑把十万怨灵全数超度。被雒灵植入心种后，这把剑就不再属于常羊伯寇，也不再是天狼剑，它应该叫什么名字呢？

“天心剑”——有一次常羊季守经过雒灵身边的时候，突然想起了这个名字。有莘不破等人都说这个名字常羊季守起得好，但常羊季守却知道这不是他起的。

此时周围一个人也没有，雒灵轻弹剑锋，竟然开口说话：“江离就在那个方向！我知道的。你会回来吗？什么时候回来？”

“灵儿。”一个比幽灵更恍惚的身影出现在雒灵背后，“你果然已经过了‘闭口界’了。可你为什么一直不开口说话呢？”

雒灵听到这个声音心中一阵激动。不必回头，她就知道是谁来了：“师父……”

“他当年一定来过这里的！一定！”有莘不破道，“虽然没什么理由，但我相信这影子一定是他留下来的！”

常羊季守叹道：“每一个来到这里的剑客、武者看到这影子，都像你一样，再也不会怀疑血剑宗曾到过这个地方！虽然大家都说不出是什么理由。”

桑谷隽望着山壁上的“影子”出神，道：“他到底是使了什么神通？难道他连影子也练得像他的剑一样锋锐了吗？锋锐得连山壁也经受不起！”

羿令符道：“来这里之前，我只道这所谓的‘剑宗遗影’是一个传说，但现在看来，这里只怕真的曾留下血剑宗的秘密。也许这个秘密和仇皇有关系也说不定！嗯，如果这样的话也许能从这座山峰找到一些关于仇皇的线索。”

芈压道：“血剑宗怎么会和仇皇有关系？”

羿令符道：“血剑宗是仇皇的徒弟，你不知道吗？”

“什么！”有莘不破和芈压一同惊叫起来。

“怎么可能！”有莘不破道，“那、那他和现在那个血祖……”

“是师兄弟。”桑谷隽睨了有莘不破一眼，“芈压年纪比较小，那也罢了。你师父何等人物，这件事你怎么会不知道！”

有莘不破一阵黯然，道：“血剑宗……在家里只要有人提起这个名号，我爷爷就会郁郁寡欢老半天，我哪里还敢问他！我也曾问过师父，师父却总说等我再长大些。可是……可是他怎么会是血宗的人！我听到的那个血剑宗虽然很难说是个仁慈的人，但……我无论如何也难以将这个传说中的剑神和都雄魁那魔头、血晨那变态联系在一起。”

“血剑宗不算是血宗的嫡传！”羿令符道，“虽然是上代血祖的徒弟，但他的功力主要还是用在剑术上。他在遇见仇皇之前已经是第一流的高手！这人太过神秘，江湖上谁也说不清楚他的来历。”他瞄了有莘不破一眼，道：“或许你爷爷知道。因为据说他也是东方人。”

有莘不破走近山壁，抚摸着，抚摸着，突然道：“我有种奇怪的感觉，他好像还在这里。”

桑谷隽道：“谁？”

“血剑宗！”

芈压道：“那怎么可能！”

“嗯，那只是一种莫名其妙的感觉，遥远得像我们的祖神玄鸟凤凰。”有莘不破道，“无论如何，这座山有重新搜索一遍的必要！这座山，一定有别人未知的秘密！”

羿令符道："我也有这个意思。"

常羊季守道："在你们之前，已经不知有多少人搜索过这座山头了。几乎连一草一木都没有放过，可还是搜不出个所以然来。"

桑谷隽道："我们不是别人！这一路来，我们做到了大多数人想都不敢想的事情！"

常羊季守笑道："说的也是。"

芈压的肚子却突然叫了起来。有莘不破笑道："小孩子的肚子就是不争气！"

芈压怒道："你胡说什么！"呼一团火喷了过去。有莘不破一闪跳开，闪入一个拐弯，远远道："我们分头行事，无论有没有消息，两个时辰之后再在此汇合。"

桑谷隽道："不破也忒性急了。天色已经黑了，等明天再搜索不是更好！"

羿令符道："常人也大多会抱这种想法，他们都没有成功，我们反其道而行，在夜里搜索更有收获也说不定。何况这里也不止不破一个人性急。"

桑谷隽笑道："莫非你也性急？难得难得，很少见你热心过。"

羿令符抚摸了一下在寒温中冬眠了的银环蛇，道："心？我的心早已死了，不过若说还有什么事情能让我的血沸腾的话……"他轻弹落日弓的弦，道："那可是和有穷齐名的奇男子啊！如果有可能，真想和他见上一面！"羿令符撮口而呼，龙爪秃鹰疾驰而下，抓住他飞向高空。

桑谷隽道："他们一个在空中找，一个在地面找，我到地底看看吧。"一边说话，一边沉了下去。

芈压问常羊季守道："天狗哥哥，我们搜哪里？"

常羊季守笑道："嗯，我御剑飞行的功夫还很蹩脚，又不会地行之术，还是老老实实到山坡的林间看看吧。"

芈压看着四处积雪，道："我倒是有个主意，我想把这些积雪全烧融了！"

常羊季守笑道："好主意！这壮举可从来没人干过！祝你成功。"

说着也隐没在一块积雪的岩石之后。

“可是我肚子饿啊。火气不够！”芈压坐在地上，过了好久才站起来，捡起被有莘不破等人丢在一旁的瓜果，把能吃的部分选出来，自言自语道：“我先做顿好的，储足火气，再一把火把这雪融个干净！”

太阳已经完全下山了。

这个晚上，连月光也没有。芈压不怕黑。他年纪还小，不懂寂寞的苦处，也还不怕，望着山壁，道：“血剑宗爷爷，你好，我叫芈压。现在就只有你陪着我了。唉。”他没来由地一叹，仿佛这样叹息可以显示自己会思考了，成熟了。

“这里什么东西都没有，只有雪，只有石头。血剑宗爷爷，如果你一直待在这里，会不会很寂寞？”他随口说着，取出从桑谷隽家里偷出来的一个会缩小的陶钵，放大成正常形态，又拿出随身带着的调料，堆石为灶、融雪作水，煮起野菜汤来。夜色如漆，数百里方圆只有灶中透射出来的那点重黎之火的光芒。

材料虽然简单，但芈压却用了心思。他一开始只是想做一点东西充饥，一动起手来，想起有莘不破所转述的“至味之道在于要约，不在于繁缛”的道理，便变得专注起来，忘记了身边的一切。一股清淡的味道慢慢飘开，芈压用力嗅了嗅，心中满意。可在这悬崖上，除了山壁上那“影子”，再没人能和芈压分享了。就在这时，山壁上那“影子”竟然慢慢缩小，变成正常人大小，跟着竟然游离了山壁，来到芈压身后，融入芈压的影子中。

山坡中的天狗剑，百里外雒灵身边的天心剑，有穷商队所有的长剑、短剑，都一齐震动起来。峡谷亮起了灯火，勇士们纷纷爬起来，抓紧自己的兵器。苍长老发出号令戒备，却找不到一丝端倪。

天狗抱紧自己的剑发怔，雒灵也抚摸着天心剑沉思。

“是他！难道他还没死！”

“他？师父你是指谁？”

回答雒灵的却只是一阵沉默。

芈压却完全不知道这一切，他关注的仍然是他的野菜汤，闻了一闻，知道火候够了，熄了重黎之火，心中赞道："淡而不薄，好汤！"

只听身后一人道："淡而不薄，好汤。"

芈压大喜，回过头来，一个男子孤独地站在黑暗中，一身白衣——那是搭配得多么寂寞的两种颜色啊。

血雾迷局

芈压看见背后那个白衣人，丝毫没意识到这个人来得如何突兀，只是着急地问道："好汤？"

白衣人微笑道："好汤。"

芈压让开身边最好的一个位置，道："来来！尝尝！"

白衣人笑道："我吃不得东西，能闻到这味道，已经很受用了。"

"吃不得东西，为什么啊？"芈压问道，"是肠胃有病吗？"

"不是。"白衣人说，"只是知道自己不能吃。"

芈压"哦"了一声，这一路怪事见得多了，也不再问下去，道："那你多闻闻。"

白衣人道："现在已经逊色两分了。刚才最好的那一刻，我已经受用了。"

芈压听了这两句话，心中不生气反而高兴："你真厉害！"

"厉害？"

"是啊！"芈压说，"就是不破哥哥也不能像你这样，只一闻就能道出我这汤的三昧！"

"嗯。"白衣人仰头默看漫天的黑暗，道，"少年时我认识过一个朋友，也能做出直渗人心的味道来……一晃就很多年了。"

"对了！我叫芈压，你叫什么名字？"

"名字？嗯，我有过很多个名字的……你叫我大头吧。"

"大头？"芈压说，"好像是个小名。"

"嗯。"白衣人说，"可我最喜欢这个名字。虽然叫过的只有我爸爸，我妈妈，我哥哥，还有阿衡。”

“阿衡是你的朋友吗？”

白衣人道：“少年时的朋友。我认识他的时候，和你差不多大。他煮的东西，也很好吃。”

“啊！真的吗？”芈压道，“以后要是见到了他，能不能介绍给我认识？”

白衣人点了点头，突然道：“有人过来了，是你朋友？”

“是啊。”

白衣人道：“我不想见其他人，不要告诉别人见到过我好吗？”

“为什么？”

“不知道。也许是因为寂寞惯了。”

芈压见他仰天长嘘，道：“好，我答应你。”

白衣人笑了笑，道：“那我先走了。”

芈压急道：“那我以后怎么找你啊！”

白衣人笑道：“你做出好东西来，我闻到自然会出来和你相见。”身形一转，闪入芈压背后，消失在芈压的影子中。

芈压回头时，哪里有半个人影，喃喃道：“大头好厉害啊。身法好像比天狗还快。”

“芈压，你和谁说话来着？”

芈压回过头来，原来是有莘不破。“没！我没和谁说话。”

“没有！那干吗说得结结巴巴的。”

芈压不善说谎，干脆不提这事，端了陶钵给有莘不破道：“不破哥哥，试试我这汤。”

有莘不破道：“不知你搞什么鬼！”他对芈压却很信任，心想他就算有什么瞒着自己，存的也不会是坏心，多半是小孩子心里打的小九九，当下也就不再追问。尝了一口汤，道：“好。可惜我来迟了一点，要不然更好。”

芈压心道：“不破哥哥也是个会吃东西的。不过大头更厉害些，一闻就知道了。”

羿令符从半空俯视，一开始没发现什么异状，后来试图接触那片红云，飞得近了，隐隐闻到一股腥味，心道：“难道这是血凝成的不成！”他心中揣度这片红云很可能和仇皇有关系，但不敢贸贸然闯进去，于是沿着红云边缘飞驰，结果发现红云覆盖了好广大的一片范围，似乎不止一座山峰！

这个高度空气已经颇为稀薄，呼吸略感困难，但羿令符一转念，驱动龙爪秃鹰，向更高处飞去。再升高六千尺，龙爪秃鹰已到极限。羿令符向下望去，暗喜道：“果然如此！”

原来他从半空中俯瞰，立刻将底下整个布局看得清楚：那片红云一共笼罩了包括剑影峰在内的五座高峰！五座高峰首尾相连，围成一团。中间另有一座较低的山峰，看样子似乎是一座死火山，处于五大峰中间的山谷中。

羿令符心道：“常人被这五座大山和红云所迷惑，极难发现中间另有天地。嗯，这些年来未必完全没有人发现，但发现的只怕也都被仇皇扔进血池去了。”正要靠近，只听一个少女的声音喝道：“好大的胆子！敢夜闯血谷！”一股旋风卷了上来，一个英姿飒爽的短发少女坐在芭蕉叶上，挡在面前。黑夜中无法远眺，等到靠近，两人才一起吃了一惊：“是你！”

羿令符冷笑道：“你的伤好得倒快！”

燕其羽气势一馁，退了一退。

羿令符哼了一声，龙爪秃鹰通灵，缓缓后退。羿令符见燕其羽不敢追来，心道：“这女孩让我那一箭吓怕了。其实在这样的高空上，我也未必是她对手！”他退回留有“剑影”的坡崖后，已近五更，天黑得厉害。其他伙伴却都已经聚集了。

有莘不破道：“老大，我们都没什么线索，你那边怎么样？”

芈压道：“管他有没有，羿哥哥，先尝尝我这汤。”

羿令符却先回答有莘不破的话：“找到血谷了。”

桑谷隽道：“血谷？”

“嗯。”羿令符说道，“应该就是仇皇的老巢。我和燕其羽打了个照面。”

有莘不破和桑谷隽一先一后地“啊”了一声。有莘不破问道：“在哪里？”桑谷隽问道：“她怎么样了？”

羿令符这次却先回答桑谷隽：“她没事，好像没受过伤的样子。”

桑谷隽松了一口气。

羿令符又道：“血谷就在这剑影峰后面。”说着讲了在高空所见的山势布局。

有莘不破道：“这好办！我们坐幻蝶越过去。”

“不好！”羿令符道，“空中有燕其羽守着，太过冒险。”

有莘不破道：“怕什么！我们这么多人，还怕她一个？”

羿令符道：“那可是在天上！是她的地盘。一个风轮过来，无论龙爪还是幻蝶都经受不起。”

桑谷隽不想和燕其羽冲突，也附和羿令符。

“那怎么办？”

羿令符道：“我们从地面找路进去！”

有莘不破道：“地面要是能找到路，这几十年来早被人发现了！”

“一定有路！”羿令符道，“而且还是血皇故意留下来的。只不过大多数人没找到而已。至于从来没人道破这个迷局，只怕是因为进去的人没一个能出来！”

常羊季守一直默不作声，这时才道：“羿兄说得没错。这样说来，当初我们一家没找到路，也许是好事。”

有莘不破道：“虽然有道理，但问题是我们得找到路！我可不想在这里转悠个十几二十年！”

“不用那么久。”羿令符道，“我已经连找路的法子都想好了。”

有莘不破笑道：“羿老大就是不同凡响。行！你说有办法准错不了。走吧，我们下山去。”

芈压道：“我这汤怎么办？羿哥哥不吃点？”

“不了。正事要紧。”羿令符道。

四人相继下山，芈压却有些流连，猛地放出一个火球，撞塌一角山壁，泥土积雪纷纷落下，把那土灶菜汤都埋了。自嘲道:“菜汤啊菜汤，我们正事要紧，没时间享用你了。这抔雪土，算是给你立个汤冢，嘿！天底下有坟墓的菜汤，你只怕是第一个！”

“芈压！你在干什么啊！”

“没什么。我来了！”

黑暗中没人发现山壁上那个“剑宗遗影”已经不见了。

“雒灵，你要不要过去凑凑热闹？”

“我答应过照顾这个商队的。”

“嗯，山鬼快来了，你可以让她代你守护这里。”

“师父你也要过去吗？”

“我现在就过去。那剑鸣是怎么一回事，我想去看看。灵儿，收好师父给你的‘小水之鉴’。还有这把天心剑，将来也许有用。”

剑影峰下。眼前已无去路。

羿令符正在找路，按有莘不破的说法，直闯进去就是，但羿令符却指了指那片血色迷雾，道:“一定有古怪。”

有莘不破冷笑道:“有古怪又怎么样！我把气罩张开，就不信这片红雾能穿透过来毒死我。”

“有点道理。”桑谷隽不怀好意地说，“不如你先进去试试。”

“进去就进去！”有莘不破二话不说，张开护身气罩就走了进去。才踏上一步，便觉这片血雾就像一团专吸能量的棉花，把他全身精力源源不绝地吸走。

季丹洛明号称防守力天下第一。有莘不破这个气罩传自季丹洛明，一旦张开，真的是刀枪不入，水火不侵。但此时有莘不破却用之而不得其法，他不知这片布满“血蛊”的血雾并非入侵，而是吸纳！因此这个气罩越强大他的真气就泻得越厉害。有莘不破走不到十步便觉得疲乏，知道不妥，连忙奔回。不跑还好，这一跑，真气泻得更快，往回跑了不到五步全身便几乎虚脱。桑谷隽一见不对，飞出蚕丝把他拉了出来。桑谷隽的蚕丝只是一进一出的瞬间，但真力仍然透过蚕丝迅速泻出，才把有莘不破拉出血雾，便觉右臂一阵酸麻，不禁叫道：“好厉害！”

有莘不破几乎站立不稳，道：“这什么鬼雾气！比蛊雕的胃液还厉害！”深吸一口气，这才真力渐复。心下大怒，抽出鬼王刀一个凌空斩劈了过去，那刀气也马上消失在红雾之中。

芈压道：“我用火试试！”一条火龙喷出，也和刀气一样，进入不到数尺便被那红雾“吃”得干干净净！

芈压叹道：“好可怕！要是把这血雾收集好了，把人罩在里面只怕连血祖那样的人也非被榨成干尸不可！”

羿令符道：“那倒未必！我们见识不广，不知如何破这血雾罢了。如果是季丹大侠到此，或有莘羖前辈复活，或许知道对付的法门。”

桑谷隽道：“这血雾这么厉害，还是用幻蝶飞越过去吧。”想起还是要和燕其羽作对，心下黯然。

羿令符道：“不好，不好。燕其羽的风轮很难抵挡，她要是躲在暗处放风，我的箭就未必能奈何她。离开了地面你和不破只怕也不是她的对手！”

有莘不破道：“羿老大，我记得刚才在山上你说过能找到路的。”

“嗯，”羿令符道，“我心里确实有个想法可以试试。”

“那就快动手。”

“不过，”羿令符道，“我们就这样进去？”

“当然，难道还要等什么？”

“进去不见得很难，问题是……”羿令符叹道，“凭我们现在这个样子能对付仇皇？”

几个人都是一怔，桑谷隽随即也叹了一口气，道：“没错。我们来得太匆忙了！本来，对付仇皇这等大事是不该草率的。光是仇皇布下的这片血雾我们就对付不了，见到他本人那还得了！”

有莘不破皱了皱眉头，道：“依你们说该怎样？”

桑谷隽道：“自然是要有一个好计划。”

“计划？”有莘不破冷笑道，“怎么计划？你知道仇皇有多大实力吗？知道他有什么缺点吗？知道什么东西能克制他吗？不知道！我们完全不知道！待在这里空想，一辈子也不会有什么计划可以想出来！”

桑谷隽也冷笑道：“依你说又当如何？”

“先想办法进去，打上一两架就把仇皇的底细摸清了。”

桑谷隽哈哈大笑，道：“打上一两架，你以为小孩子玩摔跤啊！所谓‘高手决斗，生死一瞬’！他会给你机会第二次动手？那是仇皇！都雄魁的师父！一个不慎，我们就骨头渣都不剩下！”

芈压对常羊季守说：“从他们两个人的话里我悟出了一个真理。”

常羊季守微微一笑：“什么真理？”

芈压回答道：“如果你有一个对头，千万别和他说话，你说什么都是错的。”

羿令符大笑道：“芈压长大了。”

芈压白了他一眼：“什么话！我本来就长大了！”

常羊季守道：“其实，刚才有莘兄和桑兄说得都有道理。”

芈压道：“我又悟出一个真理。”

这次问他的人是桑谷隽：“什么？”

芈压道：“天狗哥哥是我们的客人。”

有莘不破嘘他说：“这算什么狗屁不通的真理！”

芈压道：“你们俩刚才的那几句话在我听来也狗屁不通，但天狗哥哥却说你们俩都有道理，不是客人，会说出这么客气的话来吗？”

常羊季守哈哈大笑，道：“看来我如果想做你们的朋友，而不仅仅是客人的话，就应该对他们两人各打五十大板！”

芈压拍手道：“这就对了！”

羿令符突然道：“我说一个真理吧。”

众人一起聆听，羿令符道：“我肚子饿了。”转头对目瞪口呆的芈压说：“可惜了你刚才的菜汤。”

常羊季守道：“我记得附近有条小河，里面可以抓到一些鱼。”

芈压道：“我可以再去采些野菜来。”

羿令符道："我让龙爪帮你。"

桑谷隽道："我留在这里给你堆个灶吧。"

有莘不破道："我……"

几个人一起道："挺尸去吧你！"

常羊季守抓了五条长着狗头的小鮨（yì）鱼[①]，按桑谷隽的说法，"塞牙缝都不够"，但芈压则很喜欢，说可以拿来上味。他和龙爪秃鹰带回来许多野菜野果。

桑谷隽等他们回来，才挥了挥手，弄出一个土灶来。芈压不悦道："桑哥哥太没诚意了！"又指挥羿令符去打水，羿令符用《广寒曲》冻出一块冰拿了回来。

不多时，一大陶锅的鲜鱼野菜汤就熟了。有莘不破尝了一口道："猪食！"

芈压笑道："没办法。堆灶的人和取水的人都没用心。"

有莘不破道："你呢？"

芈压望着剑影峰，道："我今天的心意在山上用完了。"

有莘不破不再说话，三两下把一钵菜汤一条鮨鱼都吃了个干净，吃完便躺下睡觉。其他人用完膳食，也各自就地休息。一直到第二天中午，有莘不破犹在打呼噜。

几个年轻人或许都不知道，当他们睡觉的时候，都雄魁就在远处看着他们。

"这几个人如何？"一条人影幽幽垂在都雄魁身后不远处。

都雄魁冷笑道："不多陪陪你徒弟？"

"我听见剑鸣，过来看看，却什么也没找到。下了山就看见这几个孩子。你呢，有没有发现子莫首？"

① 鮨鱼：《山海经》中长着狗头的鱼。据《山海经·北山经》记载："诸怀之水出焉，而西流注于嚣水，其中多鮨鱼，鱼身而犬首，其音如婴儿，食之已狂。"

“没有。”都雄魁扫了一眼远处的炊烟，冷笑道，“他们找不到路进血谷，在那里磨蹭着呢。”

“是吗？未必是磨蹭吧。我看他们是在等待时机。”

“时机？”

“别人不懂，你还不清楚吗？你们血宗的这血蛊子夜最厉害，到了白天就差多了。现在这片雾气虽然把整个山谷裹了个严实，但到了明天中午，雾气稀释，只怕就会露出些缝隙来。那些缝隙便是通往血谷的血道。这几个孩子，等的应该就是那个。”

“他们真有你说的那么精明？”都雄魁冷笑道，“我只看见他们在胡说八道、消磨时间。”

“我却处处看出这些孩子的可爱来。灵儿喜欢的那个男孩，气罩用而不得其法，被血蛊消耗了大量的精力，他那些伙伴明明要争取时间让他恢复，却表现得不露半点痕迹。”

都雄魁笑道：“是吗？我怎么觉得根本是小孩子在无端吵闹？”

“呵呵，你好像很不喜欢他们嘛。嗯，刚才我不在的时候，你为什么不冲上去杀掉一两个？”

都雄魁冷笑道：“你知道我们之间有约定在，何必明知故问。”

“但你最喜欢干的不就是说话不算数吗？”

都雄魁“哼”了一声不说话。

“莫非……这几个孩子已经达到了让你没有把握的境界了？”

“没有把握？”都雄魁冷笑道，“要不要现在就取消约定，让我去宰掉两个？”

“呵呵，那倒不必。不过这几个孩子进步可真快啊。他们分开来还是弱了些，抱团的话……也许对付你那个老头子也没问题。”

都雄魁冷笑。

“你有没有想过，你那个老头子为什么近来敢这么明目张胆？”

“为什么？”都雄魁沉吟了一会，脸色微变，“难道他已经……”

“应该已经能发动‘流毒’了！所以才不怕你找来！”

都雄魁皱眉道：“这可有点麻烦了。”

“所以你现在不能让他发现你来了。”

都雄魁嘿了一声，道：“我会怕他？”

“不是你怕他，是他怕你！他应该还没有完全复活，自知不是你的对手，只怕一见到你就马上发动‘流毒’大家同归于尽！”

“你的意思是……”

“还是和大相柳湖那次一样。让孩儿们在前面冲，我们给他们收拾点手尾便是。你那老头子不会谨慎到一遇上他们就发动‘流毒’自杀。不过，嘿！以这几个孩子现在的本事，你那个老头子对付完之后，就算不死，只怕也没力气‘流毒天下’了。”

都雄魁笑了起来，道：“说到底，还是你们女人阴险！”

黑暗中的影子咯咯笑了笑，说：“其实我也只是觉得，最近上古遗族出现得越来越多，连刑天的后人都出现了，而且他似乎在慢慢觉醒。我也真是有些替你担心，别闹得让刑天那真正的不死之神也觉醒了，将你们血宗不死不老的秘密给掀了底！”

都雄魁听了这话，冷笑一声，道：“不死之神？真正的不死之神只有一个，那就是我！”

有莘不破打起了呼噜，连桑谷隽和芈压也睡着了。羿令符却还瞪着眼睛望着什么也没有的夜空。

“在想什么？”说话的是常羊季守。

羿令符道：“我在想，我们到底凭什么去对付仇皇。”

第三章
夏商开战，巫师眼中的天下大势

芈压失陷

有莘不破一觉醒来，已经是第三天上午，身边只有桑谷隽和芈压。

“他们俩呢？”

“找路去了。”回答的是芈压。

“还没找到啊。”

“早就找到了。”桑谷隽道，“哼！那个鹰眼浑蛋，居然收藏了燕姑娘的一根羽毛也不告诉我！”

有莘不破道：“什么羽毛？”

芈压道：“是燕其羽姐姐的羽毛。还记得那片芭蕉叶吗？就是燕其羽坐着的那片芭蕉叶。”见有莘不破点了点头，芈压道：“那天羿哥哥伤了那位姐姐，那片芭蕉叶掉了下来，变成一片羽毛。当时我们都没留意到，但龙爪秃鹰却把那片羽毛叼了下来，羿哥哥随手丢进了箭筒。”

桑谷隽嗤之以鼻：“什么顺手！我说他是别有居心。”

有莘不破笑道：“我知道那长得像漂亮小伙子的燕姑娘你很喜欢，可别以为别人也会像你一样见了一眼就会迷上她呀。”他又问芈压道：

“那片羽毛怎么了？”

芈压道：“昨天你一直没醒，所以不知道。原来到了中午，这血雾就会淡下来。羿哥哥说了声‘果然如此’，就取出那片羽毛来，注入了灵力。”

有莘不破拍手道：“我懂了！这片血雾在夜里很浓密，但稀散之后就可能露出夜里没有的路来！不过这山谷范围太大，找起来还是很麻烦。那片羽毛注入灵力之后，很可能会飞回去寻找主人！有那片羽毛带路，我们找路就方便多了。后来如何？和羿老大的设想吻合吗？”

芈压道：“后来果然和羿哥哥的设想一样！那羽毛真的飞了起来。桑哥哥用天蚕丝系着不让它飞得太远。昨天是他们俩去的，我和天狗哥哥留下来听你打呼噜。你问桑哥哥吧。”

有莘不破看桑谷隽时，只见他却不看自己，装作没听见。

有莘不破道：“他怎么了？”

“不知道。”芈压道，“好像和羿哥哥吵架了。”

“吵架？”有莘不破笑道，“就因为他们俩吵架，所以今天换了天狗和羿令符去找路，他陪你听我打呼噜？”

芈压笑道：“对！”

有莘不破笑着对桑谷隽道：“桑大哥，那个鹰眼怎么得罪你了？”

桑谷隽哼了一声道：“没什么！”

有莘不破望着芈压，芈压抿着嘴不肯说。有莘不破一拍大腿，道：“我知道了！一定是你向羿令符要那片羽毛，他不肯给你！结果你就以为他……以为他也对那个风女子有意思。”

芈压赞道：“不破哥哥真是天才少年！”

桑谷隽哼了一声，道：“别说得我那么不堪！我不过说那片羽毛让我保管，谁知道那家伙居然说我遇见……遇见燕姑娘马上就会误事！这也太瞧不起人了！我桑谷隽是什么人，连轻重缓急也不分辨吗？”

有莘不破哈哈大笑，道：“你没见到燕姑娘，是懂得分轻重缓急的；见了燕姑娘，只怕就头重脚轻了。”

桑谷隽怒道：“不破你要打架吗？”

有莘不破一捋袖子："谁怕你！我睡了这么长一个好觉，正愁力气没处使呢！"

两人剑拔弩张，突然一团火冲了过来，吓得两人分别跳开。

芈压叹息道："我们到底是要干什么来的？好像是要来救江离哥哥的吧？"

有莘不破一听到江离的名字，一股气登时松了。桑谷隽想起江离之所以被擒，自己实负有不可推卸的责任，心中也馁了。

芈压叹道："今天真奇怪啊。"

有莘不破道："怎么？"

芈压道："你们刚才的表现实在太孩子气了，而居然是由我来对你们晓之以大义！不知道的人，还以为你们才十六岁，而我已经六十岁了！"

"那不正好？"只听常羊季守的声音道，"芈压，你不是一直很想长大吗？"

有莘不破喜道："你们回来了！找到路了吗？"

"昨天就找到了，"说话的是羿令符，"但那条路不好走，我们多等了一天，想找找别的路径，不过看来也只有那里了。"

有莘不破知道他们再等一天多半还有一个原因，那就是为了等自己恢复精力，道："有路就行，只要能越过见鬼的血雾，再难走也不怕！"

羿令符道："从这里过去大约十五里，在一块怪石后面，午时二刻会出现一条路径来。我射过一箭试过，可以通行。不过这条血道出现的时间只有一刻多一点，我们必须在一刻之内越过血雾区域，否则就得退回来！"

有莘不破道："一刻，要越过去大概要走多长的路？"

常羊季守道："大概二十里。"

有莘不破笑道："才二十里！以我们的速度，根本没问题！"

羿令符道："没有人阻挡，那自然没什么问题。"

有莘不破道："谁敢来拦我们！"

羿令符道："仇皇是一代宗师，地位尊崇，神通广大，他手下有几个能人并不奇怪！”又看了一眼桑谷隽，道：“别人不说，光是一个燕其羽，就不好对付。”

桑谷隽哼了一声，道：“行了！我知道自己的不是！总之如果遇上她，我……我跟别人动手，她由你们对付便是！现在救江离要紧。嘿！我枉自多活了几年，这道理还要芈压来教。”

“他们来了吗？”

“主人，他们来了。”

“找到血雾之隙了吗？”

“找到了。”

“很好！这几个人的根骨都是极品！那个有莘不破的根骨尤其合我的口味！一并都拿下了。”

“我这就去安排。”

“等等！”

“主人还有何吩咐？”

“虽然占了地利，但你们几个还是没办法把他们一口气全部打倒的。饭要一口一口吃，人嘛，一个一个抓。懂了吗？”

午时二刻，把血谷层层围裹的血雾现出一条缝隙，形成一条仅容两马并行的小道。

“走！”

五条人影飞了进去，领头的是有莘不破，桑谷隽、芈压和常羊季守居中，羿令符断后。十五里、十四里、十三里……

在这条血雾之隙的中点，有一片好大的血雾空白区域，宽约数十里，地形复杂，怪石嶙峋。这片中间地带把通往血谷的道路分成前后两段，通往后段血雾缝隙只有一个狭小的入口，入口处挺立着一块巨石。常羊季守看得大惊：“好一个战场！如果有狙击，应该就在这里了！”

果然“嗤”的一声，一道剑气从那巨石后面袭来，伴随着剑气的还有风刃，剑气和风刃混在一起，所过之处，连坚硬的地面也被撕出一条条伤痕。有莘不破张开气罩，消解掉大部分的攻势，但脚步也慢了下来。

最后面的羿令符脚下不停，叫道："没多少时间！不破！冲过去！"落日弓一响，"巨灵之柱"发出，击破了挡在路口的那块巨岩；落月弓再响，《广寒曲》轻奏，一道寒流从有莘不破、桑谷隽等身边划过，直刺巨石崩毁后露出的几条人影。

那道寒气接近那几条人影，突然一阵扭曲盘旋，从那群人左侧穿过，绕过他们背后，一个转折，从那群人的右侧倒飞回来，攻向冲来的有莘不破。

羿令符惊道："对方有操纵寒气的高手在！"

有莘不破只觉冰寒扑面，就如同赤身裸体睡在冬夜里的黄河岸！不由地打了个寒战。芈压叫道："不破哥哥让开！"一捶肚子，吐出一条火龙。火龙遇到寒气，渐渐消解，而寒意也被火龙的热气驱散了。但有莘不破等的脚步都已停下，冲劲已失。

羿令符不得已也停下了脚步，暗中叹了一口气，心道："对面几人功力不俗，要是进入拉锯战，一刻间哪里能解决！这下麻烦了！"

灰尘寒雾散尽，对方终于露出了面目。桑谷隽一望，几乎叫出声来：低空悬浮着的那片芭蕉叶上，坐的正是燕其羽。芭蕉叶下面，站着一个木偶一般精致而麻木的女孩子。女孩子左右分别立着两个熟人，赫然是天狼常羊伯寇和血宗的血晨！

常羊季守深深地看了哥哥一眼，有莘不破则哼了一声道："当初没把那个变态处理掉，果然碍手碍脚！"鬼王刀凝聚氤氲之气，就要发动大旋风斩！

血晨却抢先一步，指甲划破自己的大动脉，喷出一片血雾，向有穷众人罩来。

有莘不破沾上一点，真力陡泻，连忙退开，叫道："小心，这血雾也能吸人精力！"话才出口，一股寒意从口腔直透进去，一瞬间竟把他冻僵了！

桑谷隽等大惊，冲上救援，一道剑气借风刃的推力破空而来，把要冲上来的桑谷隽和常羊季守挡在有莘不破数步之外。

羿令符心中一凛："他们的目标是有莘！"两弓合并，四箭齐发。他一次发四箭，威力稍减，其中两支分别被常羊伯寇的剑气、燕其羽的风刃挡开，血晨硬受了一箭，那一箭正中心脏，他却毫不在乎。只有那个木偶般的女孩子被死死钉在地上。

这四箭把对方四人的行动都阻了一阻，羿令符叫道："情况不利！快撤！"

桑谷隽使一招"望风卷土"，地皮倒卷，连同有莘不破一起拖倒。羿令符断后，一眼瞥见芈压不退反进，暗叫不好，芈压的五条火龙已把倒在地上的女孩卷了起来。

桑谷隽叫道："快回来！"

芈压叫道："至少抓一个回去！我……"突然一阵颤抖，一道寒气竟然逆着火龙传了过来，瞬间冻得芈压手脚麻木，无法动弹。燕其羽手一挥，一阵旋风把芈压扯了过去。

常羊季守挺剑来救，血晨划破动脉，一片血雾把两拨人隔了开来。

羿令符叫道："先回去再作打算。"

桑谷隽一咬牙，拖了不断挣扎的有莘不破便退，常羊季守跟着撤退。断后的羿令符杀心陡起："至少干掉一个！"日月弓用上了"死灵诀"，箭筒里抽出燕其羽的羽毛，放弦之际，突然想起师韶的一句话："她是被仇皇用风神飞廉的骨血做的一个傀儡，挺可怜的一个女孩子。"师韶也不知道自己无意间一句话会救了一条性命。羿令符念头微转，仍射出了羽毛，随即撤退。

血雾阻隔了双方的视线。那片羽毛却像长了眼睛一样，一个斜飞，从血雾的一个缝隙中穿了过去，无声无息地贴在燕其羽的头发上，如鸟归巢。这羽毛本是燕其羽身体的一部分，因此燕其羽竟然毫无知觉。

才出血道，有莘不破的行动力便恢复过来，他身子一挺，又向血道冲去。羿令符和桑谷隽双双拦住他道："做什么！"

有莘不破怒道："芈压还在里面啊！"

羿令符道："再过半刻血道就要合上，来不及的。"

有莘不破喝道："来得及！"

桑谷隽叫道："不破你别吵！我已经有办法进去了。"

有莘不破稍微安静下来，道："什么办法？"

桑谷隽道："我用地行之术，从地底攻进去！"

羿令符道："当初江离利用'桃之夭夭'的根系便能阻截你，仇皇的手段更在江离之上！焉知他在地下没设陷阱！"

桑谷隽道："无论如何，我先试探一下！"说着身子就要下沉，羿令符拉住他道："无论发现什么，要先上来跟我们说一声，不要一个人进谷去！"

"知道！"

有莘不破已经平静下来，不再吵着要进那已逐渐合拢的血雾缝隙，踩着地面，躁道："芈压不知怎样？"

羿令符道："江离若还没死，那芈压很可能也和他一样，我们还有机会把他们救出来！"又道："不破，他们的目标好像是你。"

"我？"

"嗯。"羿令符道，"看他们今天的举措很可能如此！这样的话，我们或许可以好好利用这一点。"

两句话工夫，桑谷隽已经跳了上来，喜道："地下可以通行！"

羿令符道："没有机关吗？"

"有！"桑谷隽道，"有类似血雾的地气存在，但没地面那么严密，有许多狭窄的路径可以通过！"

有莘不破道："好！你能带我们一起吗？"

桑谷隽道："若在别的地方我可以带人，但这里只怕不行！下面的形势太复杂。"

羿令符道："你一个人进去，不可能对付得了仇皇！"

桑谷隽道："我不一定要正面对抗仇皇，只要探出江离和芈压的消息，救人的希望就会大很多！"见羿令符还不放心，道："你不用太担心！他们今天那四个人，应该是血谷除仇皇之外的所有力量了！这几个人都不懂得地行之术，就算有什么危险，我缩入地底深处，他们没一个能奈何我。"羿令符这才同意。

有莘不破道：“对了！怎么仇皇没出现，都是一些小角色！难道他就这样看不起我们？”

“应该不是。”羿令符沉吟道，“不破，记得师韶的话吗？仇皇现在多半还不能自由行动。嗯，是了！我知道为什么他的目标是你了！”

有莘不破一怔：“为什么？”

羿令符道：“你的身形气魄，和都雄魁有点像吧。”

“去你的！”有莘不破道，“谁和那个魔头像！”

羿令符道：“我不是说你和他长得像，而是说……”他想了想，道：“而是说从某个角度讲，你们是同一个类型，骨架都比较雄壮。”

“雄壮不雄壮是一回事，别把我跟他扯在一起。”

羿令符道：“我是推测，仇皇可能相中了你的骨架！”

“什么？”

羿令符道：“听说血宗虽然可以随意更换血肉，但作为根基的那部分骨肉还是很重要的。根基好了，其他的增增补补便事半功倍。如果仇皇等了这么多年没有完全复活，那么最可能的解释就是他还没找到一具最佳的基础肉身！”

有莘不破皱了皱眉头，道：“说起来，老大你好像比我还结实些！他们为什么不找你？”

羿令符笑道：“可你比我年轻啊！至少年轻好几岁！”

“闲话少聊！”桑谷隽道，“如果仇皇真的行动不便，那我成功的希望就更大了。”

有莘不破道：“你现在就去？”

桑谷隽想了想道：“不，等明天中午。”

“为什么？”

桑谷隽道：“地下地气的活动周期似乎和这片血雾很像，我想明天中午缝隙会更大，那时去应该会比较顺利。”

常羊季守道：“那好！明天你从地底去，我从血道去。”

桑谷隽道：“血道？要是能过去还用得着从地底去吗？”

常羊季守道：“你把对方高估了！今天我们受挫，主要是对方知道我们的底细，而我们却是仓促应战，而且我们的作战目的也有失误。在那样一个地方，由于要赶在血雾缝隙合拢之前冲过去，所以我们都显得太过匆忙，最后才演变成一团混战！”

桑谷隽点头道：“有道理。本来我们有五个人，他们才四个，而且平均实力也不见得在我们之上。只是那个地形太麻烦，血雾缝隙出现的时间又太短，要在一刻间击败敌人同时越过去也不大可能！你难道有什么好主意？”

常羊季守道：“我不是真要闯过去，而是要声东击西！虽然你说对那片地气很有把握，但我看只怕没那么简单，也许还有些机关没有发动。但如果我们把他们的主力拖在血道，那地下的陷阱再怎么厉害，没人主持也要大打折扣！”

有莘不破道：“好！明天我们三个再去闯血道！不过可不仅仅是要拖延时间。明天我们就算闯不过去，至少要宰掉一两个！”

桑谷隽道：“三个对四个，有把握吗？”

羿令符道：“是三个对三个！”

桑谷隽道：“怎么是三个？”

羿令符道：“你别把小芈压看扁了！向他施放寒气的那个女孩子现在多半也不好受！”

“我还没死吗？”

芈压睁开眼睛，看见了那张木偶般的脸，马上骂了起来：“是你这臭女人！”那女孩突然身子摇了一摇，软倒在地。

被缚的江离

芈压醒来，发现身体里的寒气已经被体内的三昧真火驱散得干干净净。但另有一股不知如何形容的力量锁住了自己的手脚、四肢和咽喉，无法动弹，也无法召唤精火。

他睁开双眼，发现自己好像在一个小山洞里，眼前一个木偶般的女孩，正是冻住自己的那个家伙！他心头火起，骂了她一句，突然那女孩身子晃了晃，竟然软倒。芈压是个家教良好的贵族公子，自然而然要去扶起她，手伸出去才知道自己能动，但扶住那女孩子却觉得十分吃力，看来身上被人做了手脚。

女孩子的身体忽冷忽热，芈压知道她多半是受了自己重黎之火的伤。原来这女孩子在冻住芈压的同时，也被火龙侵入经脉，连她的主人一时也没法替她化解。此时芈压手无缚鸡之力，但她也好不到哪里去。她扶着芈压站稳，说道："为什么要扶我？"声音和她的脸一样平板麻木，就像在背书。

芈压放开了她，哼了一声道："要不是看你是个女人，谁理你！"这时候近距离看她，发现她只怕比自己还要小一两岁，身体瘦弱，实在还算不上是个"女人"。一张脸十分精美，但却精美得像一个脸谱，没有一点生机。不知怎地，芈压突然很可怜这个女孩子，声音不觉也温柔了两分："你叫什么名字？为什么要帮仇皇那坏蛋做事呢？"

"坏蛋？你说主人是坏蛋？坏蛋是什么？"

芈压一怔，道："坏蛋就是……就是很坏的人！"

"很坏的人？我不懂。"

看着她一脸茫然的样子，芈压脸上现出恍然大悟的神色来："我懂了！我知道了！你是被那个仇皇抢来控制住的！是不是！哼！"

和这女孩子说了两句话，他仿佛觉得对方没那么坏了，觉得对方是受到了仇皇的欺骗或威胁，胸中一股豪情涌起，想要把她拯救出来："你放心！不破哥哥他们很快就打进来了，到时我们会连你也救出去，脱离那个仇皇的魔掌！"

"不知你在说什么。"女孩子转身一步步走出去。芈压叫道："你别走啊。"要去追她，走不上两步才发现左脚被什么东西缠住，低头一看不由一阵恶心：原来缠住自己的是一条绳子形状的血肉！

"这'肉灵缚'的另一端直接系在主人的身体上，你不可能跑得掉的，死心吧。"说着她走出了洞口。

“唉，这女孩子……她好像什么都不知道。”不知道为什么，对这个害自己失陷的女孩子，芈压突然不痛恨了，反而觉得她很可怜。

也不知过了多久，芈压的肚子开始咕咕叫。没一会，那个女孩子捧了一盘食物进来，放在芈压面前：“吃东西了。”

“你真好，”芈压对这个女孩子的印象又好了两分，“你怎么知道我饿了？”

女孩指着缠住芈压双脚的肉条说：“这是主人的一部分，你身上有什么感觉，主人都能知道。”

芈压大吃一惊：“你说什么？”

“别说废话，快点吃。”

芈压吃力地拿起筷子，却又放下：“我吃不下。”

“吃不下也快点吃。”

芈压抬头道：“你为什么一定要让我吃？”

女孩道：“因为主人吩咐我拿东西让你吃啊。”

芈压道：“难道你主人说什么你就做什么吗？也不懂得变通。”

“我们当然要听主人的话。不然要听谁的话？”

芈压道：“难道你自己就没有主张的吗？”

“主张？”女孩一脸茫然，似乎想了想，终于摇头道，“不知道啊。主人又没有给我。”

芈压叫道：“主张怎么可以是别人给的！别人给的还是主张吗？”

“可我的一切都是主人给我的啊。”

“一切？”芈压冷笑道，“难道你还是他生出来的不成？”

“生？”女孩说，“不是啊，我们是主人造出来的。”

芈压惊道：“你说什么？”

女孩说：“燕姐姐说的，我们是主人造出来的。”

芈压听得目瞪口呆：“造……造人？”

“嗯，”女孩说，“燕姐姐说的，我们都是用血池里的血肉造出来的。主人用一个风神后代的精魂混合血池中的精华造了燕姐姐，所以燕姐姐有生命也有感情。而我的心只是一块‘雪魄冰心’，所以虽然有生命，却没有感情。”

芈压讷讷道：“没有感情？”

“是啊。”女孩说，“燕姐姐这样跟我说的。喂，你别老顾着说话，吃点东西啊。”见芈压神情颓废，她道：“要不要我喂你。”

“啊？”芈压有点不好意思地说，“不好吧。”

女孩却已经夹起食物：“张嘴。”芈压张开口含下了食物，突然觉得脸上火辣辣的，说：“不要，我自己吃。”从她手中接过筷子，碰到她手指的时候，只觉得她的皮肤一片冰凉。

“你的手好冷。”

女孩哦了一声，说：“是吗？”

“嗯。”芈压说，“不会是生病了吧？”

“不知道，我骨头里像有一团火在烧。主人说那是什么重黎之火的火气入骨。”

芈压大吃一惊：“对了，那是被我伤了，你主人没帮你治疗吗？”

“主人帮我拔了箭，我在血池泡了一下，换过了伤口的血肉就好了，但那火气却还在。”

芈压有些歉然：“要是我现在功力还在就好了。要不这样吧，你跟你主人说，让他恢复我的功力，我帮你把火气吸出来。然后他再困住我好了。”

女孩怔了一下，说：“你不是我们的敌人吗？为什么要帮我？”

“你又不是坏人。”

“我不是坏人……”女孩嗯了一声，说道，“你别老是说话，快点吃吧。”

芈压又扒了两口，说：“吃完了。”

女孩不再说话，收拾了东西就要出去。

芈压叫道：“你就这样走了啊？”

对方却不理会他，芈压忙又道：“你至少告诉我你叫什么名字！”

女孩犹豫了一下，终于道：“我叫寒蝉。”

“我叫芈压……”寒蝉没停下脚步听芈压的回答，但还是记住了这个名字。

寒蝉走出山洞，路上遇见燕其羽，只见她正拿着一枝羽箭发呆。寒蝉想起那天燕其羽回来的情景：就是这枝羽箭牢牢钉在她肩头上，她在血池整整泡了六个时辰才把伤口治愈。

“燕姐姐，肩膀还在疼吗？”

燕其羽听到寒蝉的话，回过神来：“没，没有。”然后收起羽箭，掉头就走。

“姐姐！”

“嗯？”燕其羽停下脚步。

“我们……我能变得和你一样吗？”

“和我一样？”

“嗯，有一次我看见你眼睛里滴下水来，我却没有那个。你会叹气，我也不会。”

“妹妹，那个东西，有没有都无所谓。”

“可是……”

“别胡思乱想了。”

“我知道了。”

燕其羽背向寒蝉信步而走，蓦一抬头，却是一个长满芳草的谷口，吃了一惊：“我怎么会到这里来！”她转身要走，只听谷中一个清脆的声音道：“既然来了，为何过门不入？”

燕其羽听见，犹豫了一下，把手中的羽箭丢在地上，步入谷口。

这是这座大山中的一个小谷，燕其羽一路走来，脚下长满了草木荆棘，但她踏步过来，草木荆棘自动让路。来到谷中，只见中央长着好大一棵桃树，桃树下坐着一人，清如春水，秀如新竹，正是江离。

燕其羽环顾了一下这个生机勃勃的小谷，道：“上次来的时候，这里还是一片光秃秃的死地，你……”她看了一眼江离被“肉灵缚”缚住的双脚：“你怎么可能还有这样的力量！”

江离淡淡道：“我只是随手播下了一些种子罢了。”他看了燕其羽一眼：“今天怎么有空光临这个小谷？”

燕其羽道："我一时失神，信步走到这里罢了。"

"是吗？"江离道，"仇皇大人虽然能通过这'肉灵缚'感应到我身体的状况，但并不能通过它来知晓我的想法。这座小谷现在是我的天下，你说什么都不必怕会传到仇皇大人那里。"

燕其羽冷笑道："我对主人忠心耿耿，为什么要怕被他听见？"

"是吗？"江离看了她一眼，道："你和羿令符交过手，是吧？"

燕其羽一震，下意识地摸了摸肩头已经愈合了的伤口，道，"你怎么知道的？"

江离道："原来还不止一次。"

燕其羽咦了一声："你……"

江离道："你不要乱动。"左手轻轻敲了敲桃树，桃树飞射出一根桃枝，射向燕其羽的后脑。

燕其羽一闪避开："干什么！"

江离道："不要动，我现在没有跟你动手的理由。"跟着又敲了敲桃树，再次向燕其羽射来一根桃枝。燕其羽估摸那桃枝的来势不足以伤害自己，便不避开。桃枝打下她的一根头发，化作一片羽毛。桃枝碰到羽毛，随即化作一段枯枝。

燕其羽一怔，看着那截枯枝，脸色一变。只听江离道："这片羽毛附有'死灵诀'的气息，那可是有穷氏箭法中最可怕的招数。不过死灵诀只能攻击一次，这片羽毛已经没害处了。嗯，不知为什么，一向心如铁石的羿令符竟然会手下留情。"

燕其羽道："他！他什么时候动的手！"

江离道："这我就不知道了。嗯，他们已经来到血谷外了吗？"

燕其羽点了点头，道："不过你别想他们能斗得赢主人！"

江离道："你要真是这么想，今天来这里干什么？"

燕其羽转过身去，背对着江离："我说过，我只是失了神，才走到这里！"

"那毒火雀池那次呢？"江离道，"你偷偷到毒火雀池去，好像不是仇皇大人的命令吧？"

燕其羽脑中竟然浮现逃跑的念头，背后这个年轻人太可怕了，竟然好像把自己看得通透。

“我猜，你到毒火雀池只怕是为了借助朱雀的力量来摆脱血池的控制吧？不过你只怕弄错了。”江离道，“就算是朱雀也不能帮到你啊。因为仇皇大人并非用邪灵植入你的体内，他能控制你，是因为他掌控了你的元婴！”

燕其羽身子不禁微微发抖，道：“那我到底要怎么样才能……”说了这句话她不禁后悔了。

江离微微一笑，道：“我说过，你在这里不用太过紧张。我虽然一时没法摆脱仇皇大人的牵制，但在这个小谷中，你说什么做什么都不会传出去的。”

燕其羽迟疑了很久，终于说道：“难道我真的永远也无法摆脱他的控制？”

“那倒不是。有两个方法。”江离道，“第一个办法就是仇皇大人主动解放你，虽然这个不大可能。不过还有第二个办法，就是让他死在摧毁你的元婴之前。只要仇皇大人一死，你的元婴就会自然解放，回归你的身体。”

“不可能！”燕其羽蓦地转过身来，道，“我知道你说这番话是为了什么！但是要我……要我背叛主人，我做不到。而且！他根本不会死！不可能有人能杀死他！你不知道！在此之前，有过多少高手、有过多少妖怪来到这里试图毁灭血池，可是……可是他们最后全都成了血池里的一滴血、一块肉！”

“是吗？”江离道，“但我的伙伴们和以前那些人、那些妖怪都不一样。你自己也知道的，不是吗？”

燕其羽道：“他们的力量确实很厉害！可是，凭他们的力量还不足以毁灭血池。”

“确实，仇皇大人已经接近不死的境界了。”江离道，“我推测，如果顺利的话，不破他们最后也只能重创他。不过……”

燕其羽冷笑道：“不过怎样？”

江离道："不过到了那时，我估计会有人介入。那才是我们最后的王牌！"

"介入？"燕其羽道，"谁？"

"都雄魁大人。"江离道，"就是仇皇大人的徒弟。"

和有莘不破不同，江离虽然对都雄魁、仇皇都没有好感，但言语上还是显得十分礼貌。

"主人的徒弟？那什么也不济！"

"你可不要把都雄魁大人和你相提并论。"江离笑道，"你知道仇皇大人为什么要龟缩在天山吗？"

燕其羽心中一动，只听江离道："虽然当年具体的情况我不清楚，不过逼得仇皇大人尸骨无存的，就是他的好徒弟、当代的血祖都雄魁大人。我曾在大相柳湖感应过都雄魁大人的气势，那种强横，是一种现在的仇皇大人也不能媲美的完美感。"

燕其羽怔怔道："你说那人比主人还强？"

"绝对！要不然当年他如何能够弑师？"江离道，"除非仇皇大人能够完全复活，否则绝对无法胜过他现在的徒弟。更何况都雄魁大人又经过了这么多年的修炼，或许比当年更上一层楼也未可知。你知道吗？你偷偷去毒火雀池，虽然没能如愿，但却可能因此泄漏了仇皇大人的一些行踪。至于你们介入水族的无陆计划，更是仇皇大人最大的失算。那时候都雄魁大人也在的。你是血池生长出来的人吧？我不信都雄魁大人看到你之后会无动于衷。只要他对你的来历有所怀疑，就一定会来天山。"江离望向血池的方向："这些年仇皇大人只怕无时无刻不想着向他的弟子复仇，他不死，都雄魁大人如何能高枕无忧？"

燕其羽似乎有些心动，然而突然语气又变得倔强："说来说去，你都只是为了让我相信你们很厉害，要让我相信你们会赢，哼！不就为了我倒戈帮你们吗？可是……我不会信你们的！"说完捡起地上的羽毛，匆匆逃离这个不断诱惑着她的小谷。江离默默地看着她离去，并没有叫住她。因为他知道要让燕其羽摆脱对仇皇根深蒂固的恐惧并不容易。

就在燕其羽消失在谷口的那一瞬，江离精神一振！他竟然发现燕其羽的影子一阵扭曲！跟着竟然“分”出另外一个影子来。

燕其羽不知道自己的影子发生了什么变化，在谷口捡起羿令符的羽箭，一路跑回自己的居处。她的居处也是一个山洞，寒冷而干燥。洞中除了两张石床、一块水晶之外什么也没有。水晶中竟然镶嵌着一个长眠中的美少年！

燕其羽看着水晶内那个没有一点瑕疵的少年，眼泪竟然噗噗而下。

“姐姐……”寒蝉走了进来，“你又哭了。”

“妹妹……”燕其羽突然一把把她抱住，却不说话，只是哭。

“姐姐，为什么你的眼睛会流下这些东西，而我的不会？”

“因为我们都是失败的造物。”燕其羽抽泣道，“我们都是主人造出来的身体。可是主人并不满意。”

“川穹哥哥也是吗？”

“川穹和我们不同。我们还是胚胎的时候主人就已经放弃了把我们作为他复活的身体，而川穹，他是主人最满意的身体，所以主人抑制了他灵魂的成长。”燕其羽哭道，“我是最早被主人放弃的，所以我算是成长得最完整的一个人。妹妹，你从一个胚胎长到这么大还不到三个月，虽然主人不知用了什么办法让你能够说话，但人类的情感，却不是能够植入的……”

寒蝉道：“川穹哥哥呢？”

“川穹……主人直到最近才放弃他，所以他连灵魂都没有，他只是一个壳。我们三个人里面，他或许是最可怜的。”

“那主人不会用他的身体来复活了吗？”

“应该不会。”燕其羽抚摸了一下水晶，水晶中的少年睡得那么安详，“他的身体这样美丽，可主人却嫌他不够雄壮，主人已经找到更好的根骨了。”

寒蝉的眼光转动了一下：“是芈压吗？”

“不是。”燕其羽回答的时候并没有看寒蝉，如果她看见了寒蝉的眼睛，那她也许会大吃一惊：一向冷淡得如天山上万古峭石的寒蝉，此时的眼睛竟然流转着起伏的神采。

四大宗派的渊源

桑谷隽看着有莘不破，有莘不破望着血雾。

“看什么？”桑谷隽问。

“江离应该就在里面！”有莘不破说，“不知他怎么样了。”

朋友们正想念江离的时候，江离正看着一个影子。那是一个独立的影子，不是任何物体挡住光线后形成的黑暗形状，而仅仅是一个影子！

江离仿佛想起了什么，道：“都雄魁大人？”

“哈哈……”笑声中影子具化，现出一个男人强壮的身形来。不过江离却没有感应到他的气势。

“您藏得真好。”江离道，“可你为什么要抑制自己的气息呢？难道你在害怕仇皇大人？”

都雄魁笑道：“我现在要是现身，岂不把那个老头子吓跑了？”说着走近前来，上上下下打量着江离：“啧啧！小王子别来无恙！”

江离脸色一沉，道：“都雄魁大人，您是长辈，不要乱说话！”

都雄魁道：“有莘不破的身份，想来你早就知道了！至于你自己的身世……”

江离截口道：“不管我有过什么身世，我就是江离！”

“是吗？”都雄魁道，“可是有时候记起一些事情以后，整个想法都会改变。难道你不想找回你童年的记忆？”

江离干脆闭上了眼睛。

都雄魁道：“你为什么不敢面对过去？你到底在逃避什么？”

江离睁开眼睛，奇怪地看着都雄魁。

都雄魁笑道：“为什么这么看着我？”

江离道：“你到底要做什么？为什么这么好声好气地跟我说话？”

都雄魁笑道：“我为什么不能这样跟你说话？”

江离仿佛在回忆一些什么，道：“真奇怪，你好像和传说中那个杀人不眨眼的血祖……不大一样。”

“哈哈……”都雄魁道，“传说！你可是祝宗人的高足啊，也许还是四大宗派这一辈传人中最高明的一个！难道你也会被那些人云亦云蒙蔽吗？”

江离道：“可你一直都和我们……都和我们不是很和气啊。你还想过要杀有莘，这个你不会否认吧？”

“你错了！”都雄魁道，“我不是想过要杀有莘不破，而是一直都想杀了他，到现在也没有改变。我是大夏王朝的国师，成汤谋反，他的孙儿我自然不能放过！这又有什么好奇怪的！你站在我的位置上，也会这样做的。”

江离沉默了半晌，道：“你说得对。”

都雄魁道：“有莘不破在大相柳湖底大开杀戒，你看到了吧？”

江离一阵黯然。

都雄魁道：“虽然说他那样子杀人是有理由的，我们可以说他是为了平原、为了族人、为了天下，不得已而放手大杀！虽然他连老弱病残也不放过，我们也可以帮他找个借口，说他是一时失控，说当时是别无选择。但是，他今天一时失控就灭掉了一个水族，如果明天他成为天下共主，嘿嘿！那时候再来一个失控或别无选择，又当如何？”

“他不会的。”

“不会？”都雄魁道，“你真的这么认为？”

江离沉默。

都雄魁道：“他的事情，你应该知道得比我多！你自己捂着良心说，有莘不破是一个有耐心的人吗？是一个很有自制力的人吗？”

见江离没有回答，都雄魁继续道：“你应该很清楚，处在上位的人，并不是有一点善心就足够了！他们的一个念头，都可能牵涉着天底下成千上万人的生死荣辱！一个合格的君主并不需要充沛的情感，相反，需要的是一种能够克制自己的理性！他要清楚自己的责任，而且要有一种愿意为这责任牺牲的精神！”他顿了一顿，道：“有莘不破愿意为了王位而牺牲他的自由吗？”

江离闭紧了自己的口。

都雄魁也不再说话。

终于江离叹了一口气，道：“你到底想说什么？”

都雄魁道：“我想说什么，你明白的！”

“做不到！”江离道，“无论如何，你总不能把履癸（夏桀）说成一个明君吧！无论传言怎么不实，夏桀做的事情都摆在那里！”

都雄魁道：“你竟然直呼他的名字！你知道他是你什么人吗？”

“无论他是我什么人，他都不是一个好君王！”

“不错，当代夏王的政治能力比起成汤差远了。可是成汤老了，他的儿子一个死了，其他两个也身患重病，眼见活不长了。如果成汤得了天下，他的长孙就会成为他唯一的继承人！你认为，有莘不破会成为一个好君主？”

江离低下了头：“还不一定。”

“不一定？”都雄魁冷笑道，“我承认，这小子很有意思，假如他不是成汤的孙子，那他应该可以成为一个和季丹洛明一样出色的侠客！”他一边说，一边注意着江离神色的变化：“可是！他生错地方了！他不是一个平民！他一出世就注定了要承担比山岳更重的责任！”

说到这里都雄魁又停了一停，他很懂得把握说话的节奏，他要保证自己所说的每一个字都印刻在江离的脑海里：“可是，偏偏有莘不破却不想承担这种责任！一个人的性格如果被自己不喜欢的责任压制住，日子久了，什么事情都有可能发生！如果他是一个平民，就算他疯掉了也是他自己的事情！可是如果他是一个帝王呢？”

江离咬住嘴唇，听都雄魁继续道：“自轩辕氏至今千余年，历代英雄豪杰的事迹，想必你师父应该有跟你提过。那些昏暴的君主并不都是生来就残酷的，如果我们真的深入他们的内心，可以发现他们中的绝大多数都有这样那样的理由，心软一点的人甚至会觉得他们变成这样也是情有可原的。可是，真的可以这样吗？”

“不行。”江离低声说。

“不错！我们评价一个君王并不需要深入他的内心，不需要知道他们为什么残暴！我们只需要知道，他们做了什么！”

“可是，”江离抬起了头，“履……现在那个大夏王！他会比有莘不破好吗？”

“他当然不是个好君王！”都雄魁道，“可是，他已经开始老了！而有莘不破却还很年轻。”

都雄魁的意思，江离懂。夏王履癸的暴虐属于现在，而有莘不破却属于未来。

都雄魁道：“我们有两个选择，一是选择维护固有的这个传统。第二个是推翻这个传统，建立一个全新的威权！”都雄魁的眼睛闪烁着逼人的光芒：“可是国家的革旧立新需要付出多大的代价，我不说你也应该很清楚！然而如果血流成河之后发现新的政权同样残暴，甚至更加残暴，那我们还革它干什么！”都雄魁的声音由高昂转为平实：“近年夏王已经有所悔改了。如果到了夏都，你就会看见甸服①确实有些起色。而且，已经确定的继承人也很有明君的气象！但所谓积重难返，大夏毕竟乱了许多年了。要真正实现中兴需要时间。”

江离喃喃道：“中兴……”

都雄魁道：“无论如何，中兴的代价，应该会比革命小得多，而成功的可能性则不相上下！何况，你身为太一宗的传人、申眉寿的徒孙，有责任扛起这样的重任！因为大夏之乱，太一宗要负很大的责任！”

江离心头大震：“什么！”

都雄魁对江离道：“对于四大宗派，世俗中人都奉你们太一宗为正宗，我们血宗近年虽然得势，但仍被一些世俗中人视为邪道。然则实情真有世俗人眼中那样简单吗？”

江离道：“请宗主赐教。”

都雄魁道：“四大宗派的渊源，你师父都有跟你提到吗？”

江离沉思半晌道：“说过一点，但有些他说要等我再长大些。”

---

① 甸服：古制称离王城五百里的区域。

都雄魁哼道："那就是没说！" 接着伸手一指，地下一丛草摇了摇，散射出一些种子。都雄魁一把抓住，种子在他手中迅速发芽、生长。江离看得出神，都雄魁做的他都能做到，而且能比他做得更好。江离只是没想到都雄魁也能这样纯熟地施展太一宗的绝技。

都雄魁道："上古学术，至轩辕氏而集其大成，然后又开始分流。我们四大宗派基本上都是在那之后开始定型。四大宗派当初并没有今天这般界限分明。因为渊源本出于一，所以各派高手才有旁通诸门的可能。四大宗派最根本的分歧，并不在于法力的高低。我们互相诘难，争的还是人的生死问题。为了这个问题四派分道扬镳，互相驳难，乃至于大起冲突。你们太一宗追求的乃是一种时间永恒，希望能达到一种无生无死、无来无去的境界。你师父跟你说过天外天吗？"

江离点了点头。

都雄魁道："你知道天外天是什么吗？"

江离道："是一个地方吧？"

都雄魁哈了一声，道："地方！你自己想一想，按你们太一宗的理念，最高境界怎么可能是一个地方！"

江离一阵黯然，道："请宗主指点。"

都雄魁道："天外天不是一个地方，而是一种状态，是一种超脱时间之外的状态！"

这句话当真如醍醐灌顶，江离欣然道："我懂了！我懂了！"

都雄魁冷笑道："懂什么！你是中毒了！什么超脱时间之外！我们本在这个时空之中，如何能够超脱？完全是你们太一宗痴人说梦般的幻想罢了。"

江离一怔，昂首道："宗主！虽然我此刻还说不出什么道理来，但我并不认为这个境界是虚妄的！" 一说到这个问题，两人一时都忘了各自的谈话目的，竟然争辩起来。

都雄魁冷笑道："是吗？罢了……不谈这个，四大宗派对这些问题争了千百年也没弄清楚，我也没指望能说服你改投我宗。"

江离道："无论如何，多谢宗主指点迷津。" 突然心中好奇，道：

“不知其他三宗又是如何？”

都雄魁笑道：“四宗之中，我们血宗所追求的最为实际！我们不相信那些玄玄怪怪的东西，我们相信，这个看得见摸得着的世界才是最真实的。因此我们所追求的，便是与这个世界齐寿的永恒生命！”

江离便要驳难，但想想未必说得过对方，就算说赢了也没意义，终于忍住，道：“那心宗呢？”

都雄魁冷笑道：“心宗可就荒唐了！他们认为肉身难以永存，也不承认你太一宗那种超越时空限制的幻想，但他们却走上了另一条邪路，以为只要把心灵修炼到足够坚强，坚强到离开肉体也无所谓，从而可以升华为一种全新的生命形式。嘿嘿！其实到头来也不过是一场水中捞月罢了！”

江离道：“洞天派却又如何？”

都雄魁道：“你要听我说四大宗派的道理，只怕一天一夜也讲不完。言归正传，我跟你提起太一宗的理念，乃是要和你说说你祖师爷申眉寿的事情。”

江离点了点头。

都雄魁道：“四大宗派里面，太一宗有一个很特殊的地方。其他宗派都没有血脉上的传承，唯有太一宗从本朝开始，不但有学统的传承，还有血脉上的流衍。”

江离突然想起在蜀国界北乌悬的话，那是他最不愿意去面对的事情，但都雄魁终于把这层纸给捅破了：“每一代太一宗的传人，都具有纯正的王族血统！也正因如此，才可能召唤出大夏的守护神——神龙！”

江离早猜到了答案，但这时听说，还是不免心头剧震。

都雄魁继续道：“太一宗数百年前和夏王族结合，得到了强大的政治背景，把其他三宗都贬为旁门。但对太一宗而言，你们本身也陷入了两难困境。这个困境你了解吗？”

江离想了想，问道：“是王族的现实责任和师门的理想追求这对矛盾吧？”

“说得好！”都雄魁赞道，“我可越来越羡慕祝宗人了，竟然有这样的好徒弟！没错，你的话一语中的！你们太一宗得到了在这个现实世界的统治地位，但你们的本质不是政治家，而是一群修真者。这几百年来太一宗虽然人才辈出，但几乎每一代都陷入政治旋涡中难以自拔，没一个能达到传说中的天外天境界！直到你祖师爷申眉寿抛开一切，据说才有机会实现你们太一宗所谓的功德圆满。然而他反求诸己的代价，是孔甲一代的政治大乱！嘿！我也不必讳言，我那个不怀好意的师父仇皇大人乘虚而入，为了让血宗取代太一宗的地位无所不用其极！结果，申眉寿大人给你师父留下了一个难以收拾的烂摊子，而仇皇大人却给我血宗留下了一个遗臭万年的坏名声！”

江离一阵黯然。

都雄魁又道：“你师父终日奔波。一方面，他抛不下家族赋予他的责任；另一方面，他又无法完全断绝对天外天的向往。他最终想做到的，大概是内外两全，天人通达，可那又谈何容易！”

江离道：“那我丧失童年的记忆，难道……”

都雄魁道：“或许并非偶然。也许是你师父另有深意。事情也许和你师兄有关。”

江离心头一跳：“若木师兄？”

都雄魁道：“三十多年前子莫首在空桑城戮杀十余万生灵，大干天和！连山子①和归藏子②——嗯，你听过这两个人吗？”

江离道：“听说是天下间最顶尖的两位占卜师，连山子还是大夏的太卜，只是听说都已经失踪多年了。”

“什么失踪？两人早就没命了！”都雄魁道，“当年连山子和归藏子两人联手，在空桑城强看命运之轮。但这有关国运，两人看过之后都变成了僵尸。这件事情，当时我们四宗宗主都在场。还有你的师伯伊挚、师兄若木也在。若木当年比你现在还小些，他看了属于自己的命运

---

①② 连山子、归藏子：上古占卜，在夏代时候称连山，商代的时候称归藏，后来到周代的时候，叫易经，因为起于周代，又叫周易。连山子、和归藏子，分别是夏商最高级别的占卜人物。

之轮，但看了之后却选择逃避。多半他看到的未来太过可怕。唉，听说若木已经故去了。”

江离黯然道：“是的。”

都雄魁道：“你师兄天资高达！我这个外人都看出你师父对他寄望甚深。然而他出了这样的事情，唉，后来祝宗人在收你为徒后抹杀了你童年的记忆，也许与此有关。”

“宗主，”江离道，“你跟我说了这么多话，到底是为了什么？”

都雄魁道：“现在夏商已经正式开战，我想你跟我回夏都去，重开九鼎宫！匡扶夏室，完成你师父未竟之业。”

江离听到夏商已经正式开战的消息之后十分震惊，但他却还是摇头道：“不去。”

都雄魁道：“你还对有莘不破抱有幻想吗？”

“也许他真的不能是一个好君主，可是，”江离道，“你要我站到他的对立面，我做不到。”

都雄魁道：“现在是一个乱世，是一个大时代！朋友间的情谊应该靠后，难道你想背弃太一宗数百年来的责任，还是像你师兄若木那样想逃避自己的命运？别忘了！你可是太一宗嫡系的传人！如果让感情蒙蔽了眼睛，那你不但是在逃避血缘上的使命，而且也休想达到你们太一宗太一无常的最高境界！”

“我还不是太一宗之主，”江离道，“这些大事，还有我师父在主持大局。”

“你这么说还是在逃避。何况，”都雄魁道，“你师父已经不在了，难道你没感应到？”

“什么？”江离心口一痛，一时间几乎连坐也坐不稳。

羿令符道：“奇怪。”

有莘不破道：“怎么了？”

羿令符道：“按理，都雄魁在大相柳湖畔应该是见过燕其羽的。他应该可以从中看到一些端倪才是。何况连血晨也不知从哪里得知仇皇在天山，都雄魁不可能比他徒弟还迟钝才对。”

有莘不破道：“你的意思是说都雄魁会来？”

羿令符道：“不但会来，而且也早该出现才对。难道他在谋划什么阴谋不成？还是说……像大相柳湖那次一样，想让我们打头阵？”

地底暗算

都雄魁说了当初感到祝宗人出事的时间，江离回想，正是毒火雀池事件之后。想到那时候心中那股莫名其妙的哀伤，心知都雄魁没有说谎，心头大痛：“怪不得！大相柳湖发生那么大的事情，连雒灵的师父都出现了，偏偏最热心的师父没有现身！为什么我没有早些想到！”又想：“季丹大侠离开我们匆匆东去也是那天。羿兄转述季丹大侠的话，说什么来着，嗯，‘东方有大变故！’难道说的也是师父的事情吗？”

他抬起头来，问道：“宗主，到底出了什么大事，令我师父他……”

都雄魁道：“他们做了一件很不可思议的事情。”

“他们？不可思议的事情？”

“嗯。”都雄魁道，“你师父，还有伊挚，他们……有穷南端大荒原的百年天劫你知道吧？”

江离点了点头，突然领悟到什么，失声道：“师父和师伯他们……他们想补天？”

都雄魁颔首道：“对，虽然很疯狂，但居然成功了！连我至今也不知这两人用了什么方法。”

江离道：“我师父……那伊挚师伯他莫非也……”

“伊挚倒是没死。”都雄魁道，“这件事说来也有些奇怪。”

江离脸色惨白，冷汗直下。

都雄魁道：“你最好收敛心神，莫要坏了修行。你师父也不想看到你这样的。”

“谢谢。”江离道，“不过宗主，我想静一静。”

都雄魁道：“好。”说着他摸出一个盒子来，道，“这个给你。”

“什么？”

“连山子的眼睛。这只眼睛看见了玄武背上显现出来的命运之轮。也许……他能告诉你一些你决定不了的事情。”

都雄魁离去之后，尽管有这么多草木，江离还是觉得小谷中空荡荡的。有生以来他第一次觉得这么孤独。以前他也彷徨过，但内心深处总还有一个依靠，那就是一直告诉他怎么走的师父。然而，现在他完全孤独了。前面的那条岔道，他必须自己去选择。

江离一低头，看见了那个盒子。盒子里，有一只能告诉他未来天下大势的眼睛。

都雄魁走出谷口不远，蓦地一个声音笑道：“佩服佩服！真是舌绽莲花，石头听见了都要点头！”

都雄魁哼了一声，道：“你怎么进来的？”

“你管我怎么进来的。反正这片血雾虽然大有文章，但焉能拦得住你我？只是你化身为影，悄悄藏在那小姑娘的影子上进来，藏得虽好，终究有些着相。”

都雄魁笑道：“你刚才也在谷中吗？居然连我也没发现！”

“我嘛，在谷口听着，顺便给你把风。啧啧，江离那小娃儿给你说得一愣一愣的。最妙的，是你居然一句谎话也没说！”

都雄魁道：“这个世界上，最没有说服力的就是谎话！这个道理，我三十年前就懂了。”

“桑谷隽！”

“怎么了？”桑谷隽望着叫他的有莘不破。

“小心。”

“哈！放心吧！”说着身子一陷，沉入地底。

羿令符道：“我们也出发吧。不要恋战，只要能拖住他们便算成功，如果有把握不妨干掉一两个。但一定要在午时三刻之前退回来！”

有莘不破和常羊季守一齐应道：“好！”

午时二刻，三人一起掠入血道。战场还是昨天的战场，敌人还是昨天的敌人——燕其羽、常羊伯寇、血晨，让羿令符说中了，那个木偶般的女孩子果然没来。

羿令符盯着燕其羽，道：“你最好别动！”燕其羽也望着他，但羿令符却不能理解她那复杂眼神中的含义。

血晨道：“怎么少了一个？”

有莘不破笑道：“废话少说，动手吧！”抽出鬼王刀便斩！血晨一闪避开。

有莘不破大笑道：“怎么不放血雾了？你的脸怎么那么白啊！莫非是昨天失血过多？”他今天没抱着通过血道的打算，因此并不着急，从容地进攻，一招紧似一招，要逼得血晨露出破绽，一举击破他的元婴。

血晨则守得很谨慎，他顺利地找到贪吃果后来到血池参见仇皇，在血池中炼就了三发血蛊，昨天他放了两发，只耗了有莘不破的一些力气，阻遏了他们反攻的势头。剩下那一发血蛊是他最后的本钱，哪肯贸贸然放出来？因此被有莘不破轻易地占了上风。有莘不破游刃有余，一时却还拿血晨不下，只是步步逼近，眼角斜扫了一下常羊兄弟，那兄弟俩却互相盯着对方，一动不动。

常羊季守盯着常羊伯寇手中的剑，道：“好剑！”

常羊伯寇冷冷道：“自然是好剑！这是我的骨头！仇皇大人用我的骨头淬成的血剑！”

“原来你的骨头被卸下来了，那就怪不得了。”常羊季守道，“我以前虽然恨你，但至少还有三分钦佩，因为你虽然残暴，却特立独行。没想到你也有做人走狗的一天！”

常羊伯寇冷笑道：“有些事情，你是不会懂的。”他的笑容充满了冷酷：“而我，已经知道了你不死的秘密。今天，就是你的死期！”

“是吗？”常羊季守淡淡道，“那谢谢了。”

兄弟俩突然一起动了。

风起！不是有莘不破的旋风斩，不是燕其羽的风轮，一刮而过，一吹即停，停下来，是天狼和天狗交换了位置的身影。

箭发！不是羿令符的箭，却几乎可以媲美它的速度，“铮”一声响，天狼落地，微微一笑，他的剑上舔了天狗的血，天狗则捂着伤口。

天狼的剑是断绝尘嚣欲望的剑，是绝望的剑，他认为那是通往极致的必由之路。而天狗的剑却充满了希望。以前，天狼一直想不通天狗手上这柄充满了对生的追求的剑，为何能够抵挡住自己十年之久。

天狼什么也不爱惜，除了胜利。天狗什么也不爱惜，包括胜利。

但此刻，血迷蒙了天狗的眼睛，他知道自己输了。

“死吧！”常羊伯寇吼道。

天狗突然感到一阵恐惧，因为他发现兄长刚才那一句话并不是空洞的威胁，而是一句预言。“我就要死在这里了吗？”尽管他向往死亡已经很久了，但此刻却有些不甘。

“看招！”是有莘不破的声音。他已经占尽上风，展开大旋风斩，把血晨割得体无完肤。天狗一个后纵，突然也跳进了旋风之中，避开了剑气。

常羊伯寇怒道：“胆小鬼！”

常羊季守在旋风中放声大笑。他血肉骨头被旋风中的阴阳气刃割得七零八落，可他的笑声却更加洪亮。

“走吧。”羿令符道。血雾已将合拢，他们声东击西的目的也已经达到。

有莘不破挥刀打乱了旋风中的阴阳平衡，那风登时变成乱风！手残脚断的天狗和血晨从乱风中逃了出来。天狗人在空中，手一挥天狗剑飞出，施展御剑飞行术沿着血道逃走了。

“别跑！”天狼也御起飞剑，竟然不理燕其羽的呼唤，追了过去。

羿令符断后，就在后退的那一瞬，他注意到天上一个黑点越过血雾，从高空斜斜飞向血谷的中央。

“七香车……难道是她？”羿令符的眼睛笑了。

桑谷隽进入地底，游走在地气的缝隙中，越游越深。

只要在地底，桑谷隽就有强大的自信。在这里，就算是面对都雄魁他也不怕。一切那么顺利，顺利得让他感到一点不安。他几乎把整个血谷地底的形势都摸了个清，还是没有发现任何机关。

“大概是他们以为那地气能阻止任何人从地底入侵吧。”桑谷隽心中得意，“可仇皇却还是百密一疏，他没想到我在地底就像鱼在水里那样自在！这座山谷地底的地形确实复杂，还有那地气也确实不好对付，可还是难不倒我！”

桑谷隽摸清了地底的形势，甚至想好了对付仇皇的办法，这才向地面游上来。

“咦，那是什么？”通过“透土之眼”，桑谷隽竟然发现了一些根系，“这里应该很深才对！要把根系伸到这里，非得百年以上的大树不可。这个山谷死气沉沉的，居然还有树木能保持这样旺盛的生命力？”桑谷隽游近了，一开始有点担心是仇皇设下的陷阱，但很快他就感到根系上隐隐散发着一股熟悉的气息。

“江离！”桑谷隽高兴得手足乱舞，“没错！是‘桃之夭夭’！”

顺着根系，桑谷隽游了上去。

江离看着都雄魁留下的那个小盒子，犹豫着。

“看，还是不看？”

他知道盒子中藏着关于未来的预言，面对这样的诱惑，有几个人能够忍耐得住？

“命运之轮吗？”江离喃喃道，“如果能够改变，那又算什么命运之轮？如果无法改变，那这个命运之轮看了又有什么用？”

他想起了师兄，也想起了师父的话：“你本来有个师兄，唉，如果他还在我身边，我也许不会再收弟子……”

然而真的那么简单吗？如果师父不是还瞒着自己什么，为什么要抹去自己童年的回忆？“难道现在的我，其实是一个不完整的江离？”

江离终于伸出了手，就要打开盒子，突然桃之夭夭的根系传来一阵触感。一个人在他所在地方的地底，正不断靠近！

“桑谷隽！”江离几乎叫了出来。随即一阵害怕：“不！不能上来！”他知道这个小谷下面有一层和血池相通的肉泥在！

“不！不要上来！”可是如何通知桑谷隽呢？江离按住“桃之夭夭”，桃树根系一阵震动，直达地底深处。

“桑谷隽！不要上来，千万不要上来！希望你能明白我的意思！”

桑谷隽才触及“桃之夭夭”的根系，便感到上面传来一阵震动！

“江离在上面！他在回应我！”桑谷隽心中大喜，“他能够摆开桃之夭夭，那么功力应该恢复了！只要和他会合，两人联手，我不信还有谁能挡住我们！”

桑谷隽打消了迟疑，行动变得更加迅疾。越往上，触须也越来越多，地上的江离对他的感应也更加明显了！

“什么！”江离感到桑谷隽非但没有停下，反而上升得更快！突然他明白了：“完了！他会错意了。怎么办！”就在这个时候，束缚住江离双脚的“肉灵缚”微微一震，江离的心往下沉：“仇皇发现了！来不及了……”

桑谷隽心中此时却充满了喜悦，江离的气息越来越近了。草木的根系越多越复杂，桑谷隽就越放心。因为他知道他已经进入江离的地盘。

“江离，你也发现我了吧？哈——我来了！……这，这是什么感觉？”桑谷隽突然想起了燕其羽。这没来由的念头让他一阵迷茫，跟着一股热量从小腹下升起，直冲他的大脑。他突然感到一阵躁动，那股不安的热量不但让他丧失了冷静，而且鼓动着他体内的真气往外泻。

“不！”桑谷隽知道自己被暗算了，可那是什么时候呢？一直没有什么不妥啊。而且那股热到底是什么？他的嘴唇干燥起来，喉结上下涌动，眼前又浮现出燕其羽的脸。“啊！”他想呻吟，却发不出声音，他的男性特征已经有了反应，从大脑到心脏都在气血沸腾中一片混乱。

“不！不！”桑家的护身蚕丝发动了，薄薄地把他裹住。

“看来他已经中招了。”江离心道，“无论如何把他扯上来再说。”心念一动，桃之夭夭的根系把桑谷隽拉了出来。但桑谷隽已经看不见江离了，他的双眼一片通红，拼命要动，但蚕丝却把他限制住了。

“桑兄，不要动！”但桑谷隽却已经完全听不见江离的话，江离也不知道桑谷隽是受了什么伤还是中了什么毒，只是感到应该想办法让桑谷隽冷静下来。他招来甘华[①]之叶，要把他覆盖住。

“没用的。”

江离抬头一看：“燕其羽！”

燕其羽一挥手，一阵风把覆盖在桑谷隽身上的甘华之叶都刮走了。

江离怒道：“仇皇到底把他怎么样了？”

“没怎么样，”燕其羽道，“只不过引发了他体内的欲火罢了。”

“什么？”江离一惊，空中燕其羽笑道：“可惜你是个男的，要不然帮他解决一下，他就没事了。”说着刮一股风就要把桑谷隽卷起，却被谷中突然暴长的枝叶挡住。

江离道：“他到了我这里，你别想带走他……”突然身子摇了摇，脚下大痛，“肉灵缚”控制着他的身体，让他的肋骨挤压他的心脏，压得他一瞬间连心跳也停止了。江离捂着心口伏倒在地，挡在桑谷隽身上的枝叶荆棘也就散开了。

燕其羽冷笑道：“你只是有限地控制着这个小谷，但主人却无限地支配着这整个山头！只要‘肉灵缚’一天和你的身体相连，你就别想逃脱主人的掌握！”接着她刮起一股狂风，把桑谷隽卷了起来。

“等等……”江离忍着心痛，道，“你们要把他带到哪里去？”

“哪里？”燕其羽笑道，“那可就要看主人的意思了。”

江离道：“这可是你第二次伤害他了！”

燕其羽冷冷道：“那又怎么样？”

江离叹了口气，道：“没什么。不过，看在桑谷隽他倾慕你的分上，稍微回护他一点。”

---

①《山海经》中的植物，据《山海经·大荒经》记载：“东北海中，又有三青马、三骓、甘华。”

燕其羽哼了一声，道：“对不起，我做不了主！”便要离开，突然瞥见山谷石壁上端不知什么时候长着一丛奇形怪状的草木。燕其羽心道：“什么东西？刚才来的时候好像还没有，莫非是江离想拿来暗算我，却来不及发动的东西吗？”她对江离十分忌惮，手一挥，把那团草木打落在地！芭蕉叶迎风而起，带了桑谷隽回去复命。

江离一眼瞥见那团草木，几乎叫了出来：“七香车！”然而他终于忍住了，脸上不动声色，一直等到燕其羽在空中的影子完全消失，这才道：“是你吗？”

那团草木敛枝收叶，慢慢现出一驾马车的模样。车上一个女子赤着双足，走了下来。

“果然是你。”江离道，“你若能早到片刻，那该多好。”

“妹妹，把这个男人放在陆离洞，用玄冰封住洞口。”

寒蝉看着被蚕丝裹着的桑谷隽，道：“陆离洞？不对他用‘肉灵缚’吗？”

燕其羽道：“不必。这人现在什么也干不了，三天之内若没人……没人解救，他是否能活下来都成问题。”

寒蝉道：“要不要给他送饭吃？”

“不用。”燕其羽从桑谷隽身上撕下一片蚕丝，道，“主人说了，只要让谷外那几个人知道这小子失陷了，包管他们再也坐不住。明天……一切就都结束了。”

看着燕其羽腾空而去，寒蝉喃喃道：“明天之后，不知道芈压会怎么样……”

“我有种不大好的预感。”有莘不破说。

“嗯。”羿令符道，“我也是。”

“天狗被天狼追杀，也不知怎么样了。天狼说他知道怎么致天狗死命，你觉得是真的吗？”

“应该是。”羿令符道，“要不然天狗不会逃。之前他也打不过他哥哥，可他却一直会坚持战到最后。”

“不过我现在最担心的却是桑谷隽。”有莘不破说，“这小子自从遇上了那个燕姑娘，运气就不是一般差。”

“对了，不破，刚才我们退出的那一瞬，我好像看见七香车了。”

有莘不破一愣：“七香车？”

“嗯，从上空飞进血谷。那时候燕其羽被我盯住，所以整个天空可以说是毫不设防！”

“可是七香车不是留在天狗家那个峡谷里面吗？难道……”

“应该是雒灵到了。”羿令符微笑道，“这样的热闹场面，没有你这个小情人怎么行？”

有莘不破却叫道：“亏你还笑得出来！她可是个女孩子。也不和我们商量一声就进去，碰上仇皇可怎么办？再说她走了，商队那边……”

“放心吧。”羿令符道，“她虽然是个女孩子，但做事却比我们这些男人考虑得更加周到！”

有莘不破道：“你不知道，她最近有些奇怪。”

“奇怪？”

“嗯，这……我也不知道怎么跟你说！咦！她怎么来了？”

羿令符顺着有莘不破的眼光望去，远远望见燕其羽悬浮在血雾上空。一阵风吹了过来，似乎飘来了什么东西。

有莘不破笑道：“看来她可真是怕你怕得厉害，离得这么远也不敢过来。不过她来干什么呢？”

那风吹近，风中夹带着一物，有莘不破和羿令符一见之下，不由脸色大变！

天蚕丝！

连山子的眼睛

雒灵走下七香车，一丛小草敬畏地避开了她，于是雒灵的赤足便踏在温软的地面上。江离就在她面前，但雒灵却先打量起这个小谷，满谷的花草似乎都被她看得有些害羞。接着雒灵观摩着桃树，顺着桃树，最后才把眼光落在江离身上："不破，他很想你。"

江离心中泛起一种奇异的感觉，他注意到雒灵不是对他使用心语，而是开口跟他说话！"你的闭口界……"

雒灵幽幽道："毒火雀池之后，我就已经六感无碍了。"

江离奇道："那你为什么……为什么一直不肯开口？"

"大概是沉默惯了吧。"雒灵道，"几天前我和师父重聚，说了很多话，才坏了无言的习惯。"

"但是不破，"江离道，"不破他可一直期盼着和你说话啊。"

"是吗？"雒灵道，"那他为什么不学心语？而要等我开口？"

江离愣住了，他可想不到雒灵在这件事情上竟然也会存着小女儿家那样的细腻心思。

"你为什么这样望着我？"

"我没想到你也会像普通女孩子那样，计较这种事情。"江离失笑道，"要知道，一直以来你在我和羿兄的心目中都是那样神秘莫测。"

"是吗？"雒灵道，"可我就是一个普通女孩子啊。我从不觉得自己有什么特别的地方。"

雒灵走近前来，看着束缚着江离双脚的那条蠕动着的肉。那条肉看起来又恶心，又恐怖，雒灵却突然俯身向它摸去。江离忙一把拦住："别碰它！仇皇会知道的！"

雒灵道："我看见他们几个在地面上打得乒乒乓乓的，他应该早就知道了吧。"

"有莘不破他们的行动，仇皇好像很清楚，可他应该还不知道你已经潜了进来。”江离道，“而且我和他聊过，他似乎还不知道我们中间有你的存在。再说，这肉灵缚只怕你也解不开的。”

雒灵道：“那你怎么打算？坐在这里等他们攻入血池？”

“其实眼前的事情我反而不很担心。”江离道，“这一关，我觉得我们可以度过去的。”

雒灵偏了偏头，轻托香腮，道：“你现在身受困厄，如果连这个也不放在心上，那还有什么可以担心的？”

江离看着雒灵，眼前这个女孩子和自己始终保持着一种微妙的关系。一开始，由于门派的对立，他对她充满了敌意。从祝融城到毒火雀池的路上，两人相安无事，甚至曾联手抗敌。而且在毒火雀池，江离发现不但季丹洛明和有莘羖，连师兄若木都没有因雒灵是心宗传人而心存芥蒂！

从那以后，江离对雒灵的戒心进一步消除，对四大宗派的关系也隐隐约约有了新的了解。而不久前都雄魁的那一番话更令江离茅塞顿开。

“在想什么？”雒灵问。

江离没有直接回答她，用桃花桃叶铺在身边的地上，道：“能坐下来陪我说说话吗？”

雒灵却斜退两步，在一块光秃秃的石头上坐了下来，手按膝头，背倚山壁，说：“快天黑了。不知道今晚有没有月亮。”

“不破！冷静！”

有莘不破抓紧天蚕丝的手绷起条条青筋。

“现在这里只剩下我们两人了！我们得冷静！否则就全完了！”

“我知道。”有莘不破忍得全身都疼，“我会等，等到明天中午。明天……我一个人去闯血道。”

“一个人？”

“对！我闯血道，你让龙爪秃鹰带你从上面过去，燕其羽那么怕你，不敢拦你的。”

“那你呢？”

“我？明天再没有人可以拦住我。我不会再走弯路，我会用鬼王刀一路砍进去。”

这个晚上，月亮清幽。

江离取出都雄魁交给他的盒子，道：“你听过命运之轮吗？”

提起命运之轮，雒灵心中又是一凛，她想起了师父不久前才跟自己说过的话。

三十年前的空桑城，在大屠杀过后，那里已经成为一片鬼域。十几万人，包括一支百战雄师，被一柄剑杀得一干二净。无论夏王朝还是商国，无论西方还是东方，都在寻找这个人，这柄剑。然而他却永远地消失了，只从遥远的西方传来一些关于他的传闻。

也因为这场变故，夏都的太卜禀告大夏王说：天命之轮偏轨了。夏都的乐正也禀告大夏王说：天地之声变调了。夏都的上卿禀告大夏王说：东西方军事力量的对比出现了巨大的消长。

屠杀过后的空桑城废墟上，聚集了七个人：太一宗宗主祝宗人、洞天派宗主藐姑射、心宗宗主独苏儿、血宗宗主都雄魁，以及有莘不破的老师、在修为上足以和四大宗主比肩的伊尹。除了这五大宗师之外还有两个人：一个是连山子，一个是归藏子。连山子是大夏的太卜，归藏子是商国在野的隐士——这两个人分别代表了西方民族和东方民族卜算之学的巅峰。

除了这七人之外，在十数万尸骨的漩涡中心，还匍匐着龟蛇同体的神兽——拥有预知能力的玄武。

七大宗师和玄武一起，推演出了未来三十多年整个天下的命运之轮。作为强探天机的代价，连山子和归藏子同时失去了生命。

“这次见面，我师父才和我提起那件事情，”雒灵的声音听来遥远得像天上的弯月，“三十多年前，师父看过那个命运之轮。她是替我们看的。”

江离奇道：“你们？”

“我，还有我师姐。”

“那时候你应该还没出世吧。”

“那时候师父已经有心要离开这个世界了。”雒灵道，“但她对本门还有不能放手而去的责任。所以，她想通过命运之轮知道她传人的一些事情。”

江离道：“结果呢？”

“命运之轮上，师父的两个徒弟会和天命所预示的革新紧紧纠缠在一起。师父只看到这些，然后就没有了。每个人看到的命运之轮都不尽相同，因为都只能看到一个侧影。”雒灵道，“为什么突然说起这个？你知道天命之轮也是你师父跟你提起的吗？难道他也来了？”

江离脸上一阵黯然，道：“不是。有个人不久前告诉我，我师父他……已经不在了。”

雒灵的脸上浮起一层淡淡的哀矜：“怪不得你的心声这样肃穆。”

江离道：“如果师父还在，我都不知道他会不会告诉我命运之轮的事情。我今天才发现，原来他隐藏了很多我不知道的事情。”

“你这么说的话，那命运之轮的事情是谁告诉你的？”

“一个你想也想不到的人。”

雒灵想了想，道：“都雄魁？”

江离一怔，叹道：“你真了不起！你怎么猜到的？”

雒灵道：“因为我知道不大可能是我师父，也不大可能是藐姑射，所以只能是都雄魁了。”

“藐姑射？洞天派？”

雒灵回忆着，把自己在大相柳湖听到的那心声传给江离听。

“啊！”江离听着那心声，跟着也迷离起来，“这心声……这就是传说中的天魔吗？你在哪里见过他的？”

“在大相柳湖。”雒灵道，“那是你离开之后发生的事情。他来过，没停留多久又走了。嗯……你的心又有些难过，是为什么？”

江离道：“大相柳湖的事情把天魔也引来了，四宗师里独独我师父没到。看来都雄魁并没有说谎。”

雒灵道：“这些话都是他对你说的？还有那个命运之轮？”

“对。”江离看了看手中的盒子，道，“你师父既然跟你讲过三十年前的事情，可曾提起连山子？”

“嗯。”雒灵道，“那是三十年前强探天机、推演出整个天命之轮的两位预言大师中的一个。”

“还有一个就是归藏子？”

雒灵点了点头，说：“师父说两人都已经变成僵尸。连山子被血祖带回夏都，归藏子则被伊挚前辈带走。”

“原来如此。”江离道，“不破说过，他曾在他师父的房间里找到一具僵尸，在那具僵尸的眼睛里，看到了自己的未来……当初我还以为那或许只是幻象，看来……雒灵，不破有跟你提起过这件事情吗？”

“没有。”雒灵的眼睛看起来像是在叹息，“他会对着我唱歌，和我……和我欢好，却很少陪我说话。”

江离却没有察觉到雒灵神色的变化，继续道：“不破说，在他看见的那个未来里，我们都不在他身边。”

雒灵身子一震：“都不在？”

“嗯。”江离道，“我不在不奇怪，但为什么连你也不在呢？”他托起盒子，道：“想不想看看？”

“是什么？”

“连山子的眼睛。”

雒灵接过盒子，打了开来，侧过身去，背对着江离。

“她在犹豫吗？她会看吗？”

江离心中的问题，没有答案。

都雄魁道：“你徒弟好像也来了。”

“嗯。”

都雄魁又道：“不去照顾她？”

“用不着。看住你比较要紧。上次你用血影控制了那孩子的手让他杀人。谁知道这次你还会干出什么事情来？再说，灵儿也已经长大了，知道如何保护自己。”

雒灵回过头来，把盒子还给江离。

江离没有问她“看了么”，也没有问她“怎么样”，只是静静地看着她。雒灵也没有说话的意思，只是静静地看着月光。

“你说，明天会怎样？”雒灵终于还是开口了。

“明天？”

“嗯，明天。桑谷隽既然失陷，不破应该坐不住了。”

江离道：“他应该能忍到明天中午。这点耐性，不破还是有的。不过，明天就再没有人能在血道拦住他了。就算血雾合拢，他拼着全身精血被吞噬得干干净净也会闯进来！”

“你比我还了解他。”雒灵道，“你知道么，你被燕其羽拿住之后，他可有多着急！”

江离笑道：“他要是被拿住，我也会着急的。”

“看着他着急的样子，我在想……”雒灵迟疑着，终于说了出来，“我在想如果有一天被抓住的人是我，他是不是也会这么着急。”

江离一怔，道：“你为什么会想到这种问题？”

雒灵道：“我在想，在他的心里，到底是你重要一点，还是我重要一点……”

江离目瞪口呆地看着雒灵，许久，终于道：“你……你不会是在吃我的醋吧？”

雒灵看着自己的赤足，道：“不行吗？”

江离失声道：“可我只是不破的朋友！”

“只是朋友？那我是什么？”雒灵道，“有很多话，他跟你说，却不跟我说。”

江离笑道：“这很正常啊。有些话本来就是……就是和朋友说比较合适。”

“有这样的事？”雒灵道，“可问题是，他什么都不跟我说。有什么事情，也不跟我商量。”

江离突然发现自己一点都不了解眼前这个女孩子。说她是个小女人，她在处理大事的时候又显得那么从容、那么明智。虽然她外表看起来只是一个弱不禁风的女孩子，但无论是眼高过顶的羿令符，还是被仇皇看出“骨子里透着傲气”的江离都不敢怀疑她作为心宗下一代传人的实力。然而此刻江离推翻了以前自己对雒灵的看法，原来自己以前看到的，仅仅是这个女孩子的一个侧面而已。

雒灵问道：“你在想什么？”

江离笑道：“你想知道？”

“说说。”

江离道：“我知道了你和不破的来历之后，第一个念头就是‘你们俩的相遇是心宗的阴谋’！后来，共处一段日子以后，我渐渐地改变了这种看法。不过我仍然认为，假如你顺利地成为不破的妻子，而不破又顺利地成为天下的共主，那心宗的影响力将因你而遍布天下。甚至取代太一宗，成为新的四宗之首！因为无论是你的风范还是你的智慧，一旦坐在那个位置上，一定会引来民众对你的仰慕，甚至崇拜。”

雒灵饶有兴趣地听着，却不插口。

“可是，我突然发现，也许我错了。”江离道，“假如真有那么一天，事情真的像我们所希望的那样发展的话，那么你大概不会坐在不破旁边，供天下人顶礼膜拜，而是躲在深宫里，插插花儿，逗逗雀儿。关于你的一切，天下人所能知道的，除了传说，还是传说。”

“或许会如你所说吧。不过，你刚才说‘我们所希望的那样’……”雒灵道，“你所说的希望，是怎样的？”

江离笑了笑，道：“我修我的天道，有莘不破行他的王道，羿令符把大钺（yuè）[1]威镇四夷，桑谷隽和芈压两人保境安民，天下太平，万事如意。”

雒灵微微笑了：“那我呢？”

---

① 钺：古代兵器，像斧，比斧大，圆刃可砍劈。

江离道："刚才说了，你在后宫里插花逗雀儿。"

"你想得可真是完美啊。"雒灵幽幽地叹了一口气，道："可惜你还是搞错了一件事情。"

"哦？"

雒灵道："你刚才说'我们'，谁跟你'我们'啊？不破？羿令符？桑谷隽？我？都不是。每个人想的都和你不同！"

江离怔住了，神色也黯然下来，说道："你说的没错，这的确只是我的想法。"

"把大钺，威震四夷？"雒灵道，"或许羿令符小时候想过吧。可现在对他来说这些根本就不重要了。他现在唯一想做的事情，也许就是如何把不破送回亳都去。其他的事情，他都只是在应付着。送回亳都之后会怎么样？我想，不破回到亳都的时候，就是羿令符这个男人消失在这个世界上的时候，就是他和我们分别的时候。"

江离欣赏地望着雒灵，眼前这个女孩在说话的时候，神情是如此平静，可她所说的话却句句在旁听者心中掀起狂澜。

"至于桑谷隽……保境安民的未来对他而言还太遥远。现在盘结在他心里的，是仇恨！"雒灵道，"他现在还没有向夏都冲去，只是因为他知道自己的实力还有待培锻。然而他无时无刻不在等待着那个时机的到来。报仇之后的事情呢？"雒灵的话仿佛在预告着某种别人不愿面对的命运："假如他能够报仇，而且报仇之后还能活下来的话，那他也一定不是现在的桑谷隽了。因为这场报复太艰难了。做一件太艰难的事情，中间难免会发生一些事情。而有些事情，是会令人连人生理念也一并改变的。"

江离不得不承认，雒灵的话比他一厢情愿的幻想更加逼近真相。他对这个女孩的想法又有些变了：这真是刚才那个胡乱吃醋的女孩子吗？为什么她可以如此冷酷地来预告别人的人生？这些事情，连江离也不愿意去想它。

说完桑谷隽，雒灵停了下来，很久很久，才说："不破的梦想，你只怕比我清楚吧。"

江离叹了一口气，道："他想去流浪，如果我们这次打赢了血祖，我想他也许会沿着剑道继续西行，一直走到地老天荒。"

"你不希望他这样？"

"成汤没有其他合适的继承人，"江离道，"不破这么一走，东方迟早会大乱的。如果成汤成为九州共主，那么大乱的就是整个天下。"

雒灵道："师父说得的没错，你们太一宗的人，就是这么热心。"

江离道："生灵涂炭岂是我辈所愿？如果有可能，你难道不会尽一份力吗？"

"尽一份力就能改变吗？我只是一个小女子而已。"雒灵淡淡道，"再说，生灵涂炭，又关我何事？"她不理会江离皱起的眉头，继续道："我在想，假如这件事情结束以后我们都还没死，而不破又执意西行……你说我们会怎么样？"

江离道："羿令符不会让商队继续往西的。"

"商队？你说这句话明显是在推卸，在逃避，把担子扔给羿令符。可是，这个商队还能改变不破的意向吗？"雒灵道，"如果说在祝融道上，不破对商队还有一点新鲜感的话，那现在这三十六辆铜车在他眼中就已完全变成一种累赘。羿令符没法让他掉头的。能让他掉头的人，只有一个。"

江离道："你？"

雒灵却道："你。"

"你把我看得太高了。"江离抱起双腿，下巴抵在膝盖上，"不知我离开的这段时间里，你们发生了什么事情。也许有莘不破显得很记挂我吧，但那并不代表我在他心里的地位比羿令符、芈压或桑谷隽重要。他记挂，仅仅因为我处在危险中罢了。换作其他的伙伴也会这样的。"

雒灵淡淡道："是吗？"她虽然问了，却并没有期待江离回答的意思。江离听了，也没有回答她。

雒灵道："这件事情以后，你打算做什么去？"

"我不知道。"江离道，"师伯数十年前就已经破门而出，师父又去了，如今我也许已经是太一宗唯一的传人了。以后的路要怎么走，不但是我个人的事情，也关乎我这个流派、这个学统。然而我到现在连太一宗最根本的东西都还没搞得很清楚。”

雒灵叹道：“我大概知道你的意向了。不过如果你这样选择的话，也许就再没什么事情能改变不破的去向了，或许……或许这件事情结束以后，就是他和我们分别的时候了。”

对这句话，江离只是静静地听着，但马上就发现这句话不对劲：“我们？羿令符、桑谷隽和芈压都有东归的理由，你却不同。不破就算和我们所有人都分手了，你也应该会在他身边的，不是吗？”

“跟着他？不到最后一刻，我也不知自己会如何选择。而且……”雒灵道，“他的想法也未必像你想的那样。也许他会选择一个人西行也未可知。”

江离不解道：“你为什么这样想？不破跟你说什么了吗？”

“没有，他什么也没和我说。”雒灵道，“但是，对他来讲，解决事情最圆满的办法，是我替他怀上一个儿子，然后他就可以让羿令符把我带回亳都去承继成汤的血脉。而他则一个人流浪去……这样子，他也自由了，家族的责任也完成了。哈哈！”雒灵的脸像被一个不怎么美的梦蒙了起来：“那可有多圆满啊。”

江离听得倒吸一口冷气，道：“你怎么会有这样的想法？难道……是你在连山子的眼睛里看到的？”

“不是，”雒灵的双眼泄漏出了她内心的忧郁，“如果是外物告诉我的，那我也不会在乎。可告诉我这些的，却是我的心。”

“你想多了。”江离道，“你真的想得太多了，你把不破想成什么人了？你以为，他就把你当成一个生孩子的工具？”

“不是？”

“不是！”江离抗声道，“绝对不是！”

“那好，我就静静地等着，看看是你对，还是我对。”雒灵站了起来，望着天空道，“天亮了，时间，过得可真快。”

解毒

午时二刻。环绕着血谷的血雾又一次现出那道缝隙来。

有莘不破站在血谷之外，手按未出鞘的鬼王刀，大步踏了进去。血道的终点上，燕其羽和血晨正整装待敌，看见他只有一个人来，燕其羽警惕地往天上望去，果然看见一个黑点划过长空，她大惊之下，召来一股旋风托着芭蕉叶向那黑点冲去。

有莘不破一步步地踏过来，没有加快步伐，也没有半点停下来的意思。每一步踏出就像一脚踩在血晨的大动脉上，当有莘不破离他只有十步的时候，血晨左脚不由自主地退了一步——这一步，让他丧失了刚刚鼓起的勇气。有莘不破没有使用‘法天象地’，但在血晨眼中，他却像一个巨人一样压迫过来。有莘踏进一步，血晨就后退一步，有莘前进十尺，血晨就后退一丈。这天的血道没有战斗，血雾合拢的时候，有莘不破的后脚跟刚刚踏出血雾最里面的边缘。他立定，按刀，逼视着血晨，这个令人厌恶的敌人已经被他击溃了。

血晨狂吼一声逃走了，有莘不破没有撕烂他的身体，没有毁灭他的元婴，却彻底摧垮了他的信心。

燕其羽急急忙忙向羿令符冲去，她冲得太快、太匆忙。等到她反应过来的时候，她已经完全暴露在羿令符的视线之中。羿令符在空中远不如在地面灵活，可燕其羽不敢冒险。有莘不破说得没错，燕其羽的确很怕眼前这个鹰一样的男人。但有莘不破却不知道，燕其羽对羿令符不仅仅是忌惮这么简单。

羿令符让她吃了两次大亏，又两次都手下留情。两次失败让高傲的燕其羽在羿令符的阴影中低下了头颅。这个男人的强大折辱了她，但又带给了她一种虚幻的希望——借助外力来抵抗仇皇、摆脱他的控制。这个微弱的希望她平日里连想都不敢多想，因为仇皇太强大了，强大到光是他造出来的工具就所向披靡。然而作为仇皇最强大的工具——燕其羽在羿令符面前，尝到了彻底失败的滋味。

江离的话不足以说动燕其羽背叛仇皇，因为江离曾是她的手下败将，哪怕当初那场对决并不公平，但已让江离在燕其羽的记忆中留下了一点软弱的印象。

但羿令符却相反。这个突然出现在自己生命中的男人是那样强横，强横得她不敢面对他的双眼。

“为什么还不动手？”羿令符冷冷道。他手上没有弓，也没有箭。但这种近似夸大的无所谓却让燕其羽感受到更可怕的压力。

“你……”燕其羽终于开口了，“你认为你们真的能对付得了仇皇大人？”

羿令符哼了一声，并没有回答她的问题。但他这态度却比一个明确的答案更能震撼燕其羽的神经。

在那一瞬间，燕其羽心中似乎也像她的昊天之风一样，转了三千六百转。终于，她咬了咬牙，道：“罢了罢了！我就赌一把吧！就算从此灰飞烟灭，也胜于永世受这无穷无尽的折磨！”

听了她这句话，羿令符脸上似乎现出一丝惊讶，问道：“你要背叛仇皇？”

“我早就背叛他了！”燕其羽道，“只是没有机会，我不敢冒然行动而已。”

羿令符道：“你就算背叛他又能怎样！你敢和他正面对敌吗？”

燕其羽惨然道：“我当然不敢，也不能！我的元婴控制在他手里，只要血池还在，只要他一念不熄，转念间就能令我万劫不复。”

羿令符道：“既然如此，你跟我说这些，对你对我又有何意？”

燕其羽道：“我可以帮你们做一件事情。”

羿令符心念一转，道：“你能帮我救出同伴？”

燕其羽道：“江离，还有那个叫芈压的少年我没办法。”

羿令符道：“那桑谷隽呢？”

燕其羽犹豫了一下，道：“可以。”

“你的要求呢？”羿令符道，“要我们帮你做什么？夺回元婴？”

燕其羽黯然道：“那只怕机会不大。反正我这次是豁出去了。我帮助你们，也只是在利用你们。就算只能和他同归于尽，也胜于做一辈子的傀儡！”

说到这里，燕其羽心中却又想起那两个和她命运相类的弟弟和妹妹来：“如果……有可能的话，就请你帮我照看一下我的弟弟和妹妹。”她顿了顿，道：“不过在这场劫难里，他们能不能活下来都很难说。”

羿令符点头道：“这个要求很合理，我尽力而为。你妹妹就是那个可以操纵寒气的小女孩吗？你弟弟我却没见过。”

燕其羽点点头说道：“她叫寒蝉。我弟弟叫川穹。虽然你没见过他，可一见就能认出他来的。因为他是这个世界上最完美、最漂亮的男孩子。”

寒蝉抚摸着水晶，看着水晶中的川穹，喃喃道：“川穹……你也和我一样，不会流泪，不会害怕，什么情感都没有吗？虽然姐姐说有了情感也不好受，可我现在却觉得没有也不好受。我才活了三个月，而你活的时间比我长得多。将来我们再长大些，不知道会不会有那些东西。”突然，她感应到了仇皇的召唤：“啊！是主人在召唤我。不知又出了什么大事。是要我去给芈压送吃的吗？”

“他们来了。”雒灵道，“这次来得好快。”

“你要去帮忙吗？”

“帮忙？不，我只是要去见仇皇。”

雒灵这句话让江离怔了一下，道：“见仇皇？”

“嗯。”雒灵道，“在不破他们攻入血池之前去见他。”

江离惊道：“太危险了！还是等不破他们，会合了之后再去。仇皇的力量虽还没完全恢复，但我们中任何一个都还无法和他单独对抗。”

雒灵道：“谁说我要和他对抗了？”

“那你……”

“我不想站在不破背后，为了救你而战。”

这句话把江离听得呆了：“难道，难道你想故意去……”

“是啊。”雒灵微笑着，笑得好像一个要和心上人玩捉迷藏的小女孩，“我想看看不破会不会很紧张地跑来救我。”

江离大声道：“雒灵！千万别在这个时候耍性子！仇皇可不是一个陪我们玩的主儿！一个不小心，连性命都难保！”

“我不是玩，也不是耍性子。”雒灵道，“有很多东西，总得到生死关头才能看得清楚，不是吗？”

羿令符对燕其羽道：“不破已经开始逼近血池了。我们快去救桑谷隽吧。”见燕其羽犹豫，问道：“有什么问题吗？”

燕其羽道：“救桑谷隽只能我一个人去。”

“一个人？”羿令符眼中闪了两闪，也不多问，只是道，“好吧。不过你能否告诉我困住江离的地方？”

“江离？你想去救他？”

“嗯。既然一起去救桑谷隽不方便，那我想试着救出江离。如果加上他的力量，我们成功的把握就会大很多。你们没把他怎么样吧？”

燕其羽道：“他很好，但被主人用‘肉灵缚’限制在一个小谷里，芈压的情况也差不多。”

“芈压不急。”羿令符道，“你先带我去江离那里吧。”

燕其羽想了想，道：“还是分头行事吧。”说着她脱下了上衣，羿令符一愣，别过脸去：“你干什么？”

突然听见一阵血肉分离的声响。回头来看，只见燕其羽裸露的背上长着一只翅膀，她正在把自己的翅膀撕下来。羿令符不禁道：“你干什么？”同样一句话，但一前一后的语气已经大不相同。

燕其羽道：“我用于飞行的芭蕉叶，其实是我背上的翅膀所化。其中一只在沙漠里被你夺走，化作一片羽毛。我为了飞行，才不得已把另一只也撕下来，化作我现在坐着的这片芭蕉叶。前天你虽然把那片羽毛射了回来，但它离开我已经多日了，你又不用灵力培锻它，再加上被你用了‘死灵诀’，生命力几乎消失。所以我才把它重新安上去，灌注自己的血气。整整一天一夜工夫，方才恢复旧观。我昨天不和你动手，这也是一个原因。”

说话声中，她已经把翅膀给撕了下来。整个背部一片血肉模糊。虽然燕其羽吭也不吭一下，但羿令符从她那惨白的脸色中看出她身受剧痛，忍不住问她：“既然你有一对翅膀，为什么还要把它化成芭蕉叶？直接用翅膀飞行不可以吗？”

燕其羽无声地笑道：“真想不到，你也会来关心别人的事情，你也会来关心我的事情！”

这句话把羿令符说得一窒，他不知是不愿意面对燕其羽赤裸的上身，还是不愿意面对燕其羽所说的话，终于还是别过脸去。

燕其羽的身体有血宗的力量在，虽然没有血晨那样可怕的回复力，但她撕裂翅膀是在有准备的情况下进行，因此伤口迅速弥合，连鲜血也自动流回体内。

“虽然我知道你这样的男人根本就不会关心别人的事情，刚才问起只是一时好奇，不过你既然问起，我告诉你也无妨。”燕其羽的语气和眼神渐渐恢复倔强的本色，“这对翅膀叫风神之翼，也叫飞廉之翼，仇皇用飞廉之血造出了我，所以我也可以算是风神之后，可我讨厌这对翅膀！不是因为它们让我看起来和别人不大一样，而是因为它们就像一个符号，时时刻刻提醒着我记住自己的来历，提醒着我要向血池中的那个男人效忠，就算用它们我可以飞得更快、更自由，我也不愿意把它们显露出来。如果没有它们我就能够自由的话，我宁可天天身受断翅之痛！”

一直沉默的羿令符听了这些话，突然道：“救出桑谷隽之后，在我们成功之前，你不要到血池来。”

燕其羽听得一怔。

羿令符又补充了一句：“救桑谷隽的时候，如果有可能尽量不要让仇皇知道是你做的。”

燕其羽道：“为什么？”

羿令符："如果我猜得没错的话，如果我们能成功杀死仇皇，只要仇皇在死前不对你起杀心的话，你活下来并得到自由的可能性很大。"

燕其羽眼中突然闪过一丝难以察觉的神采。

羿令符不知是没有注意到，还是故意不去关注她，继续道："好了，现在告诉我怎么才能找到江离吧。"

燕其羽把手中的翅膀一晃，化作一片羽毛，说道："跟着它，它会带你去。"

"好。"羿令符说着便要走。

燕其羽突然道："等等！"

"怎么了？"

燕其羽迟疑了那么一眨眼的工夫，道："没什么。我也不知还能不能活着见到你。我只是想对你说：如果我死了，而我弟弟还活着，替我把这片羽毛交给他。希望这片羽毛能代替我守护他。"

"你妹妹呢？"

"寒蝉如果能活下来，她的功力足以自保。川穹却是一片空白。"

羿令符也没问川穹为什么"一片空白"，只是道："好。"

燕其羽也不再说什么，手一挥，羽毛打一个转，引着羿令符向江离所在的小谷飞去。望着这个男人的背影，燕其羽呆了半晌，终于下定决心，掉转风头飞向陆离洞。

陆离洞被寒蝉用冰封住，但就算是数尺厚的玄冰也是经不起风刃的。燕其羽劈开玄冰，召来一股暖风把洞中的寒气吹尽，一时间，原本潮湿阴冷的陆离洞，变得温暖而干燥。

江离劝燕其羽"稍微回护桑谷隽一点"的话并没有白劝，由于燕其羽让寒蝉把陆离洞变成一个冰寒之地，有助于桑谷隽抑制体内无处宣泄的欲火，这几个时辰里，桑谷隽的情况并未恶化。

但陆离洞变暖以后，桑谷隽体内的欲火又发作起来，他那被欲火烧得干燥的喉咙抽搐着，却发不出声音。

燕其羽手一挥，芭蕉叶化成千万片羽毛，把洞口挡住。陆离洞登时暗了下来。但燕其羽取出先前水后所赠的一块光之水晶，那幽幽的光芒马上照得整个山洞春意融融。

她扶起桑谷隽，让他的头枕在自己的膝盖上，打量着他。这个昏迷的男人其实长得蛮帅的。燕其羽抚摸了一下桑谷隽被蚕丝覆盖住的鼻子，鼻子很挺，颇有些男人气概；她又抚摸了一下他的眉毛，眉毛很秀，但眉尾略粗，因此清秀中又显出三分阳刚来。他的身材修长而不太过壮健，可以说一切都刚刚好，有莘不破和他相比强壮得有点过头，江离和他相比又漂亮得有点过火。

“唉，可惜，我……”

燕其羽轻轻脱下他的衣服，扔到一旁。衣服底下，桑谷隽全身的肌肤上都覆满了蚕丝——如果不是这层薄薄的蚕丝制止了他躁动，只怕此刻不但衣服早被他撕个稀巴烂，连皮肤甚至血肉也得被他自己用指甲抠下来。

燕其羽跟着也把自己的衣服脱下，她搂住了他，用自己冰凉的皮肤偎贴着桑谷隽滚烫的身体。她抚摸着他。天蚕丝遇见她阴凉的皮肤，层层脱落展开，在地上衍生成一个柔软舒服的丝床，两人的皮肤终于彻底地、无遮拦地贴在一起。

桑谷隽的意识还没有恢复，但天蚕丝脱落以后，他的欲火就像洪水面对刚刚开闸的大坝口，一发不可收拾。

她抚摸着他光滑的皮肤，柔软的头发，心想这的确是个很不错的男人。而在桑谷隽那里，他现在只知道怀里是一个女人。两人在陆离洞里翻滚着。桑谷隽体内的欲火发泄了一分，神智就清醒一分。当他呻吟着打了个寒战之后，整个人就醒了过来。他睁开眼睛，不敢相信地看着周围的情景。就算这是个梦，桑谷隽也觉得这个梦太淫乱了，淫乱得不可原谅——他怎么可以对一直仰慕着的女孩子做这种事情？

“你怎么了？”燕其羽说得很小声，听不出她的语气。

桑谷隽把她抱紧，闭着眼睛说：“我不该做这样的梦的。”

“为什么？听说你很喜欢我的，难道不是真的？”

“不！不！是真的。可，可我怎么能……怎么能做这样的梦。”

“男人做这样的梦，很正常吧。”她伸手向下，抓住他的男性特征。桑谷隽啊的一声，躲了躲。

“干吗？”燕其羽说，“不喜欢？”

“不，不是，可是，”桑谷隽说，突然他想起了朋友们，想起了昏迷前的处境，大叫道：“不好！”赤条条地跳了起来。

“怎么了？”

“我……我怎么把正事给忘了！”

“正事？”

“现在……现在外面怎么样了？”

“外面？你是说江离、有莘不破他们？”

“嗯。他们和仇皇打起来没有，还是……还是已经打完了？”说到这里他的声带不禁微微颤抖，生怕燕其羽说出令他难以接受的噩耗来。幸好，燕其羽的答案只是未知。

“我进来的时候，还没有，”燕其羽翻了个身，把背部修长的曲线完全暴露在桑谷隽眼皮底下，桑谷隽又开始想了。然而燕其羽接下来的话让他试图压下自己的念头：“现在只怕正打得火热吧。”

桑谷隽舔了舔燥热的嘴唇，道：“燕姑娘，我……我先去帮他们，然后再回来……”

“再回来干什么？”

燕其羽这句话其实没其他意思，桑谷隽却被挑逗得脑袋充血。

燕其羽冷笑道：“你现在这样，出去也只是给他们帮倒忙而已。”

“我……我不觉得有什么啊。”

“你试试，运运真气。”

桑谷隽一运真气，小腹下那股火热又像蛇一样缠了上来。燕其羽脚一勾，把他勾倒，两个人又贴在了一起。

“我……我今天到底是怎么了！”桑谷隽自责地说，“我……”

“你怎么了？”

“我觉得自己很对不起朋友。可为什么控制不住自己？”

“你不会到现在还搞不清楚状况吧？”燕其羽道，“你中了我主人……嗯，中了仇皇的‘烈焰焚身’，我是在帮你驱火解毒。”

“什么？”

“要不，你以为我在干什么？”

“不，我……唉，”桑谷隽道，“谢谢你，燕姑娘。”

“谢什么。我也是为了我自己罢了。”燕其羽道。

桑谷隽坐了起来：“我得走了。”

“走？”

“嗯。不管他们现在怎么样了，我得去血池。我不能丢下他们。就算死，也得和他们死在一起！”

燕其羽眼中流露出一点欣赏的神色：“嗯。不过，再来一次。”

虽然这半日间已经连对方的身体也了如指掌，但桑谷隽还是丢不开那点青涩：“不，不用了……我，我是说下次再……再那样。我觉得已经没事了。”

“是吗？”燕其羽道，“可是你体内应该还有一点火毒。不弄干净，遇见仇皇你是会中招的。”

“弄干净？”

“嗯。把毒火排干净以后，你的身体以后就会对这‘烈焰焚身’产生抵抗力，你就可以在这血谷下面自由行动，不怕被这‘烈焰焚身’再次侵入。”

桑谷隽眼睛一亮。

燕其羽道：“想到什么了吗？”

“嗯。”桑谷隽说，“我原来有个计划的，就是利用地热，把血池蒸干了，甚至把仇皇烧成灰烬。我已经找到地热之源，也想好了牵引的办法。只是还把握不准血池的位置。”

燕其羽道：“听起来蛮不错的。血池的位置我可以跟你说。不过，现在还是先帮你榨干最后一点毒火吧。”

第四章
惊天动地，众神之后大战天山之巅

雒灵的任性

羿令符跟着燕其羽的羽毛，一路来到江离所在的小谷。他看见小谷中遍布草木，便知江离的身体多半已经恢复，心里颇为宽慰。

江离却正看着一个盒子发呆，似乎没有发现羿令符的到来。

“江离！”羿令符着陆之后，唤了一声，江离才回过神来。

“羿兄！”

“你在干什么？”

“我……我在想以后的事情。”

羿令符奇道：“以后的事情？”

“羿兄，你……你有没有看过自己的未来？”江离这么突兀的一句话，让羿令符一时也反应不过来。

“未来？”

“嗯，就是对未来的预言。”江离指着盒中的东西，道，“这里面的东西据说能告诉你未来的一些事情，有没有兴趣看看？”

“没兴趣。”羿令符的话简单、直接而冷淡。

“哦，”江离道，“真羡慕你，对自己要走的路这么清楚。”

“先别说这些了。”羿令符道，“去血池，对付完仇皇再说。”

“我走不开。”江离向羿令符展示了束缚住自己双脚的那条肉。

羿令符看了一眼，拿出了箭。

“不行的。”江离道，“这‘肉灵缚’和我的心脏相连，你还没弄断它，只怕先把我弄死了。”

羿令符皱了皱眉头。

事情这样棘手本在情理之中，他一时也没了主意。

“对了，”江离道，“你还是快点去血池吧。”

羿令符道：“血池？我一个人去也没把握。还是先想办法让你脱离这鬼东西。有你、我，再加上不破，胜算大很多。”

“这我也知道。可我还是有点担心雒灵。”江离道，“她独个儿去闯血池了。我劝她不住。”

羿令符惊道：“怎么会这样！”

“嗯，她的想法很奇怪，我现在也不大能够理解。”江离看了看盒子，“或许和它有关。也或许我们从来就没有理解过她。”

羿令符对这些细腻曲折的心思没兴趣，他只是低头看了看江离的双脚，道：“你……”

“我没事。”江离道，“仇皇困住了我，能折磨我，也能限制我的力量。但隔这么远他要杀我还不容易。如果你们在那边把他逼急了，说不定我在这边能够自己脱身。再说，你留在这里也帮不了我。去吧，血池就在那座死火山的凹口。”

“好。”羿令符就要走，忽然想起一件事情，把羽毛向江离抛去，“若得便，交给一个叫川穹的男孩，是燕其羽的弟弟，据说长得十分漂亮。”说完便离去了。

江离接过风中飘来的羽毛，感触到羽毛上的气息，心知这片羽毛属于燕其羽，心道：“燕其羽倒戈了？或许这是我们一个胜负的关键也未可知。”不过这事他想了一下就抛开了。他最挂心的，还是雒灵的选择。“她的意向很奇怪哪。莫非……莫非她直觉地领悟到如何超越这个命运之轮了？”

江离脑中灵光一闪：“这个命运之轮并不是无止境的预言。如果这个圈子所限定的一切都无法改变，那么这个圈子之外呢？”

江离不断地思索着，穷究自己的智慧极限：“将来会发生什么变故是无法完全掌控的，但如果在这个命运之轮完结之后，仍能把自我保存下来……或者让自我重新觉醒的话……那就算被这个命运之轮彻底卷入又有何妨？”

他望向远处那个死火山：“雒灵，你是否也想到了……”

有莘不破找路的功夫很差。他还在山坡追着血晨满山跑的时候，雒灵已经进入通往血池的甬道。

轰隆隆一阵巨石砸地的声音响起，甬道中跑出三个巨人，向雒灵扑来。这三个巨人都是血池造出来的家伙。不过和造燕其羽、川穹、寒蝉的目的不同，仇皇一开始就没打算利用这些家伙的身体复活，只是把他们作为仆役和卫士。因此以灵性而论，这些家伙和燕其羽等三人差远了，但单单以战斗力而论却仍然不可小觑。

如果是有莘不破来到，要把这些皮肉坚如岩石且力大无穷的家伙放倒，只怕也要费不少力气。可惜，他们遇到的是雒灵。

在雒灵眼中，这些巨人的心灵处处都是破绽，根本就不堪一击。她看也不看他们一眼，就这么走过去。三个巨人扑到她身边，却突然发狂，倒转手中的石杵，砸得自己脑浆崩裂。

巨人倒下后，又跑出一个剑客。雒灵知道这是一个身经百战的剑客的怨灵，附在仇皇造出来的躯干上。剑客拔出了剑，向雒灵冲来，那一剑的速度，几乎已可与天狼天狗相媲美。然而就在剑锋离雒灵还有三尺三寸三分的时候，他突然顿住了，冷酷的脸上流满了眼泪，跪了下来，号哭忏悔。

雒灵还是不看他一眼，从他身边走了过去，剑客突然跳了起来，横剑自刎，头断了还死不了，他就掏出自己的肠子，剁碎了，再刺穿自己的心脏。

赤着双足的雒灵一步步走过去，走得不快，但一步也没停下。甬道里不断地跑出人兽妖魔来袭击她，又不断地自裁于她的脚下。雒灵的脚下已经流满了鲜血，身后已经堆满了尸体。仇皇的护卫一个一个向她冲来，一个一个倒下；一排一排向她冲来，就一排一排自杀。

甬道的尽头，站着一个木偶般的女孩子。女孩子看着眼前这个比她大不了多少岁的少女一路走来，一路伏满了男人和野兽的尸体，这些人与兽都因她而死，但这个赤足的姐姐却眉头也不皱一下。

“这么漂亮，却又这么可怕……”木偶般的女孩子吓得连心脏也开始收缩，吓得连寒气也无法释放。

这时，赤足的少女已经来到她的跟前。

雒灵摸了摸这女孩子的头发。雒灵不认识她，也还不知道她有多大的本事。但雒灵却清晰地捕捉到这个女孩子的恐惧，只要有恐惧，心灵就会有破绽。于是雒灵知道这个女孩子已经逃脱不了她的宰割。

“你到底在害怕什么？”雒灵说。

“啊，害怕？”女孩木然说，“你说我在害怕？我，我懂得害怕了？”女孩子的眼神里不知道是兴奋，还是茫然。“我会害怕了？我，我不是没有情感的吗？”

雒灵道：“你是一个人，怎么会没有情感。”

“啊……我是一个人……”女孩子叫出声来。她仿佛就要陷入沉思，但这时一个声音从山腹中传了出来，打断了她的思绪：“蝉儿，带她进来！”

都雄魁道：“你徒弟疯了吗？居然一个人进血池？难道是你给她的指示？”

“不是。我也不知道她为何会这样大胆。”

都雄魁道：“你就放心让她一个人进去？”

“不放心又怎么样？孩子长大了，多多少少有她们自己的想法，我又哪里管得住她们！唉，就像当年，我师父又何曾管得住我！”

都雄魁笑道：“我那老头子是个疯子。被我杀得尸骨无存之后就更加疯了。他可不见得会碍着面子不杀小辈！要是这女娃儿挂掉了，你可别怪我。”

“灵儿行事向来不用我操心。虽然这次无端涉险，但我还是相信她的直觉和智慧。”

都雄魁笑道：“你可真沉得住气！佩服，佩服！不过话说回来，你也不用太过担心。就算死了一个小徒儿，你可还有一个大的。”

“哼！废话少说！现在江离身边没其他人了，干你的正事去吧。”

雒灵往下一望，这座死火山的凹口里翻滚着红色的液体，不过那不是岩浆，而是血！这么大一个天然的池子，需要多少人妖魔兽的鲜血才能注满啊！雒灵突然想起了师父的一句话来：“四宗之中，血宗是最没有人性的。”

“女娃儿，你来这里干什么？”

周围除了雒灵和寒蝉，没有第三个人。而声音，却从底下那个血池中传了上来。仇皇，他到底是何等模样？

“不破，你在干什么！”

正追赶着血晨的有莘不破一抬头，是羿令符！

“我找不到路！所以追着这个家伙，可这家伙太狡猾了！就是不往血池跑。你等等，我快抓住他了。”

羿令符道：“别理他了。跟我来！”

龙爪秃鹰俯冲，羿令符一把把有莘不破抓了起来，向那个死火山的凹口飞去。

有莘不破道：“老大，你认得路吗？”

羿令符道：“江离说了，血池就在那火山口里面。”

有莘不破大喜道：“江离！你见到他了？现在怎么不见他？他没什么事吧？”

“没什么事情，不过被困住了。嗯，好像是被‘肉灵缚’困住的，一时脱不了身，如果我们能把仇皇解决掉，多半那‘肉灵缚’就会自动枯萎。”

有莘不破道：“那我们不如先去救江离出来，再去对付仇皇。”

羿令符道：“我原来也这样想，单凭我们俩实在没什么把握对付仇皇，但现在出了点状况，只能硬着头皮上了。”

有莘不破道：“什么状况？”

“雒灵孤身去探血池了。”

“什么？”有莘不破这一惊非同小可，“怎么会这样！”

“我也没时间问清楚。大概当时发生了什么意外吧。”羿令符道，“事情到了这分上，也管不了那么多了，就这么上吧！”

龙爪秃鹰身形并不很大，虽然雄健，但带着两人也颇为吃力。

地面上，血晨从一块岩石后面闪了出来，望着两人的去向，喃喃道：“他们怎么会知道血池的位置？”接着也化作一道影子，向血池的方向掠去。

雒灵站在血池的边缘。血池中，那个心声强大得令人感到恐怖。

血池中冒出一团人形的血肉，雒灵知道这只是仇皇的分身，他的元婴应该还深藏在血池内部。

“你是妙无方的徒孙？”仇皇的声音很低沉，充满了压抑已久的怨毒。雒灵没有开口，但仇皇已经听到了她的答案。

他又道：“妙无方已经灭度多年，是独苏儿那小丫头派你来的？”

“不是，是我自己要来的。”雒灵这句话连仇皇听了也大吃一惊。心宗一个功力尚未大成的弟子居然敢跑来见自己。雒灵又道：“我出师门以后，也遇见过几位已臻极境的前辈，当时都很害怕，几乎每次都不敢在对方动向不明的情况下去面对他们。我知道，这是我的怯懦。”

“嘿！”仇皇冷笑道，“原来你到我这里是炼心来了！可惜啊，女娃儿，你找错了地方，也选错了时间！这里岂是让你自由来去的地方！如果你在别的时候来，我看妙无方的面皮，或者不把你怎么样……”

雒灵面对那阵阵逼来的死亡气息没有半点退缩，接口道：“现在你大难临头，不敢留下我这样一个变数，对不对？”

那人形血肉虽然只是仇皇的一个化身，但五官七情无不具备。听了雒灵这句话脸色一变，道："女娃儿胡说八道！"血池登时翻涌起来。

雒灵神色依然平静，道："我若不是刺到你的痛处，你何必生气？其实你应该也已知道的，有莘不破是玄鸟之后，又得高人教导，可不是寻常刀客！至于羿令符，见到他射伤燕其羽的那一箭，你难道还猜不透他的来历？"

仇皇冷笑道："两个小娃儿，岂是老夫的对手！"

"以常理而论，他们加起来或许也还不如你。可是……"雒灵道，"仇皇大人，你好像还没完成复活吧。就这样跟这几个小辈斗，输了可不好看。"

仇皇怒道："女娃儿！你到底来这里做什么？"血池中迸发出一股血柱向雒灵冲去，雒灵却不闪不避，被仇皇制住以后竟然还微笑着。仇皇把血气侵入雒灵的体内，发现她没有反抗，心里更加奇怪："女娃儿，为何不还手？以你现在的功力，至少可以一战才对。"

雒灵道："我说过我又不是来和你打架的。我……只是来看看。"

"看看？"

"嗯。看是你杀了他们，还是他们把血池毁了！"

仇皇道："你认为你还有命能看到？"

"仇皇大人，"雒灵道，"我不敢和您做交易。不过我透露一个消息，你让我多活半天，好不好？"

"半天？"

"就是六个时辰。六个时辰后，该看的我大概也都能看见了，死了也无所谓。"

仇皇冷然道："我不认为有什么消息能打动我让我不杀你！"

"有的，比如都雄魁大人的行踪。"

人形血肉不禁一颤，只听雒灵道："听说都雄魁大人已经来到天山。不过他现在好像被我师父牵制着，一时脱不开身。"雒灵的语气很可怜，但话里却藏着很委婉的威胁。

当年，仇皇在事业与功力到达巅峰的时候，却被自己最不看好的徒弟都雄魁暗算，不但粉身碎骨，连元婴也受到重大创伤，只剩下最后一点婴灵残骸——若非如此，这几十年来都雄魁也不会以为仇皇已死。

仇皇重伤垂死之际，衰弱得连一个普通人的身体也无法入侵寄宿，甚至连动弹也很吃力。如果让他暴晒在日光下自生自灭，没半日就得绝灭。但他运气好，刚好遇到一个生命垂危的巫师。

那个巫师的神智已经完全昏迷，仅仅吊着一口气没死。仇皇勉强进入这个几乎和他同等衰弱的身体之中，蚕食他仅剩的一点生命力。两天后，他艰难地借巫师的口，让巫师的家人去寻一些珍贵的药物服下。两个生命撑在一个肉身中，坚持了七天，巫师终于撒手归西，而仇皇的元婴则恢复了少许元气，侵入服侍巫师的一个蠢钝丫鬟的身上。就这样，仇皇一步步地换宿体，一步步地恢复行动力。经历了三年之久，他才有能力控制住一个强壮男子的肉身。但他不敢留在中原，因为那个时候都雄魁用一根手指头就能让他彻底烟消云散。他踏入大漠，远赴天山。来到天山后，见这里交通不便，音讯隔绝，仇皇松了一口气，知道自己暂时安全了。

但他又面临着另外一个问题：如果要复活，他需要大量健壮的人用于形成血池并改造自己的身体。天山太荒凉了，那些零散的游牧部落根本没法满足他的需求。直到有一天，他遇见几个来天山探险的年轻人。机缘巧合之下，他发现这些人竟然是共工的后裔。

对血宗来说，天下间所有人兽妖魔的血肉都可以作为血池的材料，而材料的力量越是强大，则血池所造出来的肉身的威力也就越强大!

虽然这些年轻人当时只是比普通人强壮勇武一点而已，但仇皇却知道如何让他们强大起来。他暗中激发了这些水族年轻人的隔代血继，让他们重获共工留在他们血脉中的力量。不过，当时仇皇在激发的时候有所保留，因为完全觉醒的共工神力可不是那个时候的他所能降服的。果然，那些年轻人不负所望，迅速成长起来——包括力量和野心。仇皇暗中高兴，他知道有一天整个水族都会成为他血池里的一块块血肉。

可是不久之后，中原就发生了子莫首屠杀空桑城的事件。仇皇惊奇地发现：自己的另一个徒弟——血剑宗子莫首竟然也孤身来到西域！半觉醒水族的那点力量，自然不是血剑宗的对手。剑道一役后，水族精英损失殆尽。

那一战，仇皇就在暗中窥视着。慢慢地，一个全新的计划出炉了。

大战天山之巅

本来就传得沸沸扬扬的“天山血剑”在仇皇的暗中策划中变本加厉，无数剑客争先恐后抢入剑道，互相搏斗，互相厮杀。然而他们之中的强者并没有得到传说中的血剑，却一个个堕入仇皇的陷阱，成了血池里的一滴血、一团肉。血池形成之后，仇皇造出了第一个强大的身体，完成了第一次复活。

然而那次复活他并不满意，因为构成他第一个复活身体的血肉太过驳杂——有人，有妖，有兽。那个身体虽然强大，却有个修行局限在，无法达到真正的完美，仇皇知道凭这个身体根本无法和都雄魁抗衡。因此仇皇有了第二次复活。那一次复活本来相当成功，然而一曲清音扰乱了他的复活进程，令他大吃一惊，重归于一摊血水。当时他以为是登扶竟来了，因为当年只有登扶竟才能以乐理达到媲美四大宗师的境界。不过后来他才知道，原来弹奏者不是登扶竟，而是登扶竟的入室弟子。仇皇虽想杀人灭口，可由于处在复活失败后的疲弱期，他竟然奈何不了那个晚辈。

不得已，仇皇只好筹备他的第三次复活。在所有造出来的身体当中，川穹是最完美的一个。然而川穹的体格却不符合仇皇的口味。可是他知道自己没有多少时间了，登扶竟的徒弟既然到过天山，那自己的行踪随时有可能泄漏出去。他必须在都雄魁找到自己之前完成最后的复活。正当他想利用川穹复活的时候，却意外地发现燕其羽竟然趁着一次任务偷偷前往西南。在他的拷问之下，燕其羽讲出了在毒火雀池的见闻。这个上百岁的老怪物见识何等厉害，虽然只是听燕其羽转述，他仍能洞察出亲见的燕其羽也没有发现的一些问题来。他猜想到毒火雀池边上那几个年轻人很可能是三武者、四宗师的传人。于是有了“擒拿其中一个回来”的命令，有了沙漠中燕其羽的那次试探性进攻。

然而，直到现在仇皇听了雒灵的话，才发现问题也许比想象中要严重得多。都雄魁如果来了，那事情可就再不能像现在这样慢慢来了。

远处，芈压只觉身子一沉，地面裂开，便被“肉灵缚”拉了下去，眼前一黑，再见光明时人已在血池。

“芈压！”寒蝉心中一惊，却忍住没有叫出来。

“雒灵姐姐！你也被这怪物给……”芈压惊叫起来。

雒灵没有回答。

仇皇心念再动，真力通向缚住江离双脚的“肉灵缚”，这一次却没有扯动，小谷中传来“桃之夭夭”的抵抗。仇皇心念微动，就要控制江离的肋骨刺破他的内脏，突然血池中竟冒出阵阵花香。仇皇心中大惊：“这小子竟然通过肉灵缚要反制我！”

仇皇的力量仍占据上风，但就在他准备再次发动攻势的时候，头顶传来一声鹰鸣！

江离坐在小谷中，大汗淋漓而下。仇皇已经不能像上次那样制得他痛不欲生，但他的反攻也已经被对方化解。

“果然还是有实力差距啊。”江离心道，“仇皇突然不再进攻，大概是伙伴们已经攻到了吧。”看着脚下那条恶心的血肉，他自言自语道：“不知道怎么样才能摆脱这东西！”

“哈哈，肉灵缚，举手之劳而已。”

江离抬起头来，便看见都雄魁的笑容：“宗主！”

都雄魁笑道：“只要你开口，我现在就帮你弄掉这东西。”

“不急。”江离道，“宗主不去见见仇皇大人？”

都雄魁笑道：“我也不急。”他看了看江离脚下的盒子，道：“有决定了吗？”

江离沉吟道:“宗主有办法帮我恢复记忆吗?”

都雄魁点了点头,道:“随时可以。不过必须在你全无抵触的情况下才能够。你能信任我?”

江离道:“不是很信任。”

都雄魁哈哈大笑:“好,实话。”

“不过,不知为什么,我突然变得很想把那段记忆找回来。”江离道,“因为我从来没像现在这样觉得自己不完整。不过,宗主,能请教你几个问题吗?”

都雄魁颔首道:“说。”

江离道:“四大宗派和我平辈的传人里面,还有个叫雒灵的女孩子,宗主知道吗?”

都雄魁笑道:“那可是独苏儿的宝贝啊,我怎会不知?”

江离道:“宗主觉得她怎么样?”

都雄魁沉吟了一会,道:“后生可畏。”

江离笑道:“能得到您这样的评价可真不容易。”他出了会儿神,道:“见到她以后,我常常在想,这个世界上是不是还有另外两位同样精彩的同辈在!”

“两位?”都雄魁脑中一闪,突然明白了。

江离道:“宗主,我听不破转述过血晨、雷旭等人的事情,心中大胆推测,那两个人只怕都还不是血宗真正的传人吧!”

都雄魁点了点头,道:“当然,他俩的骨头能有几两重!哪配接我的班?”

江离道:“却不知道宗主的传人又在何处?在夏都镇守大本营,还是就在左近?江离很想见一见。”

都雄魁笑道:“哈,你见不着的,因为根本就没有。以前没有,现在没有,以后也不会有!”

江离一怔,都雄魁道:“各派之所以要找传人,只因本身生命有限,而想要道统不绝!但我已经是不老不死之身,我在血宗便在,何必传人!”

江离心念一转，已经领会都雄魁的意思，会心一笑，又道："那就可惜了。嗯，至于另一位，不知宗主可曾知道一些消息？"

"另一位？"都雄魁目光闪烁，"你是说藐姑射的徒弟？"

"正是！"

"我不知道。也许还没出世也说不定。再说，"都雄魁道，"这事你不当问我。"

"那当问谁？"

都雄魁笑道："那人听说你也见过的。"

"师韶？"

"不是。那小瞎子哪会知道！"

江离将可能和天魔传人有关系的人在脑中过了一遍，摇了摇头："还请宗主把谜底揭破吧。"

"季丹洛明！"

江离奇道："季丹大侠？他和天魔有什么关系吗？"

都雄魁笑道："你见闻未广，不知道也不奇怪。其实藐姑射对自己传人，说不定连见都没见过。再说，他也不一定会关心。"

江离道："师父不关心自己的徒弟？哪有这样的奇事！而且这又和季丹大侠有什么关系呢？"

都雄魁道："按照他们洞天派的传统，藐姑射的徒弟应该是由季丹洛明来选择。"

江离听说天魔的传人竟然会由大侠季丹洛明来挑选，心中大奇，虚心问道："请宗主指点。"

都雄魁道："这事说来就长远了。简单来说，藐姑射这一脉的祖师爷，和季丹洛明这一脉的祖师爷，乃是一对情侣。"

江离听说天魔和季丹洛明还有这样的渊源，心中更是好奇，只听都雄魁继续道："细节就不说它了。总之那两人不容于世，最后鸳梦难成，洞天派的始祖还被他的情侣所伤。心若死灰之际，他发下大诅咒，要两派传人代代情孽纠缠，非死不解，除非天崩地裂，否则诅咒不除。"

江离听得心中一寒：洞天派怎么会有这么邪门的"传统"！

都雄魁道："藐姑射的这位祖师爷受伤后便失踪了。世人都以为他已经辞世，季丹洛明的那位祖师便替他找了个传人。而这竟然成为他们这两脉此后数百年的传承方式。"

江离想象那两个绝代高手风采情事，心中感叹，忍不住道："后来呢？那位前辈真的去世了吗？"

"没有。"都雄魁笑道，"据说两人终于相聚了，但相聚的那一天就是他们下黄泉的时候！发下诅咒的人，竟然成为这个诅咒的第一个应验者。哈哈哈哈……"但他突然想起本门那个数百年无人逃过的诅咒，心中一黯，笑声竟然为之一窒。

江离却没有发现这个微妙的变化，他正沉浸在洞天派那个千年传说当中。突然一线灵光闪了进来："我何必去寻找四宗其他两个传人。师兄不是也说过么，四大宗派的源流孽债，代代纠缠不休。如果真的有所谓的命运，那到头来一定会纠结在一起的，就像我遇见雒灵一样！不过是或迟或早的问题罢了。"想到这里，心念已决，道："宗主，要恢复我童年的记忆，需要我如何配合吗？"

日月弓一振，破空之声大作，但射过来的却不是羽箭，而是人！有莘不破！

仇皇大笑道："好，来啊来啊！"他敞开血池等有莘不破自投罗网，一股风倒卷而起，不是风轮，而是用氤氲刀罡引发的大旋风斩！有莘不破张开护身气罩，居于旋风中心，竟不落下。那风越来越厉害，向仇皇卷来。

仇皇开始并不在意，等见到血池的血肉被旋风中那道白芒波及后纷纷变成死肉腐水，这才真的吃了一惊："精金之芒！玄鸟之后怎么会有这东西？"

芈压想要帮忙却没法动手。雒灵则闭紧了眼睛，仿佛人事不知。

仇皇大喝道："小子，才这点功夫就拿出来现么！"一股血气飘了上来，侵入旋风之中。刀罡根本无法阻止那血气的侵入，只有那道若隐若现的精金之芒能把血气撕碎。但精金之芒用于防守，有莘不破的攻势登时一顿。

“厉害的招数还在后头呢！”仇皇大笑着，突然弦声一响，仇皇的笑声断了，人形血肉腐成一摊烂肉血水，跌入血池。

“死灵诀！”仇皇发现自己还是低估了那个鹰眼男人。

“既然他能用‘死灵诀’，为什么燕儿还有命在……说起来，燕儿去哪里了？”但局势已不容他深思，一团人形血肉再次形成。但“嗖”一声响，仇皇的化身再次被羿令符的箭粉碎。

“不行！”仇皇心道，“没有一个身体，没法发动强势攻击！虽然危险，可也顾不得了！利用川穹的身体暂时复活，把这两个小子拿下，再把有莘不破的骨架造成新人重新复活！”于是他动念把困住川穹的水晶拉了过来，然而，他大吃一惊，水晶竟然是空的！

“川穹！川穹！我的川穹哪里去了？难道是燕儿背叛了我？不对！做得这样无声无息，这，这老辣的手段，只能是四宗主之流的人物……难道是他！”仇皇想起了雒灵的话，“难道他真的来了！”

“老东西！”有莘不破吼道，“穷嚷嚷什么！去死吧！”精金之芒撕破血气凝结成的防护墙，把整个血池划成两半，池中那个血影竟然也被砍成两半！这一刀令仇皇的元婴受到相当的伤害，刀罡余威震动整个山口，泥土岩石纷纷落下，把整个血池搅得浑了。

仇皇心中大怒，知道今天就算赢了，这数十年炼成的血池只怕也得毁了！

有莘不破见血池重新合拢，池中那个影子也重新合吻，骂道：“居然还是砍不死你！”

仇皇冷笑道：“就这点刀罡就想杀我！就算你把白虎叫出来也奈何不了我，这里是血池！只要还有一滴血在，老夫就不会死！哈哈……咦，这是怎么回事？这！”

整个天山轰轰作响，火山凹口一阵摇晃后，整个空间越来越热，没多久就充满了迷蒙的雾气——红色的雾气，把那血池蒸发得越来越浅。

羿令符叫道：“不破，弄旋风！”

有莘不破刀罡挥出，一场杀伤力不大，覆盖范围却很广的旋风刮遍整个火山凹口，旋风带着血水水汽不断旋转，羿令符用“引风诀”发箭，羽箭牵引旋风，带着水汽冲天而上，就像一条红色长龙把火山口的气态血液源源不绝地带走。

有莘不破大笑道：“老不死的，你的血池快蒸干了，我看你还怎么复活？”

“怎么会这样！”仇皇咆哮道，“这哪里来的地热？”

有莘不破笑道：“这原来不是一座火山吗？有什么奇怪的！哈哈，我又看见你的影子了，我砍！”

都雄魁皱眉道：“怎么突然这么热？”

江离心中一动，道：“地下有人活动！啊，是桑谷隽！他也脱困了！他想干吗，引发地震，还是来一场火山爆发？嗯，我怎么突然想睡觉……”

都雄魁笑道：“你不是要恢复记忆吗？看现在这样子，他们几个小伙子应付得了，不用为他们的事情操心了，放松点。”

“哦，”江离道，“已经开始了吗？好……好吧……”收了桃之夭夭，放弃了对睡意的抵抗，不久就沉沉睡去，匍匐在桃树底下，就像当初自埋于大荒原的雪土之中。

见江离睡了，都雄魁回头道：“怎么现在才来？”

“我捡到一个好东西，刚好用得着。”

一个人跌落在江离身边，光是那脸便漂亮得令人惊心。竟然是仇皇最满意的造物——川穹。

都雄魁道：“你哪里找来的？”

“一个山洞里。”

都雄魁道：“漂亮是挺漂亮的，却是个男的，又有什么用处？既不能拿来吃，也不能拿来干，难道拿来作摆设？”

“你这人真是粗俗到家了。别人见到这张脸，多半会马上觉得俗念全消。只有你能想到那些乱七八糟的东西。”

都雄魁笑道：“吃饭、‘睡觉’，人生大事，怎么会是乱七八糟的事情？好了，你到底拿他来干什么？”

“做个宿体啊。你哄了祝宗人这个徒弟这么久，不就是为了把他的灵魂切开吗？那总得找个容器来装吧。”

都雄魁道：“搞这么麻烦干什么？直接丢了不就得了。”

“哈哈哈哈，丢了，你以为是你们血宗的元婴吗？可以像丢垃圾一样丢掉？”

“好了，我不跟你斗嘴。”都雄魁道，“总之按照约定，我已帮你拿到小水之鉴，你帮我做了这件事情以后咱们两无拖欠。以后再无关系。被你这个幽灵缠着，我没一晚睡得好觉。”

“好了，出去吧。”

“出去？”

“你站在这里，我怎么办事？”

都雄魁道：“你打算怎么做？”

“哈，夏商开战，战场形势不利，商国大军长驱直入，夏王不是要他回夏都吗？你不是要把他带回夏都，让他重开九鼎宫、对付有莘不破吗？这也不难。把他对他父亲的好记忆留下，坏的拿走；再把他对有莘不破等人的好感从记忆里剥离，就成了。”

都雄魁道：“干吗不直接把他这段时间的经历给抹了？你应该可以做到的。”

“这你就外行了！如果把这么深刻的一段记忆整个儿拿走，会留下很大的一段空白。反而会促使他不顾一切地想把这段记忆找回来。”

都雄魁道：“那又怎么样，难道还能找回来不成！”

“难说。总之你这件事情听我的没错。无论什么样的朋友相处久了，总会有一些龃龉矛盾发生的。我们可怜的小江离对有莘不破也并不都是好的记忆啊。他舍不得离开他的朋友，只因为有那种难以言喻的感觉在。如果把小江离对有莘不破的这种微妙感觉排除掉以后，他对有莘不破的态度，就不会像现在这样了……哈哈，不过说真的，太一宗要是没有感情拖他们的后腿可是很可怕的。要让他统一了镇都四门，说不定到时连你也制他不住。你可想清楚了？”

“哼！一个魂也不整个儿的小伙子，我会怕他！”都雄魁俯身向缠住江离的“肉灵缚”抹去。“肉灵缚”一给他的手碰到，马上枯萎、断落。解决了“肉灵缚”，都雄魁大手一挥，向谷口走去：“我出去给你护法，动手吧！”

远处仇皇从束缚江离的断口处感应到了都雄魁的力量，连元婴也颤抖起来：“他来了，他真的来了！”

这时整个血池经历了地热、旋风的交逼，血液只剩下三分之一还不到！许多肉块竟然搁浅，而火山口的郁热竟然还在攀升。

羿令符心中一动，叫道：“不破，只怕这火山要爆发！我得避一避风头，你快抢下雒灵！”

仇皇笑道：“原来这女娃儿也是你们的人，你们想在老夫手下救人，休想！”

雒灵虽然没有睁开眼睛，仍能把握周遭的一切变故，听着有莘不破的心声越来越近，心中大慰。但有莘不破前进了一会就被仇皇遏住了。中间隔着一个绝代魔头，“他能过来吗？他会不顾一切过来吗？咦？谁的心声？是他！不！不要过来多管闲事！”

一道剑光从甬道飞出，袭向仇皇血影的后面。仇皇化出来的血影正挡在有莘不破和雒灵之间，他正全力和有莘不破、羿令符两人周旋着，那道剑光出其不意，切断他束缚住雒灵的血气，剑光上踏着一人，一把抱住了雒灵，正是天狗常羊季守。

仇皇怒道：“小子！坏我大事！”

天狼常羊伯寇的声音从甬道里传了出来：“小狗，别逃！”

常羊季守哈哈大笑，抱着雒灵借着有莘不破的风势，螺旋而上，飞出火山口。常羊伯寇的剑光也尾随着他飞了出去。

整个死火山动得越来越厉害。

羿令符道：“不破，龙爪抵挡不住火山爆发，我得先走一步！”

有莘不破叫道：“芈压怎么办？”

羿令符的声音远远传来：“他烧不死的！”

血池的血量突然加速减少，但这次不是蒸发，而是向下流去。仇皇知道这是池底的地面裂开了，心中也是一阵惶恐：“看来这死火山真的会爆发！我现在这个样子可未必抵挡得住！”

突然他想起了羿令符临走时的话来：“烧不死的祝融之后？罢了，就用他！”

烧不死的祝融之后

看着潜入地底的桑谷隽嘴角那难以掩抑的兴奋，燕其羽想说什么，但终于忍住了。有些话她也不知该如何说，而且现在大战在即，好像也不是说话的好时机。

替桑谷隽解毒的时候，燕其羽用“以阴补阳”的法门不断地用自身的真力滋润桑谷隽的身体，否则桑谷隽在解毒之后也非脱力倒下不可。这时桑谷隽生龙活虎地走了，她却憔悴得连风也无法掌控。

燕其羽穿上衣服，摸出了那根射伤自己的箭，一咬牙，折成两半，丢在一边；对桑谷隽留给她护身用的那段天蚕丝也不理会，扶着墙壁，走出陆离洞。回到日常居所，镶嵌着弟弟川穹的那块水晶却不见了。她看了看地上那个通往血池的洞，身子摇了摇，几乎跌倒。

“川穹，弟弟，你终于还是没能逃脱这厄运……”她勉强站起后，漫无目的地走出洞口。

燕其羽身心一片颓然，潜入地底的桑谷隽却充满活力。他找到血池地底的时候，有莘不破、羿令符和仇皇正斗得火热。

他知道有莘不破的真气防御能力强胜铜石，也不担心地热伤了他，于是潜入地底，引来地热，跟着引发地震，眼见就要造成火山爆发。“死老头！就算这火山烧不死你的元婴，也要毁掉你数十年的心血！”

血池中，仇皇也感到了危险，如何在烈火中保住元气？羿令符没想到自己不经意的一句话会启发仇皇，给芈压带来危险。

仇皇把血池残余的血肉化作腥毒，拦住了有莘不破，自己的核心力量化作一道血影，向芈压扑来。

芈压仍被“肉灵缚”限制着，动不了重黎之火，但一见那恐怖的血影扑了过来，自然而然把身边的寒蝉扯在自己背后。这个小举动却让寒蝉激动得身子也颤抖起来了。只是芈压却不知道这些，更不知道仇皇的目标只是他。

芈压不知道这一点，寒蝉却看出来了。地下有一股可怕的力量在涌动着，那股力量似乎连主人都在害怕，寒蝉凭直觉知道那股可怕的力量一旦爆发，马上会把自己这块小小的雪魄冰心融得一点水渍都不剩下。她本来该马上逃跑的，但却一直没有逃。难道是因为她简简单单的心里开始有了牵挂？

就在仇皇的血影沿着“肉灵缚”即将侵入芈压身体的那片刻，寒蝉把芈压推倒了。跟着挥出自己所有的寒气挡在芈压面前。

仇皇怒道：“小畜生你敢！”

寒蝉终于知道为什么燕其羽这么害怕主人了。仇皇只是一动念，她的身体就不由自主地飞了起来，落向那正在不断扩大的裂缝中。

“不！”芈压狂吼一声要扑过去，却跌倒了，难以动弹。他只能眼睁睁地看着那个相处还不到两天的女孩子面向自己朝那冒着热气的地面跌落。

“寒……寒蝉！”寒蝉听见芈压的叫声，那一瞬间，时间之轮似乎慢了下来，她能很清晰地看见芈压渐渐远去的脸，想起她活着的这三个月中的每一件事情。

“那位姐姐说的，我是个人，我有情感……我活过了……”寒蝉突然发现脸上有点湿，她像发现了什么一样，就想对着芈压大叫，然而一切都来不及了，这个只活三个月却从没有笑过的女孩子连微笑一声都来不及。背部一阵热气袭了过来，她的身体反射性地释放出寒气——没命地释放，强烈的寒气聚集了水汽，瞬间把不断裂开的地缝冻住了，在这肮脏、郁热的火山凹口底部结出一条洁白、清凉但注定转瞬间要消失的冰带。

“啊！”芈压乱抓头发，眼睛完全被血丝塞满了。仇皇却不管这些，寒蝉的寒气给他争取了一点时间，他的元婴附上了芈压的身体。就在他躲进去的那一刻，火山爆发了！

逃离火山口不远，这座巨大的山峰就已经整个儿摇晃起来，羿令符不由叹道：“桑谷隽这次可真是大手笔，江离应该有办法自保。经此一劫，血池干涸，江离和芈压身上的‘肉灵缚’多半会自然枯萎。”

突然，他一眼瞥见地面上燕其羽失神地走着，大吃一惊，哪里还有思考的空暇，连忙与龙爪秃鹰通感，俯身低空疾掠，才把她抓住，身后已是一片天地惊变。龙爪秃鹰奋起神力，拼命飞逃，火焰一直追蹑在他们身后。也不知逃出多远，才来到他们能够忍受的地方，龙爪秃鹰飞脱了力，一头栽倒，跌入山石间，羿令符抱着燕其羽稳稳跳落。

燕其羽也被火山爆发的惊变吓醒了，望着面前那可怕的场面，久久不能言语。

蓦一抬头看见了羿令符：“你！是你救了我？为什么又是你！”

羿令符一愣，把燕其羽放了下来，说道：“我们不是在合作吗？我救你有什么不妥？”

“没有。”燕其羽的脸冷了下来。

“不管如何，多谢你救了桑谷隽。”

“不必。”燕其羽冷淡得像北荒原上的冬风。

如果是有莘不破遇到这种情景，一定会直接问“怎么了”；如果是桑谷隽，会问都不问，先走近柔声安慰一通；如果是江离，多半会想办法委婉地探出对方的心事；羿令符却丝毫不去理会燕其羽的这神色变化，只是道：“有没有感觉身体有些不一样？”

“不一样？不觉得。”

“真的没有吗？血池没了，仇皇应该不能遥控你的元婴了才对。”

燕其羽心头一震，果然觉得体内有些异样：“真的吗？我……自由了？哈哈……我真的自由了！”可是，为什么燕其羽笑得不怎么开心呢？她偷眼看去，羿令符却仿佛一点都没有察觉到她的情感起伏。那座还在喷火的火山，“在他眼里也比我重要得多！”

“啊！你们在这里！”

燕其羽没理会那呼声，羿令符一抬头，看见了常羊季守，天狗剑上还挤着另一个同样闷闷不乐的女孩——不是雒灵是谁？

常羊季守降低飞剑，两人跳下来。羿令符道：“天狼呢？”

常羊季守笑道：“雒灵小姐醒来以后，我老哥就不敢逼近了。”

羿令符点了点头，看了一眼雒灵，突然想起一件事情来，惊道：“那峡谷离这里只有数百里，也不知有没有波及！”看雒灵时，雒灵却自信地点了点头。

常羊季守突然道：“咦，那座山……好像原来没那么高啊！哈哈，原来如此，好厉害，这样一来，只怕就是火山灰要飘过去也不容易！”

羿令符望去，果然发现有座山和原来不大一样，看了雒灵一眼，心道：“原来她请了高人坐镇。不知道是谁，竟然有这样的手段，几乎不在桑谷隽之下。”

雒灵并未受伤，她也知道施展神通使那座山忽然高大起来的是师父重要的部下山鬼，可她却不怎么高兴，抱着腿，不知道在想什么。

常羊季守看看她，再看看同样在发呆的燕其羽，心道：“女人的心事真是难懂。”他摸了摸怀中那片雪魄冰心，心道：“她的心事，我也不懂。白天永远那么快乐，但到了晚上，到了只有一个人的时候，却总那么不开心。”常羊季守走神了，回到了被那座高山保护着的峡谷中：“直到我从暗中跳出来，她却又很开心地笑了——可她是真的开心吗？”

“……天狗！天狗！”

“啊！羿兄。”

只听羿令符道：“有莘的防御非同小可，这火山烧不死他。但只怕也还烧不死仇皇。我的龙爪秃鹰飞脱了力，常羊兄帮我去看看如何？”

常羊季守打起精神，笑道：“敢不从命？”

羿令符望着天狗御剑远去的背影，心道：“按理说大家应该都没什么事情，希望不要出什么岔子才好。”

可惜，羿令符的希望落空了。

“芈压！芈压！”有莘不破的声音回荡在这乱七八糟的地方。

火山爆发之际，他张开气罩，耐过了火焰的最高温以后，便觉得越来越轻松。这次火山爆发属于人为，是桑谷隽的杰作，因此未免有些后劲不足，爆发力过去之后，很快就趋于平宁。可是芈压却不见了。

“别太担心。”桑谷隽浮了出来，道，“祝融之后遇到火就像水族掉进水里，越烧人越精神。要不然我哪里敢发动这场地动。”

有莘不破看见桑谷隽，有如多了一条臂膀，又是安心，又是高兴，打了他一拳，道：“你小子去哪里了？我还以为你真的被那老怪物给抓住了呢。”

桑谷隽脸一红，道：“不能说，不能说。”

“咦，你怎么这副表情？”

桑谷隽正思量着怎么遮掩过去，突然听有莘不破咦了一声，也马上感到不妥。本来整个山头已经渐渐冷却，但突然间温度又高了起来。

“怎么回事？”

桑谷隽头脑一转，道：“是芈压！是重黎之火！”

两人兴奋地朝着热量之源寻找，在一片浓烟后，芈压背向他们，挺拔地站在火焰中。

“芈压长大了！”有莘不破感叹地说。

“真的长大了。”桑谷隽也说。

眼前的芈压虽然站着不动，却给他们一种压倒山岳的气势，仿佛半刻之间长高了几分，甚至让人忍不住要以仰视的方式望着他。

有莘不破感叹道：“只怕祝融城主芈方也没他现在这股威势。”一言未毕就觉得不对劲。芈压就算经历这次劫难后有所成长，也不可能成长到这个程度！

桑谷隽也开始发现不妥，担忧地道：“他真是芈压？”

“哈哈哈哈……”“芈压”狂笑起来，转过身来，那是一双无比强横的眼睛。有莘不破突然想起了小相柳湖畔面对都雄魁的那一刻。

“仇皇！”两人几乎异口同声地喊了出来。

“祝融之后，这个身体比我想象中要好。”芈压——不，是仇皇借着芈压的身体说道，“特别是那无穷无尽的火焰之源，好像能把整个世界也烧成灰烬！”

有莘不破暴怒起来：“滚！老怪物，快从芈压的体内离开！”他拔出鬼王刀，却不知如何是好！

仇皇喝道：“乖乖束手就擒吧，小子们，天火焚城！”

没有任何征兆，地火余烬突然蹿向天空，化作一个覆盖十里的大火球，压了下来，让人连逃也没地方逃。

有莘不破鬼王刀朝天一指，却被桑谷隽拉下：“逃！是重黎之火！”轰的一声，整个山峰烧成一片火海。遇到重黎之火，连岩石也要烧成粉末。

“哈哈，六十年前见过这招的，不过只怕芈尷来到也没有这威力吧。哈哈，哈哈！小子，出来，别像乌龟一样躲在地下，我知道你们还没死！”

“芈压！”空中一个声音呼唤道。仇皇抬头，看见了天狗，哼道：“小鬼，还徘徊在这里不肯回亡灵殿去吗？”

常羊季守一怔，道：“你不是芈压……你在胡说什么？”

仇皇笑道：“你不知道我是谁吗？难道你不感到我有点亲切？”

“亲切？”天狗倏然变色，“你是仇皇！”然而正如仇皇所说，自己确实对他感到一点亲切。“这，这是怎么回事？”

仇皇笑道：“你小子运气好。我第一次复活所丢弃的遗骸，就埋在那个峡谷中。你死的时候倒下的那个地方刚好是我埋骨所在。你的尸体感应到我那遗骸的尸气，触发了你体内的刑天血脉，也就变成了一副不死不坏的僵尸了。”

“僵尸？”常羊季守怒道，“你胡说！我好好的……虽然感到身体和以前有些不同，但我的心……”

“心？”仇皇笑道，“那不过是一点执念罢了。小鬼，其实你已经死了很久了！活人的心灵都会成长变化的，你问问你自己，这十年来你的心灵变化过没有？现在的你，不过是和你的祖先一样，靠着死前最后一点执念在继续活动。你和被黄帝斩下头颅后的刑天一样，只是一具不肯死去的战尸罢了！”

“执念……”天狗喃喃道，“难道，我真的只是一股怨念？可你为什么要告诉我这些？”

“为什么？因为不知自己已死的怨灵，是不会有痛苦的感觉的。”

常羊季守背上一寒：“你就是要我痛苦？”

“答对了。死吧！火之剑，发！”

仇皇活了百年有余，精通诸般神通，控火比芈压还老到！常羊季守看那火芒的来势便如一道剑气，于是凌空跃起，抛出天狗剑向火芒撞去。他原想用天狗剑撞破火芒再飞回来接住，哪知道剑火相撞的一瞬间，天狗剑竟然被烧熔了！

常羊季守大惊失色，无助地跌了下来。他的身下，却是一片火海——连天狗剑也能烧熔的重黎之火！

天狗叹了一口气：“我就要完了吗？为什么不甘心？是还有什么事情没完成吗？”就在他不甘心地闭起眼睛的时候，一座孤峰耸了起来，突破重黎之火，把他接住。山峰上站着两人，桑谷隽一脸忧色，有莘不破却是一脸怒气。

“小心！”常羊季守道，“他那火很厉害。”

桑谷隽道：“知道。那是芈压的重黎之火。哼，虽然是借来的身体，可芈压只怕连他一成也赶不上！”

山峰土皮脱落，现出一头独狢的形状。

“巍峒？”仇皇笑道，“你想用这条小狗来挡我的路？”

巍峒听了这句话，竟然不敢还嘴，大声道：“桑谷隽，遇上这样的火我也挡不住多久，你最好另想办法。能请出蚕祖吗？”

桑谷隽道：“只怕有点勉强。”

“试试啊。”仇皇仿佛一点也不着急，“最好把玄鸟也一并叫出来。不过凭你们两个小子，就算叫出来只怕也是半身不遂的小鸟小虫！”说着划破手掌，一丝血流了出来。

有莘不破叫道：“老怪物！你要对芈压的身体做什么？”

仇皇道：“你们两个我还舍不得杀，你们毁了我的血池，没办法，我只能再造一个。”

有莘不破大声叫道：“你可别乱来啊！芈压的那点血，怎么够你造血池？”

巍峒轰隆隆道：“他是要造一个幻之血池，用九滴血就够了！在血池之幻中我也抵挡不住的。桑谷隽，我体内剩下的生命之源还你，你试试请蚕祖吧！”一阵空间扭曲之后，巍峒消失了，重新化作一座孤峰。

“小狗吓跑了，很好。小僵尸，你最好也滚远点，你那点臭肉，别弄脏了我的血池。”血从芈压的手掌流下，在脚下化作一片幻象般的猩红。猩红不断扩大，就像一个血池。

有莘不破惊道：“那！那片血雾！”

笼罩在血谷外围、阻挡了他们足足三天的那片血雾如百川归海，不断地涌入仇皇造出来的那片猩红之中。对幻之血池，有莘不破本来并不觉得有什么了不起，看到血雾涌来，这才脸上变色。

“小子，”仇皇神态很悠然，仿佛吃定了他们，“这片血雾，是由大大小小的血蛊构成的。教你们个乖，你们的天蚕丝和精金之芒运用得当的话，是可以抵挡一阵的，可能抵挡多久呢？”

桑谷隽看着那不断逼近的红光，问道：“不破，挡不住的，攻，还是逃？”

逃？有莘不破想都没想过，可是，攻呢？那是芈压啊！

在他们犹豫的片刻，血雾已经把整个土山给围住了。

“完了，逃不了了。”桑谷隽道，“只能拼命了。”

“拼命？”仇皇笑道，“你们连拼命的机会都没有了。”肚子突然鼓起，用力一捶，喷出一团大火。

有莘不破怒道：“老怪物，你想把芈压的身体给榨干吗？”

仇皇笑道：“一个过渡用的身体，有何可惜？烈烈重黎，九州火正，我今持咒，听我驱驰！毕方，出来吧！”

空中的重黎烈焰化作一只独脚怪鹤，威武煊赫，把半边天映得一片通红。

桑谷隽喃喃道：“毕方，这就是毕方？”

有莘不破骂道："又是这头怪鸟，怎么比上次在祝融城的时候见到的还大？"

桑谷隽道："下面是血谷，空中有毕方，怎么办？"

有莘不破怒道："最可恨的是这老怪物占据着芈压的身体，要不然我们也不会这样缚手缚脚！"

仇皇哪里会容他们想出两全其美的办法来，放声一笑，催动毕方向有莘不破等扑来。

七声剑鸣

仇皇催动毕方攻击有莘不破，毕方腾飞而起，突然在半空中一个盘旋，反而向仇皇扑了过来。

芈压挣扎于一片黑暗中。

这里上不见天，下不着地，他也不知道这是哪里，只觉得四处都空荡荡的，连身体也空荡荡的，仿佛在不断软化、不断消失。

"别睡着啊。小兄弟。"

是谁的声音？芈压仿佛看见一个影子，修长的身材，孤寂的白衣。

"大头？你怎么会在这里？这是什么地方？"

白衣人没有回答。

"大头——回答我啊——大头！"

见到白衣人以后，芈压的神智渐渐清晰起来，祝融城的童年、和有莘不破的初遇、离家出走、被桑鏖望所伤、水族、天山剑道、天狼的剑示……寒蝉！

"呜……大头，我真没用。我还一直以为自己是男子汉，可却眼睁睁看着要保护我的女孩子……在我面前被人害死……呜……大头，我真没用。"

白衣人什么也没说，突然化作一道剑光。剑光突破了黑暗，让芈压看见了这个空间之外的情景，看见了毕方！

“毕方！毕方！”

芈压呼喊着。但毕方却没听见，它正在仇皇的催动下向有莘不破等人袭去。

“不！不！毕方！回来！我在这里！”芈压嘶声竭力地呼唤着，也不管毕方能否听见，也不管自己是什么样的处境！

“毕方！毕方！啊！你，你听见了，我知道你听见了！快！快回来帮我烧死那个怪老头！我要给寒蝉报仇！”

看见毕方以后，芈压失落的情绪转变为高涨的怒火，燃烧得比重黎之焰还要厉害。

见到毕方向仇皇反扑，有莘不破大声叫道：“好，好！神鸟！把这老怪物从芈压体内赶出来！”毕方一倒戈，“怪鸟”在有莘不破口中马上变成“神鸟”。

仇皇临时占据了芈压的身体，刚刚把芈压的元神压制下去就匆匆和有莘不破等动起手来，在这个身体中的根基并不牢固。这时见毕方扑来，大吃一惊，一时也想不起芈压这个身体是不怕火烧的，内心因畏惧而退缩了一下，只这一下子，元婴在芈压身体的统治地位马上动摇，芈压体内的本尊元神趁机反扑，要把仇皇的元婴排除出去。

毕方悬临在芈压身体的上方，照射出一老一小两个影子，互相撕扭挣扎着，但小影子却始终处于下风。

依然控制身体主导权的仇皇大笑道：“差点阴沟里翻船，可惜就凭你小子这点道行，如何能逃脱老夫的掌控？”

那边有莘不破道：“情况似乎还是对芈压不妙，怎么办？”

桑谷隽道：“要是雒灵在或许有办法，现在只能靠芈压自己了。”

突然常羊季守捂紧了耳朵，叫道：“好厉害！”

有莘不破一愣，道：“怎么了？”

常羊季守道：“剑鸣！是剑鸣！”

有莘不破道：“剑鸣？我怎么没听到？”

桑谷隽也道:“有吗?我也没听到啊——咦，你们看!”

芈压那个小影子里又变化出一个颀长的影子，和小影子一起排挤仇皇的血影。这个影子一加入战团，形势登时逆转。

芈压的脸上一时沉静肃穆，一时暴怒如狂，一时惊疑交加。血影已经处于下风，但另外两个影子无论如何进攻，却始终无法把它从芈压的体内驱赶出来。

有莘不破道:“那第三个影子是怎么回事!”

“也许是芈压家的祖神之类的，像芈家这种渊源深远的大家族有这种事情并不奇怪。这影子很明显是在帮芈压的忙。”桑谷隽道，“不过这样下去，只怕混战还没结束，芈压的身体倒先垮掉了!”

常羊季守突然道:“我去试试。”

有莘不破道:“你知道怎么办吗?”

“那血影已经落在下风，其实是想逃跑的，只是现在却没有一个身体去承载它。那两个影子虽然占据上风，却一时没法把它消灭在身体内部。”常羊季守道，“所以，我想了个笨法子。”

桑谷隽脸色一变:“难道，你想……你想用另外一个身体去把那血影接引出来?”

“对。”

“我去!”有莘不破道，“这里我的命最硬!”

“还是我去吧。”桑谷隽道，“山底下都是血蛊，你们过不去。”

常羊季守道:“我可以御剑飞行。”

桑谷隽道:“天狗，你连剑都没有!怎么御剑飞行?”

“剑吗?”天狗右手手沿如刀，把左手硬生生切了下来。

桑谷隽叫道:“你干什么?”

“你们得成全我。”天狗说，“那天我看到哥哥的剑上存在着毁灭我的力量，已经逃避过一次了，不能再有第二次。如果今天我不能奋勇向前，那改天再遇见我哥哥，我只怕会连迎头抵抗的勇气都没有。”

他用牙齿咬住断手手掌，硬生生把骨头抽了出来，把失去了手骨的那截软绵绵的断手丢在地上。

“我哥哥说，仇皇抽出他的骨头作剑。嘿，我也来学学。”说完突然把骨头往空中一抛，有莘不破和桑谷隽还没搞清楚他要做什么，常羊季守已经跳上飞骨，如御剑飞翔一般向仇皇冲了过去。

看到天狗坚毅的神色，两人也不知是否该阻止他。就在这时，鲜血淋漓的常羊季守撞上了芈压的身体。

天狗的这个身体本来就是仇皇的遗骸，仇皇在芈压的身体中被逼急了，突然发现了一个熟悉的领地，自然而然地就往那边撤，然而他一进入天狗的身体就后悔了。可是，一切都已经无可挽回了。地上那个来历突兀的影子消失了，毕方下面，只剩下芈压的暴怒！

“你为什么要杀她？”芈压痛叫一声，仰头而吸，竟然把毕方吞了下去。

有莘不破大叫道：“好！”

桑谷隽却道：“不好。”

“不好？”

桑谷隽道：“芈压好像很生气，生气得好像连把自己一起燃烧掉也在所不惜。我怕他的怒火不但会烧化仇皇，连他自己也……”

正如桑谷隽所担心的那样，空前猛烈的火焰把芈压托上了半空。他不再是一个吐火的男孩——他本身就是一团火！怒火！

仇皇本能地畏缩了一下。他的力量经过两次临时性的元婴转移又弱了三分。何况在这个身体里面，还有天狗在拖他的后腿。

仇皇心道：“不行！这个身体根本就经受不住重黎之火！”

桑谷隽心道：“芈压一喷火，连天狗也得灰飞烟灭！”

芈压却什么也没想，他已经完全暴走了。手上是火，头上是火，鼻孔里哼出来的是火，连两颗眼珠子里也晃荡着火。他的喉咙一紧，就像给人掐住，肚子却胀大了起来。

“不好！”仇皇和桑谷隽同时暗叫，同时行动。仇皇在瞬间决定逃离天狗的身体，而桑谷隽左右手一齐发动，飞出两道天蚕丝。左手天蚕丝化作一匹大布，拦在芈压和天狗之间；右手天蚕丝则向天狗卷去，要把他拖回来。这个程度的天蚕丝没能完全阻挡住重黎之火，只消解大半的力量，天狗的身体在烈火中化为焦炭，而仇皇则在天蚕丝的掩护下逃走了。他的力量消耗严重，眼前无论是有莘不破、桑谷隽还是芈压，他都已经没有力量再侵入他们的身体。更何况，芈压的身体中还隐藏着一个更可怕的影子！

桑谷隽右手的蚕丝化作一张网，把化为焦炭的天狗拖了回来。有莘不破看得呆了："天狗……完了？"

桑谷隽叹道："血肉都死了。如果不是我那天蚕丝挡了一下，连灰都不会剩下。"突然见天狗丢在地上的那半截断手动了一动，就灵机一动，道："也许还有救！"他用天蚕丝结成一个袋子，把骨灰连同断手一起装了进去。

"天狗真的还有救？啊，好热！"有莘不破转头一看，芈压还在胡乱喷火，蓦地向这个方向喷了一条火龙，仅仅是从土山旁边十几丈掠过，便烤得两人眉发全焦。

"妈的！这小子什么时候变得这么可怕！"有莘不破叫道，"芈压！停下来！是我们啊！我是不破哥哥！"

芈压听到声音，向他这个方向看来。有莘不破看不到他的眼珠子，只看到他眼眶里烧着两团火焰。

桑谷隽惊道："不破！他不认得我们了！这见鬼的重黎之火，我怕连你的精金之芒也未必能挡住！"

"那怎么办？"

"他要喷火了，逃吧！回头再想办法！"

桑谷隽张开天蚕丝，把有莘不破连同装着天狗骨灰和断手的袋子一起卷了进去，透过土山潜入地下。

幻之血池原来已经将土山包围，若有仇皇控制发动，桑谷隽他们在劫难逃，幸好这时仇皇已走，幻之血池失去了中枢主宰，慢慢涣散。芈压一团火喷将出来，把土山冲塌了半截，把幻之血池蒸掉了半边。

然而，若任他继续燃烧下去，最后的结局只能像桑谷隽所说的那样，连他自己也一起毁灭。可这个时候，还有谁能阻止他呢？

桑谷隽带着有莘不破从远处的地面上冒了出来，远远望着乱喷火的芈压。看着那火势，两人心下暗惊。

“这小子发起狂来，比你还可怕！”有莘不破说。

桑谷隽哼了一声不接口。

有莘不破道：“喂，你好歹想个办法，这样下去不行！”

火势越来越大，已经完全把芈压的身形吞没。桑谷隽道：“我没主意。要是江离和雒灵在，也许能商量点什么出来。”

“怎么一直没见江离出现？也不知道火山爆发有没有伤到他。”

“你放心吧！你离那么近都没事，江离还用得着你来担心？”

“那为什么这么久了都没见他的影子？”桑谷隽还没做声，有莘不破突然咦了一声。原来裹着天狗断手和骨灰的天蚕绸缎一阵蠕动，没多久绸缎破裂，伸出一只手——右手！跟着常羊季守完好无缺地从里面钻出来，左手还拿着一柄从未见过的骨剑！

有莘不破赞道：“他们还夸我防御力强呢！我看最厉害的还是你，被烧成这个样子也能复原。还是说……你被仇皇上了身？”

天狗笑道：“放心！我是货真价实的天狗。我这破身体，仇皇大人哪里会要？”

远处的羿令符抚着龙爪秃鹰的羽毛，也喃喃道：“桑谷隽、不破和芈压的气势此起彼伏，怎么就江离没有半点气息？血池干涸之后他应该马上就能脱困才对，难道又出了什么意外？”他转身对雒灵道：“能感应到他们在哪里吗？”

雒灵犹豫了一下，手指一指。羿令符问道：“不破他们在那边？”

雒灵却摇了摇头。

羿令符道：“江离？”

雒灵这才点了点头。

仇皇的元婴在山野间乱窜。花了数十年的心血苦苦建成的血池一夜之间被那几个年轻人毁掉，连自己也被打回原形。

他现在的力量不要说都雄魁，连有莘不破也斗不过了！

“不能放弃！我不会输的！只要我还活着，就一定能卷土重来。当年的景况比现在糟糕十倍，还不是一样撑过来了！”

现在最重要的，是找到一个身体。这个身体不能太强大，因为自己现在仅存的功力没法控制；但也不能太弱，否则不能走出天山大漠，逃离都雄魁的视野。

都雄魁！

一想到这个名字，仇皇就恨得牙痒痒，但又怕得浑身发抖。没错，就是因为这个人，他犯下了好几个错误！“算了，不想他了，先得找个人，得找个人！等完全复活之后再找他算账！”

找谁呢？一个身影闯入了仇皇的视线，竟然是他的徒孙血晨。

“嘿！就找他！”

血晨显得很狼狈。火山爆发虽然没有要了他的命，却也把他全身烧得破破烂烂的。

火势收敛之后，血晨从乱石堆里爬了出来，跟着就看见远处一团更加热烈的火焰在燃烧。

“重黎之火！”他马上意识到战斗还在继续。血晨深知本门功夫的底细，虽在外围也能推测出仇皇的景况。心想仇皇失去血池之后，情况只怕不妙。

“当初还以为找到了一个好靠山，没想到！”

他丝毫没有发现一个血影正慢慢从他的背后掩来，靠近他的右脚。

就在这时山坡上传来七声怪异的剑鸣，把血晨惊得跳了起来。

芈压已经完全失控，火势越来越大，连有莘不破的护身真气、桑谷隽的天蚕丝、常羊季守的不死尸身都开始抵挡不住那热气，节节后退。

“妈的！这重黎之火太过分了！连石头也能点着！”

从有莘不破的破口大骂中桑谷隽听出来的不是愤怒而是忧虑，毕竟，如果只是考虑困境的话，只要打倒芈压就能切断重黎之火的热源。但要在这种形势下打倒芈压又不伤害他的性命，却是困难重重。他自己也有相同的忧虑：再这样下去，芈压的身体还能支持多久？他们想帮忙，却不知如何着手。到了后来，芈压已经完全陷没在火焰当中，连影子也见不着了。

就在这时，烈焰中响起了七声剑鸣。

“剑鸣！”常羊季守指着火焰道，“这次你们听见没有？”

“当然，”桑谷隽道，“我们又不是聋子。”

有莘不破道：“不好，难道是天狼！”说完咬了咬牙，张开气罩就要往火里冲。

桑谷隽拉住了他：“你不要命了？”

有莘不破吼道：“去晚了，没命的就是芈压！”

“放心。”常羊季守竖起耳朵聆听着剑鸣，道，“那不是我哥哥……我哥哥还发不出这样的剑鸣。”

有莘不破奇道：“不是天狼？天山大漠还有谁的剑术强过你们？”

“不知道。”常羊季守怔怔道，“这种境界的剑鸣……我不但从来没听见过，甚至……甚至出离我想象！”

两句话工夫，火焰已经开始收敛。桑谷隽紧张地说：“芈压多半已经倒下！”

有莘不破惊道：“什么？”

常羊季守手一扬，新的天狗剑飞出，御剑而去。桑谷隽召来幻蝶，跟着飞向高空。火海的中央，仰面倒着一个浑身是血的少年。

幻蝶怕火，停在三十丈高空不敢再往下一尺。常羊季守在火焰上方十丈处低空盘旋，但也不敢再下去。桑谷隽抛出一根蚕丝：“天狗！接住！”

常羊季守接过天蚕丝，把芈压卷了上来。三人迅速飞离火海，天狗让芈压平躺在一块岩石上。桑谷隽取出黄泉之泥，有莘不破右手抵住少年的天灵输送真气。

“七道剑伤！”常羊季守道，“让他一瞬间失血、昏倒！厉害！真厉害！”

“厉害个屁！”有莘不破骂道，“让我知道是谁趁火打劫，我非把他宰了不可！”

常羊季守却道：“你错了，这不是杀人的剑法，这是救人的剑法。”

有莘不破愣了一下：“救人的剑法？”

“不错！动手这人是好意。”桑谷隽道，“这伤口很奇怪！若再偏半分，芈压早就死了。”

常羊季守仿佛在向谁诉说，又仿佛是在自言自语：“那人不知用了什么手法，剑法割破血脉，令芈压瞬间昏厥。但这剑锋尾稍一拖，竟然有止血的妙用。这……他究竟用的是什么手段，了不起！了不起！”随即又喃喃说：“但更了不起的，是他的剑意！一直以来，我们只想到用剑法来杀人，他却用剑法来救人！”

有莘不破也觉得芈压体内真气疲弱，其他却无大碍：“这小子的命可真大。唉，以后再不能让他冒险了。要真的出事，我可真没法向芈方交代。”

桑谷隽和有莘不破正一内一外地替芈压疗伤，常羊季守突然跳了起来，放声狂笑：“哈哈！哈哈！我找到了！我找到了！”

桑谷隽怔怔看着他：“天狗，你疯了吗？”

“疯？”天狗大笑道，“疯了也无所谓！哈哈！”

有莘不破道：“你到底找到什么了？”

“剑意！”

“剑意？”

“对！”天狗指着芈压的伤口，道，“剑意！”

有莘不破和桑谷隽对望一眼，一起摇头。

“你们不懂的，你们不懂的！”天狗大笑道，“不过，你们也不用懂。”走出两步，他高声大叫道：“大哥！你出来啊！我从没像今天这样盼望你出来！”

有莘不破精神一振，道：“你有把握打败他了？”

“不是打败他，”天狗脸上的笑容充满自信，“是拯救他！”

血宗的秘密

眼见血影就要攀上血晨的足跟，但刚好响起的剑鸣却吓了他一跳。

血晨一站起来，马上发现有异状，警惕地跳开几步，跟着便看见地面上仇皇的血影。他立刻意识到出了什么事情，脸色变了变，警惕地道："师公？"

仇皇的血影直立起来："好徒孙啊，你干吗这么敏感？"

"师公，血池没了，你……你的身体……"

"血池没了也不打紧！"仇皇道，"我们血宗只要元婴还在，就什么都不怕！"

"可是……"血晨没有把话挑明，"可是你现在看起来很虚弱，虚弱得连我都没法子正面吞噬！"

仇皇是何等样人，岂能听不出他的话外之意？柔声道："好徒孙啊，你难道忘记那天来见我，在血池边上发下的宏愿了吗？"

"这……自然记得。"

"是啊！过来。你马上就能获得意想不到的力量了。我会让你得到天下无敌的力量，让你不用再受到你师父的摆布。"

"过去，"血晨摇头说，"我想要力量，但……但却不想和师公你……结合。"

"傻孩子。"仇皇柔声道，"你以为我要占有你的身体吗？那怎么可能！我还需要你作为我的臂膀呢！孩子，过来。我只是暂时借住在你的身体里面。等到找到合适的宿体马上就会出来的。此外，我还可以告诉你血宗最大的秘密！"

"秘密？"

"对！"仇皇的声音充满了煽动力，"让你打败你师父的秘密！"

"有这么容易的事情吗？"

"是啊。"仇皇道，"你不知道，我们血宗虽然天下无敌，可还是存在着一个死结，那就是师父总是斗不过徒弟！你是都雄魁的徒弟，你对他有天然的优势！”

“真有这样的事情？”血晨半信半疑，虽然他知道那个诅咒，却不知道如何利用那个诅咒。

“我怎么会骗你！我当初就是因为这样而中了都雄魁的招！”仇皇说，“来，过来。虽然是暂时的结合，但你和我共用一个身体以后，也能体验到许多只有达到巅峰境界才能体验到的妙境！你的功力会实现难以想象的飞跃！胜过你自己苦练十年！”

“那……你先把秘密告诉我。”血晨有些心动了。

“傻孩子啊。”仇皇道，“这哪里是三言两语就能说清楚的？不过你放心，只要我们一合体，你马上就能领悟到！”

血晨似乎被说动了，慢慢地走了过来。仇皇压抑住心中的兴奋，张开血影“欢迎”血晨。

突然血晨往后一跳，朝仇皇吐了口唾沫，戟指骂道：“你这个老不死！你以为我是三岁小孩吗？”仇皇心中一沉，只听血晨继续骂道：“你以为我是真的服你吗？你以为我是真的背叛我师父吗？你错了！错得离谱！其实，我是因为听说师父在天山有你这么一个心腹大患才特地跑来的。我把有莘不破他们引来，就是为了借他们的手除掉你！哈哈，有穷商队那几个小子果然上当，中了我借刀杀人的计谋！现在只等把你宰了，我便大功告成，可以回夏都向师父禀告我西来的缘由了。”

血晨的第一句话只是让仇皇感到一阵失望，但接下来的话却让他越听越是心寒。血晨为什么会说这样不着边际的话？仇皇马上猜到了：都雄魁来了！只有都雄魁来了，这家伙才会说出这样的话来！

果然，一个声音冷笑道：“小子！你见机倒算挺快！耳目也灵便，嘿，居然知道老子来了！”

仇皇的血影仿佛瞬间被冻住了！都雄魁！在这种情况下和都雄魁狭路相逢，他甚至连逃跑都没有机会。如果说有莘不破等人的出现令仇皇感到难以忍受的阵痛，那都雄魁给他带来的就是绝望。

仇皇终于看到了他，他最蠢钝的弟子，他最不看好的徒儿。

“师父。”都雄魁对着血影恭恭敬敬地跪下来叩拜，就像当年他第一次入门对仇皇叩拜一样，血晨看得呆了，“他们不是势不两立吗？”

都雄魁的举措，只有仇皇能够理解。看见都雄魁之后他知道自己完了，这个徒弟现在达到的境界，就是自己全盛时期也不如。这个百岁老怪现在想的只是如何在临死前打击他！“贪吃果！”仇皇想到了这个东西，“对，就是贪吃果。今天我虽然逃不掉，但怎么也得留下一个东西来，让你将来也不得好死！”想到这一点，他稍稍镇定下来。

“师父，想不到您还在人间。这些年，受了很多苦吧？”都雄魁站起身来。他不是假惺惺，语气中也没有讽刺的味道，而只是一种类似惆怅的感叹。只是这种感叹在这种情况下让血晨听来又刺耳，又怪异。

仇皇“哼”了一声不说话，而血晨也有点把握到都雄魁的心理了。“控制住局面的，还是师父！”想通了这一点，他扑了过去，伏在都雄魁的脚边，鼻子几乎要碰到都雄魁的臭鞋，充满感情地呼唤着：“师父！你终于来了！”

都雄魁看也不看他一眼，对仇皇道：“刚才我好像听到师兄的剑鸣了，师父你老人家见到他没有？”

仇皇冷冷道：“见到又怎么样？没见到又怎么样？”

“我想跟他切磋一下啊！”都雄魁叹道，“我们师兄弟两个，一个号称无坚不摧，一个号称不死之身。师父，你说我们两个遇上了会怎么样呢？”

仇皇冷冷道：“你会变成我现在这个样子！”

“是吗？”都雄魁依然微笑着，风度不改，“那我可真是期待！”手一伸，就把血影给捋住了，对血晨道：“你刚才不是说要知道本门最大的秘密吗？抬起头来！”

血晨抬起头来，看见了都雄魁手里一团血色稠块，“元婴？”

“不错。”都雄魁笑道，“这是你祖师爷的元婴！我当初像你这么大的时候，天天趴在他脚跟前，他让我替他舔脚趾头我都乐意。可是现在……嘿！为师告诉你，本门最大的秘密，其实很简单，就是……”

都雄魁顿了顿，道：“就是力量！”

“力量？”

“对，力量！只要你能比我更加强大，你就能把我踩在脚下！这就是本门的秘密。是不是啊，师父？”

仇皇不言语，血晨却不禁一阵失望。如果没有其他际遇，他很难想象自己能超越都雄魁！

见仇皇不回答自己的话，都雄魁乐滋滋地对他的元婴道：“师父，你的元婴修为也还没达到‘坚不可破、无影无形’的上上境界嘛。”

仇皇竟不反抗，因为他知道现在反抗也没用了。“没想到过了几十年，我最终还是死在你的手里！不过你也别笑得这么开心！既然我命中注定逃不出你的手心，那你也一样，总有一天会死在你徒弟的手里！”

“哈哈，徒弟？”都雄魁笑道，“我哪里去找这样的徒弟？这小子？他连门都没入！”

“当然不是这小子。你防他像防贼一样，他怎么能成功？我告诉你，将来注定要吃掉你的那个人，我保证现在你想破脑袋也不知道他在哪里。他出现的时候，你根本不会想到要防他！这就叫‘天夺其魄’，这就叫‘鬼蒙了你的眼睛’！”

“是吗？”都雄魁笑道，“天？本门既不敬畏天神，也不惧怕鬼怪！师父，这可是你教我的！看来反倒是师父你没学到本门的精髓啊。如今我已经寿与天齐，放眼天下，有什么鬼怪神魔敢近我身？师父，咱们礼也见过了，旧也叙过了，你安息吧。”说完他竟然抓起元婴就往口里塞。

虽然明知必死，但临死前仇皇还是本能地挣扎，然而一切都是枉然。都雄魁像啃骨头一样咀嚼着，嚼了十几下，吞了下去。跟着他的咽喉、肚子开始发出令人发毛的声音。

血晨伏在他脚下听得全身发抖。

都雄魁笑道：“看见没有？这就是本门最大的秘密！外人只知道我们最神秘的是元婴，却不知道我们身体最厉害的部位是肠胃——修为到了你祖师爷这分上，就算把他打得粉身碎骨，只要留下一丁点的残渣他还是有可能复活。可要是进了我的胃……哈哈。可惜当年形势所限，我没能把他给吃了，否则他也挨不到今日。所以啊，你以后要想杀我的话，记得要把我整个儿吃掉，连渣也不要剩下。懂了没有？”

血晨浑身发颤：“徒儿不敢！”他突然想到了腰间别的“贪吃果”，一直以来他都不明白仇皇为什么要让他去摘这颗贪吃果，偶尔想起也只是以为这颗果实是一个象征，这时听了都雄魁的话心中狂跳：“贪吃果！秘密一定就在这里！”

都雄魁把他师父仇皇吃下去以后，又对血晨说：“我再告诉你一个本门至密。嗜血之胃不但能把你祖师爷的元婴彻底地消灭，而且还能得到他的力量和部分智性记忆。不过功力到了我这个境界，吸收了他这个杂碎元婴只会令我的真力驳杂不纯！所以……”他突然胃部鼓起，把一团绿色的液体吐了出来，腥臭难当，“所以，不要也罢！”

血晨看着那团液体，念头狂转：“我该怎么样才能吃掉他？该怎么样才能吃掉他？贪吃果到底该怎么用？”

“嘻嘻，是不是在想怎么吃掉我啊？”

“没，没有。徒儿岂敢？”

“是吗？”都雄魁笑道，“就算你敢也没用。第一，你根本没法制伏我。第二，你的肠胃不行。”都雄魁左手抓住血晨的后脑，右手就往他嘴里探。血晨竟然没有还手之力！

都雄魁把血晨的整条食道扯了出来，不停地摇头：“太嫩了，真的太嫩了！这么嫩，怎么吃我呢？还是我吃你吧。”

肉身生命力极有韧力的血晨还死不了，眼看着都雄魁把他的肠胃吃掉，脑中起了一个“呕吐”的念头，可他现在连肠胃都已经没有了，还怎么吐？

都雄魁笑道：“虽然你没什么出息，但留着你，我还是不放心！”

血晨大感恐怖，可连求饶的话也没法说了，眼睁睁看着师父吃掉自己的手脚、脊椎、心脏……他终于什么都不知道了。

把徒弟整个儿消化掉以后，都雄魁肚子鼓起，又吐出了一团胃液，怡然道：“我现在连徒弟都没有了，将来找谁来背叛我？哈哈哈……”转身要走，脚下突然踩到一个东西，却是一个果实。都雄魁虽然不认得这

“贪吃果”，却隐隐觉得这果实不是普通果实：“大概是这小子哪里弄到手的什么宝贝吧。”随手收起，也没放在心上。

“恶心，真是恶心。”

敢在这个时候出现，又敢说出这种话来的，都雄魁不用分辨声音也知道是谁。

“你来干什么？”

“没什么，到处逛逛。可没想到会看见这么恶心的一幕！吃掉师父，再吃掉徒弟！这也罢了，还吃得那么难看！你们血宗啊，真是没有一点美感！”

“美感？”都雄魁冷笑道，“你找藐姑射谈去！我们的交易已经完成，没什么事情别跟着我！”

“谁跟着你了？不过有些手尾还没有完成，想来找你商量一下。”

“什么手尾？”

“江离……还有那个孩子。”

都雄魁冷冷道：“大夏王要江离回去对付商国的玄门大军，他自然由我带走。至于另外一个，扔去喂狗吧！”

“喂狗？亏你舍得！我倒有个主意。”

“哦？”

“本来我也只是打算随便处理掉，可是把江离的魂儿切开放进去，竟发现灵体之间结合得天衣无缝。啧啧，杰作，真是杰作！”

都雄魁冷笑道：“那又怎么样？”

“那孩子虽然还睡着，但是……难道你没发现那个孩子的气质很像一个人吗？”

“人？谁？小江离？”

“不是。是我们的一个老朋友。”

“老朋友？活着的还是死掉的？”

“还活着。”

够格让独苏儿称“老朋友”又还活着的，这个世界数不出五个来！都雄魁把这几个人在脑中一一闪过：“你是说……藐姑射？”

“哈哈，聪明！”

都雄魁眼中光芒闪烁：“你想干什么？”

“你呢？你又想干什么？”

两个人突然一起大笑。

都雄魁笑道：“你想给藐姑射送个徒弟去？”

“是啊。洞天派有没有传人和我们没关系，但季丹洛明却有点碍手碍脚的。”

都雄魁道：“洞天派有了传人，季丹洛明就得死？”

“不是很清楚，不过几百年来好像一直都是这样子。”

“那倒是个不错的主意。”都雄魁道，“不过怎么能让季丹洛明相中他？”

“这就不是我们能左右的了。我只是觉得有这个可能罢了。我们能做的只是把那孩子送到季丹洛明的身边。其他的就看他们的缘分了。”

“那……”都雄魁道，“怎么送到季丹洛明的身边呢？”

“季丹好像到极北的雪原去了。”

“对。他可能想去降服为患的蜚蛭[①]（fēi zhì）。前些日子弄出好大的动静，不过也就我们能感应到。嗯，我可没空过去，你去？”

“我？别来，我最怕麻烦。再说我们俩谁去都不大好。还记得从小江离身上掉下来的那根羽毛吗？”

都雄魁摸了出来：“它？”

“对。我估计得没错的话，它应该有飞翔的功用。你弄点力量进去，我再注入一点念力，就成了。”

“能准确地到达？”

“不一定能，只能估摸个大致方向。其他的，就看这孩子有没有这个缘分了。”

---

① 蜚蛭：《山海经》中的一种环节怪兽，生有四翼。据《山海经·大荒经》记载“大荒之中，有山，名曰不咸。有肃慎氏之国。有蜚蛭，四翼。”

一直失魂落魄的燕其羽突然站了起来，望着天际那个向东北飞去的黑点。

“怎么了？”

雒灵对周围形势的变化一直十分冷淡，根本就没去关注燕其羽的行止，问话的是羿令符。

“是我的羽毛！”燕其羽说，“为什么会往那边飞去？”

“能控制它飞回来吗？”

燕其羽摇了摇头：“不行。不知为什么做不到。”她的身体依然虚弱，拿出另一片羽毛来想要御风飞行追上去，却力不从心。

“别勉强了。我去看看吧。”

“你？”燕其羽看羿令符的眼神依然有些复杂。陆离洞事件之后她本来已经将羿令符的羽箭折断扔掉了，可是老天却又再次安排两人相遇，还让这个男人救了她。燕其羽黯然道：“你的那只鹰好像一时半会的没法飞吧！”

“不是去追那片羽毛，而是去看看羽毛飞出来的地方。”羿令符道，“江离多半就在那里。”

雒灵听见江离的名字，头抬了抬，嘴唇动了动，却终于没发出什么声音。羿令符也未注意到她这个细微的动作，疾步而去。

桑谷隽把芈压裹了起来，背在背上。

天狗与有莘不破作别：“我先回峡谷去，我大哥既然知道雒灵小姐已经出了峡谷，或许会前去滋扰。”

桑谷隽道：“我也先回峡谷。芈压还需要静养。不过留下不破一个人的话，要不要紧？”

“放心吧。”有莘不破道，“只要会合了羿令符和江离，就是遇见血祖也不怕！何况天狗说了，雒灵的身体也没有什么大碍。我们四个抱团，会怕谁来着！”他这句话倒不是夸口。和仇皇这一战让他领略到许多东西，功力与小相柳湖畔又有不同。临了有莘不破又加了一句：“还有你那位燕姑娘，我会帮你带回来的。”桑谷隽这次竟然不脸红了，只是笑笑。

三人作别不久，有莘不破便遇上了羿令符。这两个男人都喜欢直截了当，三言两语交换了各自的信息。有莘不破听见雒灵平安心中大慰，但江离至今下落不明又令人担忧。

“走吧。”羿令符道，“如果没猜错的话，江离应该就在那个方向。那片羽毛无缘无故向东北飞去，多半和江离有些关系。”

“那两个小子过来了。”

“哼。”都雄魁道，“要不要把他们宰了？”

“说什么话！有穷饶乌跟我可没什么过节，我干吗要动他的传人？另外一个是本门的女婿，我爱护还来不及，怎么舍得伤他？”

“行了吧！”都雄魁冷笑道，“既然你不想动手，那就此别过！”

“就此别过？你不等江离醒来吗？好像我记得你答应过他，让他醒来自己选择的。”

“选择？”都雄魁仰天狂笑，“等到了夏都，再让他选择吧。”

“呵呵，你这个人果然没什么口齿！不过你也别以为骗过了小江离就扬扬得意，说不定这孩子是故意让你骗的。”

有莘不破只见一道血影掠起，迅速地向东方闪去。

羿令符惊道：“血祖！”

有莘不破却惊道：“江离！”

“江离？”

“对！我知道的，就在血影之中！羿兄，其他事情你便宜行事！我去追！”

“回来！”但羿令符哪里叫得住他？“你不是血祖的对手！”

“放心吧，小伙子，我会照看他的。”

羿令符就要追上去，听见这个声音停了下来。

周围一个人影也没有，他想了想，继续向那片羽毛起飞的方向走去，一直到他看见七香车。

“就是这里了。”羿令符心道，“这里，到底发生了什么事？”

雒灵站了起来，眼中秋波回转：“我说过，能让不破掉头向东的，只有你。果然如此。天崩地裂都无法让不破回头，但你一个转身，他就乱了分寸！”

燕其羽仿佛听到了什么，第一次细看身边这个女孩子：“她刚才说话了吗？还是我听错了？”

两个女人的思绪交叉了这么一小会，随即又恢复心事重重的样子，各自想各自的事情。

这座位于天山群峰之间的山坡，连大漠的风沙也吹不过来。周围没什么生气，也没什么声音，只有两个无语的女人，陪伴着这静悄悄的积雪与怪石。

第五章
农神后稷子孙的险恶处境

江离离去

这一天，川穹醒了过来。

他全身几乎完全赤裸，只有一片很宽很大又很柔软的羽毛把他裹住。这个地方很冷，羽毛并不能帮他抵御寒风，然而他居然活了下来，赤足走在雪地上，踏出一行脚印。

他不知道自己从哪里来，也不知道自己将往哪里去。

相对于他的脑力，他的记忆显得如此匮乏——就像九万里北海中的一座百步孤岛一样。

轰隆隆！无数妖兽向他奔来。

空中有青鸟、琅鸟、玄鸟、黄鸟，地面有虎、豹、熊、罴、黄蛇、视肉[①]！

① 视肉：就是我们现在经常说的太岁。据《山海经·海外经》记载："狄山，帝尧葬于阳，帝喾葬于阴。爰有熊、罴、文虎、蜼、豹、离朱、视肉。吁咽、文王皆葬其所。"

川穹本能地害怕起来，却没有逃避，也不知道如何逃避。妖兽一头头从他身边冲过去，对这个微小的人类看也不看一眼。

“你们干什么？为什么跑得这么急……你们在害怕什么吗？难道前面有可怕的事情吗？”

没有一头妖兽回答他，它们只顾着拼命地逃跑。

川穹向它们逃来的方向感应——他不知道自己为何会动用这种超越六感之外的感应，就像他不知道自己为什么会说话和思考一样。

“有很强大、很可怕的力量在啊。”川穹犹豫着，“我要往那个力量之源去，还是跟在这些妖兽后面逃跑？”他动脑想了一下没有答案，就由心来决定，于是他向那股可怕的力量走去。

不知走了多久，不知走了多远，川穹看到了一片平地——从那遍布数十里的松针树干，可以知道这里原来是片原始森林。但此刻那片方圆百里的森林已经被夷为平地！满目疮痍中，匍匐着一头巨大的妖兽，也许这头妖兽曾经不可一世，但现在已经奄奄一息。

那竟是一头巨大的琴虫[①]！琴虫的旁边，更有一头猎（xì）猎[②]的尸体。猎猎的身边又有一头独角的长形妖兽！

川穹有些胆怯，却仍一步步走了过去，终于看到那头妖兽头顶还站着一个男人，那男人还没妖兽头顶独角的一半高大，却给人一种山岳的压迫力，让人一见之下便不自觉地仰望。

川穹仰望着这个男人，那眼神，仿佛遇到一个熟人。

“什么家伙？”

一股气流把川穹卷了起来，卷上了妖兽的头部，跌落在那个男人的脚下。

川穹跌得很狼狈，但他却不觉得尴尬，就像一个刚刚学步的孩子，跌下来就爬起来，那一脸神情纯得像一个婴儿。

---

① 琴虫：《山海经》中的一种蛇兽，兽首蛇身。据《山海经经·南山经》记载：“有虫，兽身蛇身，名曰琴虫。”

② 猎猎：《山海经》中的北荒怪兽，形状像熊。见《山海经经·大荒经》记载：“有黑虫如熊状，名曰猎猎。”

“你是谁？来这里干什么？”

面对这样威武的声音，不知道为什么，川穹竟然没有感到害怕。他扶着妖兽的独角站稳，再次认真地打量眼前这个男人，虽然离得近了，那感觉却似乎更加遥远。

“你叫什么名字，来这里干什么？”

不知道为什么，两人的眼光接触以后，那男人的声音也柔和了。

“嗯……我，我不知道我叫什么，也不知道来这里干什么。你呢？你叫什么名字，来这里干什么？”

男人怔了怔，似乎没想到眼前这个少年会这样反问他，但又觉得对方这个问题十分自然。

“我叫季丹洛明！”这是一个威震四海的名字，这男人随意地说，川穹也就随意地听，“我来北海找鲲。”

“鲲？就是脚下这头东西吗？”

“不是。我没找到鲲，却见到有蜚蛭为患，就顺手将它收拾了。我脚下这头是我回来时遇见的一头妖兽，它见我虚弱，不长眼睛想吃我，结果被我放倒了。小伙子，你到底从哪里来？”

“我也不知道啊。一觉醒来，我已经在……在那里了！”川穹手指一指，“然后我就看见许多怪东西拼命逃跑，我想这边大概有什么危险在吧，于是就过来了。”

“明知道有危险在，为什么还跑过来？”

川穹摇了摇头。

“你说你一觉醒来就在这附近，那之前呢？”

“之前……”川穹回忆说，“在一个院子里，有我，有我妈妈，还有一个偶尔来送东西的阿姨。没有了。那里好冷，虽然没有这里冷，但夜里静得好可怕。”说到这里，他不禁缩了一缩。“在大部分时候，只有我和我妈妈。听说我还有一个父亲，似乎是个大人物，但是他从来不来管我……后来……嗯，我好像见到了一团雾，然后就睡着了。醒来就在这里了。”

季丹洛明看着他，眼中并不是怜悯，川穹不知道那是一种什么样的情感，然而却觉得被这双眼睛看着很舒服。

一阵风出来，他又缩了缩身子。

“冷？”

“嗯。”

“喝口龙血吧，可以暖暖身子的。”

“龙血？哪来的龙？”

季丹洛明顿了顿脚。

“我们脚下这头东西是龙？”

“嗯。一条妖龙。”季丹洛明挟着川穹跳下独角龙的龙头，手一挥，凌空在它巨大的脖子上划开一条小小的伤口，伤口处鲜血涌出。

“来。”

川穹摇了摇头：“我怕。”

季丹洛明凑过头去，对着伤口大口大口地喝了起来。龙血染红了他的全身，他却毫不在乎。“过来，喝两口就不冷了！”

川穹走了过去，却没有凑过去喝龙血，只是伸手抚摸了一下季丹洛明的头发：“都弄脏了。”

季丹洛明一怔，他没想到这个小伙子敢来摸他的头，而自己居然不生气。

“你这根头发好奇怪。和别的头发都不同。”

季丹洛明脸色变了一变：“你说什么！”

“这不是你的头发吧。”川穹说着又抚摸了一下那根不一样的头发，也没注意到季丹洛明的脸色变得很怪异，“能不能送给我？”

“你说什么？”还是这句话，但季丹洛明的脸色已变得非常严肃。

“怎么了？”川穹说，“这根头发，对你很重要吗？”

季丹洛明迟疑了一会，点了点头。

“对不起。”

“不是这个意思。只是……”他仿佛一时不知如何措辞，“只是你为什么会知道这根头发和别的头发不一样？又为什么会要我送给你？”

“为什么？它就是和别的头发不一样啊。”

眼前这个男人仿佛呆住了，眼睛也不眨一下地看着川穹："没想到，这一天终于来了。"

"这一天？什么意思？"

"没有。"季丹洛明说，"这根头发，是我一个朋友送给我的。"

"嗯。"

"从来没有人发现过我这根头发和别的头发有什么不同。你……是第一个。"他把头发拔了下来，却是两根，"给你。"

"这不是你朋友送给你的吗？"

"嗯。"季丹洛明道，"我朋友送给我，就是为了让我送给人。"

"送给人？"

"是。送给一个我认为合适的人。"

"我就是那个合适的人？"

"嗯。"

川穹没有问为什么，很多事情他都不懂，只是觉得自然就没有拒绝。"那为什么是两根呢？嗯，这根是你朋友的头发，这根是你的头发……"

季丹洛明说："将来你遇见一个觉得合适的人，就把我的这根头发送给他。"

"我觉得合适的人？就像今天你觉得我合适一样？"

"是。"

如果是别人，一定会追问如何判断合适不合适，川穹却没问，只是把两根头发放到自己头上。这两根头发一沾到他的天灵，马上和他的头发混在一起。但季丹洛明却能清楚地知道这两根头发和其他头发的区别——就像川穹一眼就分辨出他"朋友"送给他的那根头发一样。

"在某一天，"川穹说道，"是不是你的那个朋友也这样给你两根头发？"

"是。不过我那'朋友'只送给了我一根，隔了好多年，才送给我第二根头发。"

"第一根是你朋友的朋友的头发？第二根则是你朋友的头发？"

“嗯。我们见面的时候，年纪都还很小，也许比你还小些。”

“那还有一根呢？除了你朋友的头发，不是应该还有一根你朋友的朋友的头发吗？为什么我找不到它？”

“已经枯萎了。”季丹洛明说，“当我把头发里面蕴藏的功夫学完以后，那根头发就枯萎了。”

“蕴藏的功夫？啊，我明白了。”川穹手一指，龙颈伤口周围一阵扭曲，流出来的血流有一小股突然消失，却在川穹口边凭空出现，川穹微微张口，把那小股龙血吸了进去。如果像靖歆之流看到他这个“小动作”，一定惊叹不已，川穹却不觉得有什么异样。“原来这根头发里藏着这么多东西啊。”

“你学得真快。”季丹洛明说，“快得不可思议。”

“快吗？可我觉得我只接触了一点皮毛啊。”

季丹洛明失笑道：“当然只是一点皮毛。这根头发可是我朋友毕生智慧之所聚，普通人的话，就是花上十辈子，也未必能把其中的奥秘领悟得透彻。”

“嗯，”川穹想了想，“这么说来，你的那个朋友，也算是我的师父了。”

“不是算！我那朋友，就是你师父！”季丹洛明说，“你师父叫藐姑射。关于这个人的事情，或许那根头发里会有记载。”说完他仰望着天空失神。

“藐姑射……”川穹自言自语，“那根头发里完全读不到这个名字。但我知道有的，只是藏得很深。可为什么连个名字都要隐藏得这么深呢？”

羿令符带着七香车回到了峡谷。桑谷隽迎了上去，只见车上坐着两个女孩子，却不见江离，也不见有莘不破。他偷偷向燕其羽笑了笑，燕其羽点了点头，脸上却没什么表情。

“他们俩呢？”桑谷隽转向羿令符，追问着。

“江离好像被都雄魁捉住了。有莘追了上去！”

“什么！”桑谷隽大惊失色，“你就这么让他追去？你又不是不知道那血祖是什么样的狠角色，怎么能让不破去追敌？”

羿令符冷冷道：“那你认为我应该怎么做？”

“当然是追上去啊！”

羿令符不说话。

桑谷隽看着他，突然说：“如果我不知你的为人，定会误解你。”

“哦。”

虽然羿令符没有询问的意思，但桑谷隽还是把自己的想法说了出来：“我一定误会你不去帮有莘不破，是为了借刀杀人，为了夺回商队的权力。”桑谷隽一笑，说道：“不过你不可能这么做的。因为你心里一定装着更大的目标。”

“是吗？”羿令符还是那么冷淡。

“喂喂，老大，”他也染上了有莘不破称呼上的恶习，“你能不能说话有点激情啊。我连连挑逗你说话，你也不回应一两声。”

“你要我回应什么？”

“回应你不一起去追江离的原因。”

“我也去追，谁来告诉你们发生了什么事情？”

“乍听之下好像有道理。”桑谷隽说，“不过，四宗师那样的人物，行动起来速度一定非同小可，只要一个犹豫就连踪影都抓不着！在那种转瞬即过的关头，你能考虑到这些细节？”桑谷隽并不是一个纨绔子弟，在某些时候，他的心思之细并不亚于江离。

羿令符一听笑了：“不能。”

“那到底是什么原因？”

羿令符沉吟了一下，道：“我当时确实犹豫了一下。”

“这就对了！”桑谷隽说，“如果是远远看到江离被拿住，无论是我还是有莘不破，除了追赶上去都没辙。可是你不同。你一箭射去，就算不能伤到人，至少有可能阻他一阻！”

羿令符道：“或许吧。”

桑谷隽盯着羿令符的眼睛，对方也没有回避他：“所以一定有一个更加强烈的念头让你犹豫。这个念头应该是你平时也经常有想到的，只是那片刻间冒了出来，是不是？”

雒灵听到这个问题也朝这边看来。

羿令符却只是淡淡道：“你把事情想得太复杂了。”

“复杂？”桑谷隽冷冷道，“我可不这么认为。”

“好吧。”羿令符叹了一口气，说：“就算是像你说的那样好了，我为了某个念头迟疑了一下，然后很多事情都来不及了。”

“为什么会迟疑？”

羿令符又闭上了嘴，但桑谷隽的眼神却没有放过他的意思。

“为了东归。”羿令符终于还是开口了。

“东归？”

“不破有不归之心，”这时候连天狗和燕其羽也望了过来，羿令符却似乎没有见到，“要让他掉头向东，我能想到的只有一个办法，就是他的好朋友出事了。”

桑谷隽的眼睛像独狢一般凌厉：“这不是你设的局吧？”

“当然不是。我不认为自己有这么大的本事。”羿令符道，“我只是没有阻挡事情的发展而已。”

桑谷隽凌厉的眼神缓了下来：“可是你为了这个目的，让不破和江离都同时陷入了危境！”

“不破不会死的。他的命硬得很，而且我知道有人不会让不破死。至于江离，”羿令符的话残酷得令人难以接受：“他的命运不是我能左右的。我既不认为是我让他陷入危境，也不认为他需要我去拯救。”

听到这里，雒灵轻轻跳下七香车，向松抱走去。她是不愿意再听，还是觉得不必再听？

“好，就算你有理！”目送雒灵离去，桑谷隽道：“那现在呢，你打算怎么办？”

羿令符笑道：“怎么办？当然是追上去接应。”

“追？往哪里追？”

羿令符淡淡道：“我们虽然不知道血祖东去的路线，却知道他的目的地。这就够了。”

目的地！桑谷隽的心突然咯噔了一下！

“王都！”提到这个地方，他连瞳孔都开始收缩！

“是。”羿令符道，“你去不去？”

“废话！我当然去！”桑谷隽激动得发抖，“这一路来的行旅都不过是历练罢了，大夏王都，那里才是我真正的目的地！”他摸了摸突然有些发疼的心脏：“好，也是时候去了！”

天狗的嘴角难以察觉地裂了一下。羿令符刚才所说的话不到桑谷隽的一半多，但桑谷隽却被他牵着鼻子走。“巴国小王子似乎被抓住了要害。他就算知道被算计了，大概也会义无反顾地走下去吧。”有莘不破和江离不在，雒灵无心管事，连桑谷隽都不反对，整个有穷商队已经没有人能阻止羿令符了，也不见得有人会试图去阻止他。“中原杰出之士的心思真是精微难测啊……”天狗暗中叹了口气。突然间他想起了哥哥，他的剑虽然狂暴，却简单而直接。“看来，这大漠荒沙虽然寂寞，但也许更适合我……”

没有人留意常羊季守的神色变化，大家都在注意燕其羽——因为这个少女突然跳下七香车，步步远去。

燕其羽背后，桑谷隽吃惊的声音高叫道：“燕姑娘，你去哪里？”

“不知道。”

“那，那……”桑谷隽想挽留，却不知如何开口。羿令符突然道：“燕姑娘如果没什么事情的话，不如陪我们走一程如何？”

燕其羽停下脚步，却不回头。

羿令符道：“我预感，我们这一路或许会遇上你的另一根羽毛。”

桑谷隽看看燕其羽，再看看羿令符，虽然他不知道羿令符这句话是什么意思，但听来似乎对留下燕其羽大有作用，便帮腔说：“这男人的预感很准的，燕姑娘，就……留下来吧。”

燕其羽侧过身，望着羿令符：“你是说，我跟着你们会遇到川穹？”

“我有这个预感，却没什么理由。”

川穹是谁？桑谷隽看看羿令符，再看看燕其羽，想问，在这个氛围中却不知如何开口。

“我怕不大方便。”燕其羽犹豫着说。

桑谷隽一听大喜：“不会不会！怎么会不方便！你可以……”他正想说“你可以和我住无碍”，但一转念却觉得不妥。

“你可以和雒灵住一起。”羿令符道，“不破不在，雒灵一个女孩子，也需要人陪陪。”

桑谷隽忙和道：“对！对！”

见燕其羽没反对，羿令符又问天狗道：“常羊兄，可有兴趣到中原一游？”

常羊季守却笑道：“很多年前，我哥哥曾在我家地窖里埋下十几坛好酒。”

“嗯。”

常羊季守说道：“经过了这么多年，我想现在一定很香、很醇，拿来作送别之醉正合适。”

羿令符没说话，桑谷隽却忍不住道：“天狗你不和我们一起到中原看看？你一个人在这里……”

“不是我一个，死去的人的尸骨都埋在这里。我父母，我二哥，还有……嫂子……”常羊季守道，“至于活着的，还有一个大哥。”

“可是他……”

“桑兄！”常羊季守再次打断了他，笑道，“难道你不想尝尝我父亲亲手酿造、我兄长亲手埋藏的好酒吗？”

救人之剑

酒已喝过，人亦已作别。

天狗常羊季守倚剑而坐，左手半坛陈酒，右手一柄破剑。好酒经过多年而更醇，破剑虽经再造仍然是破剑。

“大哥，你来了。”

天狼常羊伯寇听到声音，突然不知从何处出现。“你知道我要来，还敢喝酒？”

天狗一举酒坛：“看，这坛酒是‘假的’。还记得这几个符号吗？”酒坛底刻了个幼稚的骷髅形状：“我十二岁那年，偷偷摸进来，把它偷了出来。”天狗沉浸在回忆之中：“……谁知道被二哥发现了。不过二哥发现后却把我带到峡谷后那个小山洞里，正准备一起畅饮，就在那时候你闯了进来……”

说到这里，天狗脸上露出一丝微笑，天狼却一点表情都没有。

“陈年旧事，说它作甚！”

天狗不理会兄长的打断，继续说：“最后的结果，当然是我们三兄弟一起把酒喝光了。哈哈哈，然后我们又另外偷了一坛新酒灌进去，由我偷偷溜进地窖埋好。你和二哥……”

剑光一闪，如闪电划过，两条人影交错，天狗的左袖断了，但他的话却没断：“……就在外面把风。”

“你啰唆完没有？”

六个字，一百零八剑。天狗脸上多了三道疤痕。

“当年我们其实很幸福的，不是吗？”天狗拔地而起，在半空中翻转了三十六转，避开了天狼的乱风剑势，“当年我有父母，有兄长，还有年幼的侄子。而你的生活就更完满了……”

天狗的剑芒化作一圈银光，把天狼剑激起的风沙卸掉。“你不但有父母兄弟，还有个温柔的妻子，乖巧伶俐的……哇！”常羊季守真气蓦地不继，喷出一口血来，但他的剑仍守得很严密，“……乖巧伶俐的儿子。你不知道，我当时可有多嫉妒你啊。”

说完这句话天狗的左手断了。

天狼停住了剑，冷冷道：“我教你剑法的时候怎么说来着？专心！”

“大哥，你还记得教我剑法的情景？”趁他说话，天狼又连攻三十六剑，伤了他的左腿。

天狗却没有因为伤势而中断，他继续说道：“从我几岁开始来着？忘了，每次教完我剑法，你就会进入天山深处去探寻血剑的踪迹。”

天狗的左眼瞎了，眼球挑在天狼的剑尖上。

“可是，每次你都没有按约定的时间回来。那些日子里，每天晚上嫂子都会在峡谷口眺望……嘿！”天狼剑伤了他的咽喉，天狗开始发现呼吸有些困难，要说话却会牵痛声带，但他还是继续说下去，“那情景，从我不太懂事，一直持续到我开始懂事。二哥要保护家人不能离开峡谷。从十四岁那年，我开始去找你——为了嫂子。然而没有一次能把你找回来。唉……大哥，我要怎么样才能把你带回来啊。”

说完这句话，天狗的呼吸突然为之一窒，天狗剑掉在地上——连着他的右手。

天狼剑再次停住，因为常羊伯寇知道自己已经赢了。“小狗，这次你死定了。以前我不知道你不死的秘密，但是现在我已经知道了。你其实只是一具僵尸！只要我找到你尸气的会聚点，你就完了！彻底地完了！再也不能爬起来给我碍手碍脚。”

常羊季守睁着右眼，单脚站立着，叹息道：“大哥，我说了这么久，原来你没在听啊。”

“听？哈哈！”天狼狂笑道，“我的生命已经完全献给了剑道！你所说的那些废话和我一点关系都没有。”

“剑道？”天狗笑了，血从他咽喉裂开处不住流下，“真正的剑道，你连边都还没摸到！”

“胡说！”

“大哥，我们兄弟俩斗了这么多年，我说过一次假话吗？”

“哼。”天狼举起剑，“我找到你那个死穴了，你死吧。咦，这是什么？”

天狗没有动，但天狼却感到周围全变了。但到底什么东西变了，他却说不上来。

“发现了。”天狗笑了，笑得就像当初在山洞里，听见大哥说“一起喝吧”。

“这……这是什么剑法？不！这……这是剑法吗？”天狼的眼前晃过一幕幕亲切的画面：盗酒、共饮、传剑、寻兄、望夫……天狗费了那么多口舌他一句也没听进去的话，忽然间全部从他自己的心里冒出来。

“剑法？”天狗说，“我也不知道。这是我看到芈压的伤口以后，悟到的东西。”

天狼却没有注意到他这句话，他只是狂吼着：“为什么会这样？心里为什么会这样暖和？这些东西，我应该早就抛弃掉了！”

天狗淡淡道：“只是你以为自己已经抛弃掉了而已。”

“你给我住口！”天狼咆哮起来，“杀了你！只要杀了你，就什么都完结了！”

天狼剑在主人的疯狂中刺入了天狗尸气的会聚点，天狗的身体开始腐烂——迅速地腐烂。

“哈哈，我终于杀死你了，我终于杀死你了！我赢了，我赢了！”

“是吗？那你为什么流泪？”天狼蓦地向天狗望去：弟弟的眼睛还没有腐烂，正看着他。可刚才那句话却不是天狗说的。

“流泪？”他一抹脸，“泪？为什么会有泪？这东西我应该早就没有了才对！”

“只是你以为已经没有了而已。”

天狼再次向天狗看去，弟弟的眼睛也开始腐烂了，但那眼眶还是在瞪着天狼。弟弟的喉咙早已化成灰烬，说话的当然不是他！常羊伯寇一脚把天狗早已不成人形的尸身踢散，骨灰随着风到处飘扬。

“是你在说话，是不是？”

“不是。”

“是！”

“你说是，那就是吧。”

天狼突然间好像想到了什么，抱着头，大哭着逃进峡谷深处——而那里正是他家人埋骨的所在。

天狗常羊季守的骨灰散尽以后，一块雪魄冰心掉落在地上。夕阳下，晶莹剔透的雪魄冰心映出一个少年的身影。

时间回到十年前，一个少年向峡谷口奔跑过来，欢呼着：“嫂子……我把大哥带回来了！嫂子……”

农神后稷的后人

有莘不破飞足向东。他并非一味狂奔，一路上调节内息真气，几千里奔波下来，非但没有伤到元气，相反，他每每在真气耗尽之际，体悟出绝处逢生的境界。

他的速度仍然稍微逊于那血影，但差距也不大。由于他每天休息的时间要比都雄魁来得短，所以两人的距离其实是在慢慢接近。

有莘不破知道，只要再过三天，他就能抓住血影的尾梢。然而他遇到麻烦了。

踏出荒漠，渡过黄河，景物渐渐不再荒凉，山川渐渐与中原相近，慢慢地有了些人烟和部族。这一天，有莘不破见到了尸体——遍地的尸体。不是剑客，不是战士，而是平民。数百个男女老幼，狼藉躺满了一地。这些百姓的衣裳虽然敝旧，但仍然可以看出是衣冠之族。以中原为圆心来看，这里仍然僻处西北，华夏的血裔能延伸到这个地方实属不易，此时遭到覆灭，虽然数百人相对于中原的人口来说不过如黄河里的一钵水，但对于炎黄文化的西扩而言却是一个不小的打击。

如果在平时，有莘不破一定会停下来看个究竟。然而现在他却只是停了一停，终于一咬牙，疾冲向前，每一脚都落在尸体间的缝隙中，不敢踩到以免亵渎了他们。

“羿令符他们跟来应该会处理吧。”有莘不破想。然而不久他就遇到了第二批尸体。

这里是一个村庄，规模不大，此刻已经成为灰烬。死去的人里面以老弱居多，其次是一些壮年，孩童较少，有些尸体手中还握着木棍，可以看出些抵抗的痕迹。有莘不破闭一闭眼，祷告一声，继续东行，但脚步已经有些虚浮。

他向往自由自在的生活，一方面因为天性，一方面因为年龄。然而祖父的以身作则，老师的谆谆教诲，还有近年来江离的潜移默化，其实远比他自己承认的还要来得深刻。所以他在大相柳湖时才会那么义愤，在此刻才会良心不安。

这两次停留让有莘不破又和血影拉开了一小段距离，然而有莘不破还是能追踪得上。背后那轮红日渐渐下沉，在往日这个时候血影也差不多该停下来歇一歇了，然而这次竟然没有半分停顿的意思。

有莘不破只觉得体内的真气渐渐秽浊，然而他还是咬紧牙关坚持着。西山上落日只剩下半轮，东方的平原上隐隐传来杀伐之声。有莘不破有些担心，但他最怕看到的事情终于摆在了他面前。

“蛮族，果然是蛮族！”

数百蛮族身披兽皮，脚跨劣马，正冲击着千余华夏衣冠。

“哦哦……”一个蛮族用咬音不准的阳城话高喊着，“披发左衽，不杀！”

然而没有人响应他的话，他们宁肯用头去撞石杵，用脖子去迎接钝刀。一个婴儿的头颅飞向有莘不破，落在他脚下。有莘不破终于忍不住了，大吼一声冲进了人群，鬼王刀拔出开始饮血。

蛮族和华族交错在一起，有莘不破也没法子用大旋风斩之类的绝招。只是发挥女房将军[①]所教的战斗技巧，把一个个蛮族斩杀于马上。

“呼——”华族人群的中心似乎有人发出什么号令，华族能战斗的男人开始向那里靠拢，有意和蛮族拉开距离，蛮族又都被有莘不破吸引了注意力，两边人马渐渐分离。有莘不破心中道：“这群人中有高人在，看出了局势的变化！这个命令大合我心。”于是他发动氤氲紫气，一个小旋风斩，把三百多个蛮族卷了进去，刀罡撕裂了他们的血肉，结束了他们的生命。

蛮族主力垮掉以后，剩下的人零星逃散。华族人群中有人呼喊道：“别放过一个！”有华族的几十个战士四面八方冲了出去堵截。有莘不破脚下不停，鬼王刀就如同一把飞来神兵一样四处穿梭，把余下的蛮族杀得一个不剩。

---

① 女房将军：商朝开国功臣之一，商王成汤手下的重要将领。

赢得了战斗，救下上千条性命，但有莘不破心里却一点高兴的劲儿都没有。这一战费了将近半个时辰，血影早已连尾梢也看不到了。就算现在追上去，只怕要十五天才能弥补回这段差距，要到十八天以后才能蹑到血影的末梢，十八天？如果保持这段时间来的速度，早到夏都了。

夏都！想到这个地方他不禁微微发抖。他这半年来虽然远处西陲，却不是不知道中原的局势。以自己的身份，不要说到夏都，只怕才进入甸服便立刻身陷险境！

“大哥哥，大哥哥！”

一个童声把有莘不破唤醒，两个孩子正站在他身边望着他，其中一个男孩子正捧着一个陶壶，壶中晃荡着水声。“喝水！”两个孩子衣裳褴褛，眼神中却充满了兴奋与崇拜，“大哥哥，喝水。”

“谢谢。”有莘不破仰头灌下。一个孩子问道：“大哥哥，你叫什么名字？”

“我？嗯，我叫有莘不破。”

“哦！”那男孩一路欢呼，跳着向族人跑去，“有莘不破！有莘不破！救了我们的英雄叫有莘不破！”

有莘不破一怔，英雄？这样一个词从一个天真的孩子口中呼唤出来，竟然比老师的教诲更能触动他的心。

“大哥哥。”另外一个看来比较害羞的孩子还站在他身边，“你不高兴吗？”

“啊，不是。”有莘不破确实有些怅惘的，追血祖的事情看来得搁下了。他只得宽慰自己：“就算追上了又怎么样？我打得过他吗？我原先追上来也只是存着侥幸的念头而已。算了，等齐羿令符他们，大家再一起想想办法。都雄魁既然是生擒江离，想来暂时没有杀害他的意思！”他回过神来，问那孩子：“刚才你们问了我的名字，你呢？你叫什么？”

留在他身边的这个孩子并没有打扰他思考，只是在他旁边静静地站着，这时听见，才回答说：“我叫小琪。”

小琪看来才十岁左右，身体还没有长开，加上衣衫破烂，脸上全是血污，说话行事显然没刚才那个男孩放得开，有莘不破问道：“你是个女孩子吧？”

小琪点了点头，眼珠子一溜，怯怯说道：“我是女孩子，小达是男孩子。”

“小达？就是刚才问我名字的小弟弟？”

“对。他是申屠畔大人的儿子。”

“申屠畔？”

“嗯，是我们的首领。”

申屠畔是个精干的男子，一身千锤百炼的肌肉，一双看破世情的眼睛。他受了不轻的伤，躺在牛车上，看见有莘不破，挣扎着要下来行礼，却被有莘不破按住了。

“多谢英雄相救。”

“英雄什么的不要再叫了，听着怪别扭的。称我的姓名吧。”

申屠畔微微一笑：“有莘公子。”

有莘不破说道：“你们到底是哪一族的人？怎么会和这些蛮子结上仇恨的？”

申屠畔抬起头，道：“我们乃是轩辕之后，帝喾后裔！至于这些蛮子，蛮人和我们本来就势不两立，特别是公刘[①]大人回复我族衣冠以后，更惹来他们的嫉恨！”

“公刘大人？”

申屠畔道：“说来话长，不如我们先扎下营寨再说，如何？”

有莘不破想了想，点头答应。几个孩子见了高声欢呼，旁边几个长老也心下宽慰，他们见了有莘不破的神威，知道有莘不破肯留下来，这一千多人的性命看来是可以保住了。

申屠畔倚在牛车上，一道道命令发下去。有莘不破在旁听得暗暗点头：“这男人很不错，事情安排得有条不紊，是个人才！”

忙活到天色全黑，才立下营寨，生起篝火。一个老女人捧上一盆杂

---

① 公刘：周朝远祖，后稷的子孙，周文王的祖先，对中国古代农业有重要贡献。《诗经》之中有赞美他的诗篇。

粮熟食，一个长老接过，传给申屠畔，申屠畔奉上给有莘不破："乡族贫敝，只有这些粗糙东西，请有莘公子凑合着用吧。"

"哪里！"有莘不破接过，见身边小达小琪两个孩子忍不住吞口水，知道他们多半没吃饱，随手分了一半给他们。两个孩子望着申屠畔，得他点头，才接过吞咽，小达咬了两口，想起什么来，又分了一小半给小琪。

有莘不破说道："你们的食物很紧张吧，长此下去不是办法。"

申屠畔微笑道："公子不必担心，再前行二百里，过了常羊山，就可以望见邰城了。只要见了公刘大人，大伙儿就能松一口气了。"

"邰城？"有莘不破道，"邰城早就荒废掉了，而且离这里应该还有很远吧。"

"这个邰城，不是那个邰城。"申屠畔道，"还是待我从头说起吧。"他拿起一个装了清水的酒瓶，灌了一口，道："我们本是天下八大方伯之一——邰国[①]的子民。"

"邰！"有莘不破拍手道，"妙极！原来稷的后人还在啊！"

有穷商队东归

申屠畔听有莘不破道出自己家国的渊源，脸上起了一种微妙的变化："不错！我们是稷王的后裔。稷王辅佐舜帝禹王，成就令德大业。但太康继位以后，竟然废农稷之官，不务生产，唉，搞得天下哀鸿遍野……"

有莘不破说道："这些我都知道。不过我听我祖父说，当年农神后人姬氏不愿意做大夏的农官，流离西北，早已混杂于戎狄之间，与胡人为伍了，却没想到你们能在这蛮荒之地坚持下来，不废中原衣冠。"

---

① 邰国：西周的前身，后稷的子孙所建立的方国，曾经和商国拥有相近的政治地位，后来因为被北狄包围而衰落。

几个长老听了有莘不破的话，各自叹息。申屠畔说道：“其实这两百年来，我们和这些野蛮人混在一起，早就……早就忘记了自己是炎黄血裔！披头散发，胡服胡行！唉……”

有莘不破环顾四周，说道：“不会啊。你看，连小达、小琪都很有礼貌。”

“那是多亏了公刘大人！”申屠畔道，“公刘大人虽然出生在这蛮荒之地，但念念不忘断绝了两百年的华夏传统。他带头束起乱发，端正衣冠行止。那时候我还不懂事，但听长辈们说，一开始大家都不理他，后来慢慢地就有人跟随他了。随着民族自豪感的恢复，渐渐地就形成一股力量，把大家团结起来。也不知从什么时候开始，我们都知道自己不是野蛮人了，尽管平日和他们混杂在一起，但我们知道，我们和他们是不同的。”

有莘不破听着申屠畔诉说着那段日子：“那时候，我已经开始懂事了。公刘大人带领我们兴修水利，建筑村庄，播谷撒种，歌舞节庆，祭祀天地祖先，那是一段充满激情的日子，大家都为自己是轩辕的血脉而自豪。我们越来越团结，也越来越强大。一些和我们住在一起的狄人，也开始接受我们的礼乐。当时有些长者排斥他们，但公刘大人说，中原与夷狄的区分并不是因为血统，而是由于礼乐文德。我们都信服他，所有人都信服他！虽然那时候我们还不是十分富裕，但我们每天都能昂起头来做人。周围的部族也艳羡我们的生活，一些小部族开始归依我们，但是一些强大的蛮族却对我们嫉恨起来，他们害怕我们会动摇他们的统治地位，于是联合起来要扼杀我们。”

申屠畔的语音开始紧促：“从那时候开始，我们的日子就一天比一天难过起来。蛮人不但冲进村来掠夺抢劫，而且还杀人放火！一开始还只是一种示威性的行动，但慢慢地竟然变成他们的习惯。甚至有些蛮族竟然以抢掠我们为生！我们的财富被一次次地洗劫，我们的女人被一次次地侮辱，我的男人更是前仆后继地死在战场上。这种日子一旦开始了就没有停止过，而且好像永远也没有尽头，我们的一部分族人终于受不了了，我……他们……”申屠畔连声音也颤抖起来，闭上眼睛，似乎是害怕泄漏心中的秘密："他们说：'我们为什么要为那虚无缥缈的文化和传统而抛弃我们的生命与财富？我们受够了！我们要活下去！'于是……"

申屠畔停顿下来，仿佛说不下去，有莘不破接口道："于是这些华族人就成野蛮人了。"

"不错。"申屠畔的语声微微颤抖，"很多人都……都成了蛮人。只有部分人坚持了下来，直到今天。"

有莘不破肃然起敬，道："你们就是其中一部。"

申屠畔低下头，似乎不好意思面对有莘不破的敬意。他还没说话，小达已经跳了起来，大声道："对！我们是最最优秀的轩辕后裔，怎么可以忘记祖宗、自甘堕落呢！"

有莘不破笑道："这句话是你爸爸教你的？"

"不，是庆节哥哥！"

"庆节哥哥？"

"对啊！庆节哥哥好厉害，和不破哥哥你一样厉害！那一次他来我们村里帮我们打退北狄①，一拳就把一座山给打塌了！"

"哦！"有莘不破眉毛动了动，"那可真厉害！"眼睛却望向申屠畔，想询问那位叫做庆节的少年英雄。

申屠畔说道："庆节大人是公刘大人的嫡子。"

"原来如此。"有莘不破道，"不过，既然你们有姬家佑护，怎么还会被这些蛮人逼迫呢？"

"公刘大人和庆节大人分身乏术啊。"申屠畔说道，"我们华族居住在这片土地上，原来是阡陌交错，连成一大片的。但自从华夷起冲突之后，耕地日渐荒芜，便被切断成大大小小的村庄。如今只剩下邰城周围有一大片的土地比较完整，其他的无不朝不保夕。各个村庄离得又比

---

① 北狄：上古时代北方游牧民族。其始祖其实是黄帝，是轩辕族的一支流入蛮荒之后，胡化而变成的游牧民族。据《山海经·大荒西经》记载："有北狄之国，黄帝之孙曰始均，始均生北狄。"其族以始祖领袖之名命名。

较远，守望接应很成问题。我们这次举族迁徙，就是应公刘大人的号召赶往邰城。”

“号召？”有莘不破道，“是出了什么大事吗？”

“嗯。”申屠畔说，“听说蛮族要发动总攻了。”

有莘不破啊了一声道：“你们要去协助守城！”

“公刘大人送来的讯息没说要我们去守城，只让我们全族都到邰城去。”申屠畔道，“不过不管是什么原因都好，邰城是华族在西北的中流砥柱！大伙儿一听说蛮人要来侵犯，人人自告奋勇，不肯落于人后。唉，没想到我们还没出发，蛮人就到了。一部分勇士和不愿走的老人留下替大伙抵挡了片刻，想拖延时间，让我们有机会退到邰城，但……这次如果不是有莘公子，后果可当真不堪设想。听说有个离得更远的部族在路上就遭到了袭击，全族覆没。”

一个长老惊道：“有这事，是挚任氏[1]左部村吗？怎么没听说过！”

“应该没错。”有莘不破道，“我在西来的路上，有见过一批衣冠百姓的尸体，也许就是你们所说的挚任氏。看来姬家召集你们的信息泄漏了出去，引起蛮族的疯狂反攻……咦，不对！如果只是为了守城，应该是号召你们的青壮年勇士前往，怎么你们全族拔寨而起，这不大对劲。”

“可是公刘大人传来的陶器刻字是这样吩咐的呀，”一个长老说，“蛮族不懂文字，假冒不了的。”

申屠畔道：“我也猜想过，不过那陶刻确实是庆节大人的手笔，要我们全族前往的信息假不了。我虽然想不通，但……或许公刘大人另有深意。”

有莘不破想了想，也没弄出什么头绪来，心道：“管他深意不深意，到了邰城问姬家的人就知道了。”看看已经伏在自己脚边打盹的小达和小琪，说道：“夜深了，睡吧。”

---

① 挚任氏：上古曾经很活跃的部族，周文王姬昌之妻、周武王姬发之母就是挚任部落的女子。

有穷商队出发的时间比有莘不破慢了一整天，商队整体前进的速度当然也不能和有莘不破相比。大漠一片平坦，有桑谷隽在，剑道便是一条康庄大路；有燕其羽在，有穷的行程更是“一路顺风”——因此前进速度比平常快了半倍。申屠氏拖家带口、携弱扶伤，有莘不破加入行伍以后又一改当初逃命的姿态，因此走得很慢，每日行进不过数十里。他们还没到邰城，有穷商队就已经见到挚任氏的尸群了。

桑谷隽细细检查那些尸身，说道：“是被一些很落伍的武器所杀。不过杀人者的力气可真大！”

羿令符道：“应该是戎狄。嗯，这里仍然是极西，居然有中原衣冠存在，不简单啊。可惜，可惜。”

芈压躺了好些天，已经能够下车了，但步履仍然不稳。如果说雀池边上桑谷秀的死还只是让他第一次感到惶恐，那么寒蝉的死就是他有生以来最受震撼的剧痛，他至今还没从悲痛的心情中恢复过来。这个少年望着千百具尸体，突然有了很多感触，或许这是他第一次这么深刻地理解死亡。

燕其羽没有下车。她一直生活在天山，没有什么华夏情结。至于生命——她杀过的人比这些尸体加起来还要多十倍，因此只是从窗口往外扫了一眼就不再理会。

雒灵最近懒懒的，对很多事情都没有兴致，但仍赤足步下车来，无声地祷告了几句，天地因她这几句祷告而一阵肃穆，随后消散为虚无。

羿令符道：“不能太过耽搁，走吧。”

众人都上了车，桑谷隽的无碍殿后。车马过尽，桑谷隽手指一勾，五百步方圆的地面陷了下去，一批泥土倒翻，一座无碑的坟墓把逝去的人埋葬了。

棋逢对手

有莘不破决定等齐羿令符、桑谷隽后再去救江离，便不再着急赶路，护着申屠氏一族迤逦而行。

在车上躺了两天，申屠畔伤势渐渐痊愈，这时已能自己骑马。他指着东边一座高山说："那里就是常羊山了，过了那里，就能望见邰城。"

有莘不破想起刑天的传说，问道："听说刑天就是被埋葬在这里的，是真的吗？"

"我也听过这个传说，"申屠畔道，"不过从来没听过有谁在山上见过刑天的坟墓，大概是谣传吧。"

突然马蹄声响起，听声音似乎有一行人从山那边疾冲过来。申屠畔脸色微变，有莘不破说道："不必担心，听声音最多十几骑，如果是敌人，我一刀就全解决了。我去看看，你留下，让你族人停驻警戒！"说着迎那马蹄声纵马而去，他手按鬼王刀，凝视着山口。

灰尘荡起，十余骑风马飞奔而来，为首一个青年，英姿勃发，就如一把尚未出鞘的宝剑。

他望见有莘不破，一勒缰绳，身后十余骑也一齐停下。

有莘不破心中赞道："训练得不错！看他们的装束，不是北狄。"手离开了鬼王刀，朗声道："申屠氏大部在此！对面何方英雄？是路过，还是有所为而来？"

那青年纵马徘徊在有莘不破二十余步外，两人靠得近了，再次打量对方，心中均生出一股惺惺相惜之意。青年一拱手，还没回话，有莘不破身后马蹄疾响，申屠畔大叫道："庆节大人！是自己人！"

有莘不破心道："原来他就是姬家的后人，公刘的儿子！"

那青年庆节也想道："申屠氏什么时候冒出这等人物！"

申屠畔策马来到有莘不破和姬庆节中间，马上向姬庆节行礼："庆节大人！申屠畔奉公刘大人意旨，率领全族前来！"

姬庆节点头说道："听说消息泄漏了！有些部族已经遭到袭击，我应付完北边的事宜，正要前去接应。怎么样？你的族人都还好吧？"

申屠畔叹道："我们的家园已经被狄人给毁了！我们在半路上遇到伏击，如果不是有莘公子出手相救，只怕这当口已经全军覆没了。"

"有莘公子？"姬庆节纵马向前几步，"就是这位英雄吗？"

有莘不破笑道："英雄就不敢当了，有莘不破正是！"

"你是有莘氏之后？"

有莘不破大声道："不错！"想起这个姓氏，话声中自然而然带着一股自豪。

姬庆节盯着他，良久，突然喝道："申屠畔！让开！"

申屠畔一怔："大人……"

"让开！"

申屠畔不敢违拗，策马让开。

姬庆节取出一柄麒麟钺，冷冷道："出手吧。"

有莘不破大奇道："打架我不怕，不过我不明白哪里得罪你了。"

姬庆节哼了一声，冷笑道："有莘氏祭祀早断！你冒充谁不好，偏偏来冒充有莘之后！"

申屠畔心中大急，一时却不知该不该插口。

有莘不破却不以为忤，因为姬庆节说的确实也是实情，只是笑道："你说我冒充？"

姬庆节哼了一声："你假意救下申屠氏，是想趁机混入我部城做内应，是不是？"

申屠畔一听脸色大变。有莘不破却仍笑吟吟不答话。姬庆节喝道："是北狄王始均厉[①]派你来的，是不是？"

有莘不破笑道："不是。不过我知道说了你也不信。来吧！咱们打一架！让你看看我有莘氏好男儿，岂是那什么始均厉能使唤得动的！"

---

① 始均厉：北狄族长名，北狄一族出自轩辕黄帝，以始祖之名为姓，始祖是黄帝之孙始均。详细请参看209页的注释。

申屠畔急得像掉进热汤中的蛤蟆，姬庆节的神威他是知道的，在他心里，有莘不破虽然勇猛，但无论如何也不可能胜过公刘大人的儿子。“如果这有莘不破真的是个奸细，杀了他也无所谓，但如果误杀了好人，那可就……”忙叫道：“庆节大人！这事得先查清楚！”

有莘不破却早掣出了鬼王刀，大笑道：“查什么！打一架就清楚了！你们姬家种田是天下第一，却不知打架在不在行！”

姬庆节手中麒麟钺一反，喝道：“下马受缚！如果你不是奸细，姬庆节亲自给你斟酒谢罪！”

有莘不破放声大笑，驱使风马冲来，姬庆节眉毛一扬，举麒麟钺迎了上去，和鬼王刀一撞，座下两匹风马抵受不了座主胯下传来的大力，两声哀嘶，一齐软倒。

有莘不破和姬庆节流星般弹起，鬼王刀和麒麟钺连珠般碰撞，方圆百丈之内火花飞溅，气劲交冲。申屠畔和姬庆节带来的从人渐渐抵挡不住，一步步地后退。申屠畔心想庆节大人面对始均厉也敢硬拼，有莘不破不知能支持多久。谁知道，一轮激斗下来，麒麟钺竟然被鬼王刀压在下风。

姬庆节的一个从人移近申屠畔身边问他：“这厮好厉害！你在哪里遇到的？知道他多少底细？”

申屠畔被问得不知道如何回答，苦笑着摇了摇头。

蓦地战场上响起一声惊雷，却是有莘不破的大笑：“好！好家伙！桑谷隽之后再没遇见这么好的对手了！”

姬庆节却不说话，纵身而起，凌空一个倒翻，麒麟钺斜劈，空气中响起一阵噼啪爆裂之声。申屠畔大惊：“爆流麒麟斩！使不得！”

有莘不破见到这招也是一怔，不敢硬碰，张开季丹洛明传下的气罩，竟然也抵挡不住！忙就地一滚避开，颇为狼狈。那“麒麟斩”被这气罩一阻一弹，也偏了方向，余锋所及把十里外一座山头劈坏了半边。

有莘不破受挫，不怒反喜，叫道：“你也受我一招！”

姬庆节见了有莘不破的气罩，已是一怔，突然脚下一浮，竟然被一股旋风卷了起来，周围气流如刀如剑，只一瞬间就割得自己遍体鳞伤。

有莘不破眼见姬庆节身处大旋风斩之间，只是一开始受了点小伤，随即张开一个和有莘不破一模一样的气罩，任凭大旋风斩内部如何阴阳交撞、龙虎相冲，却再难突破他的防御。

有莘不破一见，心道："这家伙得到过季丹大侠的指点！"他已经打过了瘾，又知道再斗下去就是生死相拼的局面，当下不为已甚，鬼王刀回鞘，乱了大旋风斩的阴阳平衡，大旋风斩登时变成乱风。

姬庆节彗星般降下来，双脚着地，震得地面一片龟裂。他衣裳破烂，身染血迹，但看有莘不破的眼神反而友善了很多。

姬庆节的从人冲了上来，隐隐对有莘不破形成半包围的态势，姬庆节却举手止住了他们："不得无礼，退下！"从人退下，申屠畔见双方有和解的意思，心中一宽。

姬庆节重新打量了一下有莘不破："有莘不破？"

有莘不破头一昂，道："有莘氏！有莘不破！"

姬庆节收起麒麟钺，拱手道："多有得罪！"

有莘不破笑道："你信了？"

"你懂得'无明甲'，显然得到过季丹大侠的真传。"姬庆节微笑道，"季丹大侠眼光如烛，他的传人不可能是歹人。"

有莘不破笑道："我不算他的传人啦。他就只是教了我两手功夫。无明甲吗？这名字可真不错。"

姬庆节奇道："你的无明甲功夫练得这么深，难道还不知道它的名字吗？"

"嘿！他教我学，名字却没问。我还以为这只是他的一项连名字也没有的基础功夫呢！"

姬庆节嘿了一声，道："基础功夫？哼，把这基础功夫练好了，天下就没多少对手了！"

"也是！"有莘不破道，"不过听若木大哥说，季丹大侠最厉害的是'空流爆'，偏偏他走得太匆忙，我连缠着他教我的机会都没有。"

姬庆节听他说出"空流爆"的名字再无怀疑，走近前来笑道："他也不肯教我。说这招只能是他的嫡系传人能学到。"

有莘不破道：“不过，你刚才那招也挺厉害的！说不定和空流爆有些关系。”

“是吗？麒麟斩是我自己悟出来的，后来我父亲和季丹大侠一起钻研，帮我完善。至于‘空流爆’，我也只是从我父亲那里听过这名字。你见过吗？”

“差一点就见到了。”有莘不破道，“我们在西南打九尾，季丹大侠眼见就要使这招，却被羿令符那鸟人抢先了。”

“羿令符！”

“这个名字你听过？”

姬庆节一阵向往，道：“几年前季丹大侠来我家，跟我提起过这个人，说是中原近二十年未见的少年高手！很可能是箭神的传人，可惜失踪了。怎么，他已经复出了吗？”

有莘不破哈了一声笑道：“他是我的好朋友来着，过段时间你应该就可以见到他！嗯，我还有另外几个好朋友，和羿令符都有得一比！到时候……咦，申屠大哥，你有什么事情吗？”

有莘不破和姬庆节一说起季丹洛明，聊到共同的崇拜对象，话题一开，竟然聊得忘乎所以，就像多年的老友。申屠畔在一旁看着，一开始是高兴，后来就觉得不大对劲了。听有莘不破这么一问，礼貌地躬一下身，道：“申屠畔本来不敢打断两位交谈，不过……”他往停驻在远处的申屠氏一族一指，两个年轻人马上醒悟过来。

姬庆节笑道：“此时此地，的确不是聊天的时候！”他走上来握住有莘不破的手说道：“有莘兄，咱们不打不相识，到了邰城一起煮酒共话如何？邰城现在虽穷，几坛好酒还是有的！”

有莘不破大喜道：“好！”

姬庆节转头对从人道：“帮申屠大哥整顿行伍，回城！”

从人还没答应，姬庆节的耳朵突然耸了耸，警惕起来。有莘不破也察觉到一些不妥，道：“西北边好像有人过来了！”

申屠畔道：“西边？挚任氏听说已经覆灭！我们一路来遇见的部落也早已响应东迁，没一个村子有人，西北没我们的人了！”

姬庆节的一个从人伏下听地，听了一会叫道：“不好！来势很凶猛，这气势——只怕是大军！”

姬庆节当机立断，一摆手，对从人道：“你们带领申屠一族赶紧撤往郜城！”又转向有莘不破：“有莘兄，咱们断后如何？”

有莘不破笑道：“妙极！”

两人携手，正要举步，一抬头，看见天上徘徊着一头秃鹰。

进驻郜国

有莘不破见到那头秃鹰，大喜道：“是他们！来得好快！”

姬庆节听说，道：“朋友？”

“是我的伙伴和属下。”有莘不破道，“他们来了就什么也不要紧了！现在就是有十万北狄冲过来，我也有把握叫他有来无去！”

申屠畔和姬庆节的从人听了这话无不暗中摇头，但眼见少主待有莘不破甚厚，口中都不好说什么。

姬庆节却道：“有莘兄的朋友，自然都是人中龙凤！”

有莘不破还没回答，林木后闪出一条影子来，却是一头张牙舞爪的猛兽！郜国人众大惊，有的已经立马取出弓箭刀斧，却见那猛兽背上坐着一个脸色苍白的少年。

“芈压！”

那少年早看见有莘不破了，他座下神兽不待主人吩咐，飞一般跃了过来。郜国人众听有莘不破叫唤，猜想是认识的人。但看到驺吾狰狞的样子，心下无不警惕。

驺吾奔近前来，芈压叫道：“不破哥哥，呵，我们可赶上你了。”

“你的伤怎么样了？”

“还好。”芈压说，“肚子里的火气烧山不行，烧灶还可以。”

有莘不破哈哈一笑，道：“大伙儿呢？”

“我们远远看见你的大旋风斩，就赶过来了！他们也快到了。”芈压道，“不破哥哥，江离哥哥呢？追到没有？”

有莘不破暗叫一声惭愧，摇了摇头。

芈压却道：“没追到也好。我们一直都很担心，怕你追到了反而遭了那血祖的毒手。”

他“血祖”两个字出口，自姬庆节以下无不变色。都雄魁的恶名，就是远在西北的稷之后裔也都有听闻。

姬庆节心道：“莫非有莘兄和血魔有过节，听他们的话似乎还有个朋友落在血魔的手里。有莘兄胆子可真不小，居然敢去追血祖！这里的事情告一段落以后，可得看看能否帮上他的忙。”

只听有莘不破道：“那事情且放下吧。芈压，来，我给你介绍个新认识的朋友——这是姬庆节！好功夫！好汉子！”他不说庆节是邰国的王子，却给了这六个字的评价，姬庆节却听得心中大喜。有莘不破又道：“姬兄，这是我的伙伴芈压，别看他年纪比我们小些，嘿，发起火来连我也害怕。”

姬庆节敛手，和芈压行平辈之礼。

芈压大喜，跳了下来施礼，说道：“不破哥哥说是好汉子，那就一定是好汉子！”他现在已经比刚出祝融城的时候成熟多了，但桑谷隽、羿令符等不自觉间还是把他当孩子，他每每为此不悦。姬庆节这样礼见，那是把他当成大人了，最合他的胃口。

但邰国人众却有些不悦，心想少主谦虚多礼也就算了，你有莘不破也太孟浪了，随便一个小孩也介绍来和少主平起平坐。

姬庆节和芈压聊了两句，他的属下听说芈压居然是祝融城的少城主，这才心气稍平。跟着车辙辚辚，远处出现一支队伍。芈压道：“庆节哥哥，那是我们的商队哦！威风吧？”

“商队？”

“是啊！”芈压得意扬扬道，“叫有穷商队。不破哥哥是我们商队的台首，我也是首领之一哦。”

姬庆节微笑道：“有穷商队我听说过，但那是在东南方的一支极有名气的商队，我们这里已经是西北，你们居然从西北边来，呵呵，可真有些不可思议了。”

“是这样的，我们啊，是从祝融城出发，然后进入巴国，遇见了一个小白脸强盗叫做桑谷隽……”芈压正要讲述一路来的经历，桑谷隽的声音从地底传来：“芈压！谁是小白脸！”

在众人惊讶声中，独狳驮着一个英挺的青年，从地底浮了出来。芈压向他扮了个鬼脸：“难道你的脸不白吗？商队里除了江离哥哥和雒灵姐姐，没人的脸比你更白了！”

“小鬼！找打！”

“来啊，谁怕谁！”

一个洪亮的声音道：“这里有朋友在，你们就不能正经点吗？”一匹风马自远而近，马上一人，腰间盘绕大蛇，头顶徘徊秃鹰，眼睛一扫，连姬庆节也感觉到来自这个男人身上的压力，心道：“有莘不破的朋友，果然个个都不简单！”

不久，商队的大队到达，有莘不破把几个伙伴和四长老等给姬庆节一一介绍。邰国人众听说桑谷隽是巴国王子，又都吃了一惊。要知道巴国和邰国同列八大方伯之一，邰国早已没落多年，而巴国却至今繁盛，因此桑谷隽的身份在这些人眼中自然尊贵无比。不由对这群人又看高了几分。待见了有穷的铜车队，虽然只有几百人，给人的压迫感却远胜千军万马，先前的不屑一扫而空。邰国所有人中，只有姬庆节的态度一直保持不卑不亢。

有穷商队中随行的两个女孩子，雒灵只打开松抱的窗口露了一下脸，燕其羽坐在芭蕉叶上，对姬庆节也是爱理不理的。姬庆节却一直以诚相待，好生礼貌。

羿令符道：“邰城就在附近吗？”

姬庆节道：“不远，过了这座山头就看见了。”

羿令符道：“既然如此，还是快上路吧。这么多人马，若是错过了宿头，到了夜间只怕有些不便。”

有莘不破、姬庆节都称有理。

羿令符又道：“这些民众扶老带伤，车马又不足，要走到几时，不如让没有车马的全部上车吧！”

姬庆节称好。不多时人员便安排妥当，却还有一大堆杂物没法搁在车上。桑谷隽皱眉道：“这些东西也还要吗？”

申屠畔道：“这些东西都不值钱，但都是日用必备，要是丢了，只怕到了郃城安顿起来有些不便。”

羿令符道：“那就搬上车吧，手脚快些。”

旁边燕其羽哼了一声，手一挥，刮起一阵大风，把那大堆杂物都卷了起来向郃城的方向飞去。申屠畔等一直对燕其羽不放在眼中，一见之下才个个收起了小觑之心。

有穷商队的铜车走起来可就快多了，没半个时辰便绕过了那脉挡住视线的山岭。

“那就是郃城了。”大伙儿顺着姬庆节的手指望去：一圈半高不矮的土城出现在视野之中。

这郃城是公刘一统西北华族之后才开始兴筑的一座城池，其规模不仅不能和夏都、亳都相提并论，就是和寿华、祝融等城池相比也远远不如。有莘不破远远望去，只觉那圈土墙又矮又不结实，心道：“这样的城墙，真的能用来防守？要是我，一刀就劈垮了！”然而这话他没有出口，中原诸侯传统深远，公刘在西北重新构建家国时却是一穷二白，对于能够自拔于戎狄之伍、在蛮族包围中维持多年不堕的姬家，他还是心怀敬意的。

城墙脚下，到处是青青禾苗，一个个的农家园圃连成一大片。

有莘不破叹道：“这片土地这样生机盎然！如果江离在此见到，一定很高兴。”

姬庆节忍不住道：“江离这个名字我听你提到两三次了，是你的朋友吗？”

“好朋友！”有莘不破道，“一个半点毛病也挑不出的人！”

姬庆节叹道：“听你这样称道，庆节可真的很想结识他。”

有莘不破咬了咬牙，道：“他现在被一个魔头给掳走了！不过，我们一定会把他救回来的！”

桑谷隽和芈压一齐道："不错。"雒灵在松抱中没什么动静，羿令符嘿了一声，转换了个话题道："这城池筑得不好。首先选址就不对！"

姬庆节眼睛一亮，道："哦？"

羿令符扬鞭指着说道："这城池左右都有高山，为何当初不依山而建？那样不但省下许多材料，而且更加易守难攻。"

姬庆节微笑着说道："刚才有莘兄赞这片土地一片生机，其实，这城池南面的农田稼穑，比北面广袤十倍！"

羿令符略一沉吟，点头道："原来如此！"心道："这城池和左右的高山就像三堵连成一线的屏风，把城池背后的庄稼遮挡了起来。嗯，是了，这城池保护的不是邰城本身，而是利用邰城这个屏障来保护城南的土地！这么看来邰城的东南边应该是没有强大的戎狄存在，或者有但已经被他们解决掉了。不过，怎么还是觉得有些不对劲啊。嗯，这样的格局是不能持久的……难道……还有让其他华族迁来邰城的命令也很奇怪。"他想了一会，心道："如果邰城内全是有所准备的临时居所，那我的猜测九成就错不了！"

黄昏左右，有穷商队终于抵达邰城。

姬庆节叫开城门，领头而行。城门内，果然到处都是帐篷、竹棚等临时居住的场所。设施虽然简陋，但作为临时起居之所，却足以把进城的有穷商队和申屠氏一族全数容纳。

姬庆节道："西北幸存的九十七部，此刻已全到了。有几部不幸遭到北狄的毒手，他们空出来的地方，就且作为有穷商队的暂驻地吧。"

雒灵出走

有穷进驻邰城。这里一切从简，连内城的建筑也无足称道。国主公刘正在闭关中，城中大小事务均以庆节为首。晚间庆节设宴，却也只是些简单的粟食酒水。

桑谷隽和姬庆节一见如故，相交甚欢，有莘不破却有些闷闷不乐。

姬庆节心中纳闷，私下问桑谷隽道：“这晚宴有什么地方不对吗？”

“没有啊。”

姬庆节道：“那有莘兄怎么不高兴的样子？莫非嫌弃我们办得太过穷陋？”

桑谷隽笑了起来，在他耳边道：“你看看他身旁。”

“身旁？什么都没有啊。”

桑谷隽笑道：“就是什么都没有他才不高兴嘛。他和雒灵很多天没见面了，见了面却一直没有私下相处的机会。这会雒灵又托身体不舒服不出席，他会有精神才怪！”

姬庆节恍然大悟：“那怎么办？”

桑谷隽笑道：“你趁早把宴会结束掉，他保证马上溜回去，跑得比野马还快。”

“这……不大符合礼节吧，太怠慢了。”

“什么怠慢？我们这群人不太讲究这个的。宴会结束之后你另外再请我喝酒就是。”

姬庆节点点头，不动声色地加快进度，劝散席酒。有莘不破大喜，干酒作别，果然野马脱缰般溜回去了。

邰城的棚屋还不如有穷的铜车舒服，因此有穷众人仍然住在车中。和有莘不破会合之后，羿令符另外给燕其羽安排了住处，此刻雒灵正独个儿躺在松抱中，翻滚着身子，似无聊赖。

有莘不破在车外，搓着手，似乎在想着怎么和雒灵见面。

雒灵在车内，聆听车外有莘不破那乱糟糟的心声，猜想着有莘不破会和自己说什么。

一阵夜风刮过，吹得有莘不破酒意起，他脑袋一热，什么也不想了，掀开了车门钻了进去。车中全是女人味道，有莘不破被这味道一冲，脑袋又迷糊了几分，盯着雒灵，一时也不知说什么好。雒灵背着他，等着他开口。

“喂。”有莘不破推了推她，雒灵不应。

“这个……”有莘不破又推了推她，雒灵转过头来看着他。两人目光相对，一个不知道要说什么，一个等着对方说话。

有莘不破毛躁了一会儿，还是不知道说什么好，拉住她的手，跟着搂住她，要亲亲她。雒灵让他亲着，一开始只是没反应，后来发现有莘不破的身体开始燥热起来，知道他要求欢，心中一烦，甩开了他，把他推下车去。

车门合起，有莘不破跌坐在松抱外边，彻底愣住了，又一阵夜风吹来，把他彻底拂醒。他就像一只斗败了的公鸡，垂头丧气、全无目的地乱走着。蓦一抬头，原来又到了内城的住处。屋内灯火未熄，姬庆节正在里面招待着桑谷隽和芈压喝酒。

有莘不破怕进去了让桑谷隽猜出端倪取笑，恹恹离开，没走几步，背后有人从覆翼小筑中出来。有莘不破一回头，却是少了几分英气、多了几分心事的燕其羽。这对男女见面都是一怔，也没说什么，一起漫无目的地走着，一开始一前一后，慢慢地就变成并肩而行。

“怎么不在里面喝酒？却出来喝西北风？”

“你呢？不在松抱中哄雒灵，却跑出来溜达！”

“唉，我……我是被踢出来的。”这句话如果遇到桑谷隽或者芈压，他是打死也不肯说的，然而在燕其羽面前却吐露了真言。

“一定是你太粗鲁了。”

“粗鲁？”

“你是不是一回去就搂着她，想干那事情？”

有莘不破脸上一热，讷讷说道：“我……好久没见她了，而且……”

“换了我一样把你踢下来！”燕其羽说了这句话突然也觉得有些不好意思，便不再发挥下去，转道，“我和她一句话也没说过，但看得出她最近心情很不好，你要小心些。”

“小心？”

“嗯。虽然她是一个很聪明的女孩子，但越聪明的女孩子越容易想歪了。”

“想歪了？”有莘不破吓了一跳，“她可是心宗的传人耶！心灵修为比谁都了得！”

“心宗？心宗又怎么样！嗯，或者正因为她是心宗才更危险。”

“为什么？”

“心宗的事情我不懂，不过我跟了仇皇这么久，对血宗的事情还知道一些。血宗的高手修炼到一定程度，元婴的修行就会面临一个瓶颈，那时候身体各方面都会出现一些紊乱的现象，仇皇没有身体，但血池也因为他而出现了一些问题。”

“血池出现问题？那是什么时候的事情？”

“就是近年。正因为仇皇和血池都出现了问题，我才有空隙偷偷到西南去，才会在雀池那边见到你们。”燕其羽轻轻叹了口气，道，“最近半年，仇皇做了很多倒行逆施的事情，或者也和这个有关。嗯，你们要是早来一年，或者晚来半年，只怕就没那么容易全身而退了。”

“血池的事，早晚都没关系了。反正都已经过去了。啊，不知道都雄魁会不会也有这个问题，如果我们能趁他……”

“没用的。”燕其羽道，“我没见过他，但曾听仇皇大人揣度过他的进度，都雄魁大人应该早已度过那一关了。其实仇皇大人在许多年前就已经度过那一关，只是他受到过重创，这才需要重新度劫……我的意思，你明白了吗？”

“你是说想趁血祖度劫的时候救江离是不可能的，是吧？”

燕其羽停下脚步，瞪了他一眼，冷笑道：“谁跟你谈江离、血祖的事情了？我是说雒灵！”

“雒灵？”有莘不破也停下了脚步。

燕其羽道：“心宗和血宗齐名，一理通，万理通！血宗有元婴上的问题，心宗高手修炼到一定阶段只怕也会有类似的问题！”

有莘不破恍然大悟：“你是说，雒灵现在……”

“我只是猜测而已。”燕其羽道，“更何况，就算她现在还没到那个阶段，你也应该对她用心点才是……她……她怀孕了你知道吗？”

有莘不破的双眼瞪得像两个大铃铛：“怀……怀……怀……怀孕？”

见燕其羽点了点头，有莘不破一声怪叫，跳了起来，乱敲自己的脑袋："原来如此，原来如此！我怎么就没发现？我真是一头猪！"他乱叫一通，疯疯癫癫地就往松抱跑去，连和燕其羽道别也忘记了。

燕其羽对此自然不放在心上。她看着有莘不破远去的背影，喃喃道："男人，你们为什么老是这样粗心……"她眼中看着的是有莘不破的背影，心中却想起另外一个男人。

羿令符没有和桑谷隽等一起喝酒，他让姬庆节派一个将领带着他满城溜达。邰城的覆盖面颇广，要不然也不能让西北华族全部暂时迁移进来。但城内设施却简陋之极，城墙也很低矮，根本不可能赖之以抵挡一次大规模的进攻。

"如果公刘没有失算的话，那他应该是想御敌于城外。可邰的兵力也不足以做到这一点啊。嗯，那多半就得靠公刘个人的神通了。还有城北的山脉走势似乎也有些古怪，莫非和什么阵形有关？公刘在这当口闭关，多半也和这件事有关。"

突然给他带路的那个将领惊道："不好。"

"怎么了？"

"有人要跳城墙！"

羿令符顺着他的手指望去，城墙上一个单薄的身影摇曳在春末的夜寒中，那窈窕的身形十分眼熟。

邰国那将领道："我马上派人……"

"不必。"羿令符道，"是我朋友，这事我来处理。"

突然那身影微微一晃，跌下城去。羿令符大吃一惊。龙爪秃鹰通灵，一把抓起他向那城墙冲去。羿令符才在城头落足，落在城外那窈窕的身影早消失在夜色当中。

有莘不破冲到松抱外面，要掀开车门，随即又停下，想要敲门，举起手来又放下。如此徘徊犹豫，不知过了多久，终于把脸贴着车门，轻轻叫唤着："灵……灵儿，开门好不好？"

车内没有动静，有莘不破又道："你都已经是我……我妻子了啊，别任性了好吗？哦，不对，任性的是我这个丈夫。我……我其实是不知道怎么说话啊。唉……我也没和你说过几句话。其实，我心里对你有一大堆话的，可就是不知道该怎么出口。有时候我觉得你明白的，但有时候又怕你未必明白。”

车内还是没有声音，有莘不破以为雒灵还在生气，以一辈子从没有过的轻声细语叫道：“灵儿，灵儿，灵儿，灵儿……”

“不破，你在干吗?”

有莘不破听到羿令符雄壮的声音吓了一跳，满脸羞得通红，口吃吃说：“没……没什么。”

羿令符赶近前来，问道：“你和雒灵到底怎么了？”

“没，没什么？”

“没什么？”羿令符道，“那你们干吗不待一起?也不看看现在是什么时候？”

有莘不破嘿然冷笑，换了一副什么也不放在心上的样子，说道：“谁知道她们这些女人的心里在想什么?不说了，我们喝酒去。”

“喝酒？那雒灵怎么办？”

“管她！让她好好在车里睡上一觉，明天醒来就没事了。”

“车里？睡一觉？”羿令符冷冷道，“你打开车门看看。”

有莘不破一愣，随即想起：“羿令符这会子跑来问我和雒灵的事情干什么？他可不是喜欢管男女闲事的人！”心知不妥，跳起来掀开车门，松抱中空空如也，哪有雒灵的影子？

蛮族夜袭

“不破发现我不见了，会怎么样呢？”雒灵没有见到有莘不破掀开车门后几乎发狂的样子，她漫步在黑夜中，心中感叹自己的本事太强，“他们总是说，我是不需要人担心的。江离这样说，羿令符也这样说。没人会担心我的。旁人不会，不破也不会！不破不见我，大概只是不解我的去向罢了，根本就不会担心我的安危！唉，我为什么要显露自己的本事？一开始就做个小女人多好！”

她想起了血池，好不容易制造了一个可以看看情人反应的险境，却被天狗给破坏了：“都是那个寄存在僵尸上的亡灵！早知道在大漠里就把他超度掉！”

她想到戎狄中去，可又担心戎狄的力量太弱。“那些野蛮人能有多大本事？唉，除了四宗师、三武者，要找比我们几个强的人真是太难了！而几位宗师根本就没理由来难为我！祝宗人已逝；天魔和我素无瓜葛；都雄魁好像和师父、师姐都很有交情的样子，也没为难我的理由；季丹洛明对我也不错；血剑宗和有穷饶乌失踪多年；还有不破的师父……唉……”

走着走着，雒灵突然发现风声有异！

“有人夜袭！”

她聆听了一下心声，却摇了摇头：“这批人马大概能给部城造成混乱，甚至冲进城去厮杀一阵，但却还奈何不了我。我要是故意被他们拿住也太明显了。别人不说，羿令符那男人第一个瞒不过去！再说被这批人马捉住，不破他们要来救我也不难，没有危难，看不出他的心意。”

想到这点，她往林木草石间一缩，让这支队伍过去。

“有动静！”覆翼小筑内，桑谷隽站起身来，右手张开按住地面，感受大地的震动，“人数不少，怕有上万人！夜里能走得这样隐秘，嘿，只怕是要夜袭！”

姬庆节倏地站起身来，传令戒备。

芈压跃跃欲试，桑谷隽道：“芈压，你守内城！”

“我不要！”

桑谷隽道：“这支人马虽然不少，我勾勾小指头就解决了，不会有激烈的大战的。你还是养好元气等着到夏都大战吧！”

芈压在心里权衡了一下，心想还是夏都的大战更精彩些，加上自己的元气确实还没有恢复，便答应了。

桑谷隽对姬庆节道："兄弟，我们一起去看看北狄有什么本事敢来相犯！"

"好！"姬庆节道，"家父闭关，众位长老将军和始均厉差得太多。小弟独立支撑，孤掌难鸣，幸亏有各位仁兄在此！现在就是始均厉亲到，我也不怕他了！"

桑谷隽笑道："姬兄弟太客气了！嗯，你说的那始均厉就是北狄的酋长吗？真有那么厉害？"

"始均厉是西北蛮族承认的共主。"姬庆节道，"这人实力和家父相捋。庆节遇上了也只能勉强抵挡。他害怕家父危及他在西北的统治，因此这几十年来对我们的打压可谓不遗余力！"

桑谷隽笑道："实力越强越好！嘿，我就不信能比仇皇还厉害！"

两人一边说话，一边并肩出门，走到中途，一个将领来报："有穷台侯、有莘公子出北门去了！我们拦不住！"

姬庆节一怔，桑谷隽骂道："这个有莘不破，抢功劳也用不着这样子没风度！"

那将领道："有莘公子出北门还在传下警戒令之前，似乎和敌人夜袭没什么关系。"

"哦？"

"听说是有莘公子的夫人失踪了。"

"夫人？"桑谷隽道，"说的是雒灵吗？"

"好像是。"

说话间已到北城门，城楼上屹立着一个英伟男子，背负日月弓，正是羿令符。

两人上了城楼，桑谷隽劈头就问："不破和雒灵怎么回事？"

"不知道。"羿令符道，"或许是两口子闹什么矛盾。"

"不破连火山爆发也不怕，没什么好担心的。雒灵就更不用担心了。我担心的倒是那些来犯的北狄。"

羿令符奇道："你没信心对付他们？"

桑谷隽笑道："不是，我是怕那些北狄遇上这对男女，还没到城下就给全部放倒了，那我们今晚岂不是很无聊？”

羿令符道：“别太轻敌，别忘了天外有天，人上有人！姬兄，这北狄中可有高人吗？”

姬庆节沉吟道：“北狄的盟军，实力较强的有十大族长、八大祭师，但这些人都还留难不了有莘兄。八祭师之上有一位大祭师，只是从来没露过脸，不知深浅。十族长之上，更有一位共主，那才是真正棘手的人物。”

桑谷隽道：“就是那个什么始均厉？”

“不错。”

“始均厉……”羿令符道，“我好像听说过，啊！北荒之魔，千里冰封！”

姬庆节点头道：“没错。”

桑谷隽道：“什么千里冰封？”

羿令符道：“以后再跟你慢慢解释。总之这个家伙很厉害，不破若遇上了未必对付得了。他若是只身陷入重围，只怕有些危险！桑谷隽，我们得去接应！”

“真有那么严重？”

姬庆节道：“羿兄说的正是我所担心的，大家一起去接应吧。”

羿令符道：“不！你还是留下看好城池。”

姬庆节指着远处的山脉道：“你看！那十二座山峰是我族数十年利用苍天之象、后土之势所布列的一座巨大迷阵！一旦发动，就是始均厉也难以破解。有这大阵挡在前面，邰城不会有事的。”

羿令符道：“这次夜袭规模未必很大，再说已被我们提前识破，估计不会有什么作为。这个大阵就不必启动了。就算遇上始均厉，我们三人联手也足以应付。”

桑谷隽环顾左右，问道：“对了，燕姑娘呢？”

“她来看了一下，就回商队休息去了。你认为有必要现在请她出手帮忙吗？”

桑谷隽笑道：“几个小胡贼，何必劳美人芳驾！”

有莘不破依照羿令符的指示，沿着雒灵消失的方向一路找寻。他从来没像现在这样担心她，一路上心情乱糟糟的。走出一段路程后，便发现前方有异。他迎了上去，遇见了北狄的先头部队，也不管三七二十一，他竟然冲上前去问："喂，你们有没有看见一个女孩子？很漂亮很安静，赤着双脚。"

蛮族将士似乎听不懂他说什么，或者根本没想理会他。一个骑士冲上来当头就是一刀。有莘不破一跳闪过，怒道："我好好地问你们，干吗招呼也不打一声就动手！咦！这么多人！"

一个看来是蛮族将领的人咕噜咕噜说些什么，十几个骑士围了上来，向有莘不破砸砍。

"砰"一声响，蛮族骑士连人带马被有莘不破张开的"无明甲"震得七歪八倒，兵器更是被震飞得老远。那将领大呼一声，又有数百蛮族骑兵冲了过来。有莘不破冷笑道："来者不善，善者不来！看你们这模样是要去打部城！嘿，小爷今晚心情不好，就先拿你们消消火气！"

雒灵站在远处，看着有莘不破冲进蛮族行伍里狂杀，却没有出去帮忙的意思。"有将近一万人，够他杀一阵子的了。不知里面有没有高手压阵。啊，出来了！"

北狄的最高将领见闹出这么大的动静，知道今夜的偷袭是不成的了，那来历不明的华族青年又太厉害，当下传令收兵。这拨北狄的军纪还算不错，听命收敛，但有一头野兽却从北狄的队伍中冲了出来，疯了一般向有莘不破咬去！

那猛兽的身形比大象更庞大，行动却比老鼠还敏捷。

有莘不破正愁普通蛮族不堪一击，见了这猛兽来了兴趣，叫道："好！刚好给爷爷消气！"

鬼王刀变得硕大无朋，一刀砍在那怪兽的脖子上！只听当的一声有如金石相撞，鬼王刀竟然被弹开了，那怪兽的脖子却只蹭了一层皮！以有莘不破下盘之稳，竟然也被它这一冲之势震开！

北狄已经被有莘不破杀了近千人，为首那将领下令下属缓缓收拢。

大军之前一人一兽来往冲击。那怪兽不要命地向有莘不破不停地冲撞，有莘不破哪会闪避！大喝一声，展开“法天象地”，化作一个巨人，丢了鬼王刀，和那怪兽硬顶角力。

好一场人兽大战！

雒灵却看得暗暗皱眉：“这怪物又不是无懈可击，干吗非得和它比拼蛮力？这怪物生得也好生奇怪：象身虎头，却非象非虎；龙鳞蛇尾，却非龙非蛇。最奇怪的是我明明没见过这种怪物，却觉得它似曾相识。可是这么奇怪的长相，按理说应该一见难忘才对啊！”她搜索了记忆中的各种奇异生物：“如虎如象，如龙如蛇……这种怪物从来没听说过，嗯，倒像是拼凑起来的一个怪物……拼凑……啊！”雒灵想起来了：“是它！原来是它！怪不得它这样疯狂！不破和它有杀主之仇啊！”

外忧内患

雒灵凭着那怪物的气息，猜出它就是三天子障山窫窳寨寨主札罗的座下妖兽——窫窳！当初有莘不破为了吞并窫窳寨的财物“补贴家用”，同时替羿之斯报仇，率众灭了窫窳寨。

那场夜战发生之时雒灵和有莘不破还没相遇，后来她在有穷商队待久了，偶尔也听人提起那场恶战，知道札罗的那头窫窳恶兽已经死在有莘不破的刀下。

“没想到它还没死啊。嗯，师父说过，窫窳是从血宗逃出来的一头灵兽，想来是血池里生出来的怪物，大概那次不破没有摧毁它的元婴，所以留下了性命。却不知道它从哪里吞并的龙蛇虎象，练得比当初厉害多了！”

窫窳此刻皮肉之坚硬几乎可以和蛊雕媲美，但毕竟根基短浅，没有蛊雕的千年修为。若江离在此，举手间便能以草木之气息侵入它的肺腑；若雒灵出手，一动念便能令它俯首称臣！有莘不破却和它硬碰硬，强对强，一时却斗了个旗鼓相当。

雒灵心道："窫窳为什么会出现在这里？只是巧合吗？这头灵兽虽然是个兽体，却有着通灵智慧！它见识过有莘不破的厉害，如果没有靠山的话，凭它现在这点本事，未必敢再跑出来撒野。再说，它既被不破摧毁了身躯，如果没有高人帮忙的话，这一两年间只怕也没法达到现在的程度。"

高人……高人……雒灵心中转了几转："会是谁呢？"

北狄的将领眼见有莘不破和窫窳斗了个不分胜负，驱兵来援，突然空中一声鹰鸣，"巨灵之杵"射下，把窫窳撞得连翻几个跟头。

有莘不破叫道："羿老大你别插手，等我活捉它回去给芈压煮汤！"

羿令符道："你老是这样不分轻重缓急！跟一头畜生斗什么狠！雒灵呢？"

有莘不破一怔，还没等回话，北狄千军万马已经急冲过来。

有莘不破捡起鬼王刀，就要出手，数百丈方圆的地面突然下陷，泥土倒翻，把冲在最前面的千余人马给活埋了。那北狄将军见形势不妙，下令撤退。

地底一声连远山都响应的笑声传了出来："还想走吗？青山隐隐——"

几座土山突兀耸起，拦住了兵马去路。"都给我下地狱去吧！裂！"一场地震震得无数北狄颠簸落马，大地裂开几条缝隙，把千百人马吞没之后又再度合拢。

北狄的退路被截断，狗急跳墙，又向邰城的方向冲来。一道强大的气劲破空而来，把北狄队伍割裂成两半，劲风所经之处，上千人马被碾得粉身碎骨。

有莘不破赞道："麒麟斩啊！好！"他正要冲过去，突然一股烟雾把整个战场给蒙住了！姬庆节叫道："小心，这是拉婆门的狼烟，烟里有毒！"有莘不破张开"无明甲"，丝毫不惧。那烟雾来得好快好浓，不多时就把整个战场给遮住了。桑谷隽在地下叫道："不破，他们想逃！"

有莘不破看不清状况，对着前方就是一招"大旋风斩"。旋风连着狼烟拔地而起，不知有多少人死在旋风斩内的刀罡剑气中。

旋风止歇，整个战场一片狼藉。姬庆节指着远处一处烟雾叹道：“还是给拉婆门逃了。”

羿令符降落下来，问道：“拉婆门？就是放烟雾的家伙？”

姬庆节道：“不错。他是始均厉手底下最强的几个族长之一。不过看这烟雾来得这么快，多半还有四祭师之流的人物辅助他。”

桑谷隽从地底浮了出来，淡淡道：“那也没什么了不起的。”

姬庆节笑道：“有几位在此自然无惊无险，若是今夜只有我一个人，拉婆门，加上那头怪物和一个北狄祭师，我可就未必能赢得那么轻松了。若给他们偷过这十二连峰大阵，直达邰城脚下，嘿！邰城那低矮的城墙可未必挡得住那怪物一冲！”

羿令符也道：“不错。这支队伍应该是打头阵来着。后面应该还有大援。”

有莘不破收了法天象地术，恢复了正常身形，道：“来一万杀一万，来十万杀十万，全来了就叫他北狄灭族！”

“只怕没那么容易。”羿令符道，“而且对方受了这次挫折，只怕他们整个作战计划都要改变。”

窫窳聪明得紧，吃了羿令符的亏以后，马上龟缩起来。烟雾泛起之后，它便带头冲了出去，拱开一条道路。

北狄的残兵败将跟在它后面逃命，但被大旋风斩波及，又损失了过半人马，最后逃出升天的竟然不满千人，而且几乎个个带伤，这一役虽非全军覆没，却也实在是损失惨重。

那北狄族长拉婆门带领残军，虽然逃过了被全歼的厄运，却没法摆脱雒灵的追踪。雒灵跟着这股人马，一路向西北而来，抵达了北狄大军的本部大营。

“好森严的气象！”雒灵不敢造次，不再跟着拉婆门，却从侧面溜了进去。她是何等身手，那些鹿角栅栏哪里拦得住她？只见她飘过障碍物，向最高的那座营帐靠近。

雒灵展开心宗的隐形咒，这咒语不是真把人的身体隐藏起来，而是通过影响人的大脑，让巡逻的士兵对她视而不见。靠近大帐，便听见一个威严的声音在里面大声咆哮，雒灵听到这个声音心中一凛，知道那男人功力奇高，只怕还在水王水后之上，不亚于芈压的父亲、祝融城城主芈方，心道："我这隐形咒对这个男人只怕起不了什么作用，若是再靠近点窃听，只怕会被他识破。"此时若被发现，少不了一场激战。

"没把握胜过这男人啊。若被擒拿倒也如愿，只是怕这男人一时暴躁，不拿我作人质，却把我杀了，那可就冤枉了。"她想了想，从来路退出大营，东边渐发白，旭日渐高，便在营外找了个地方晒太阳。

中午时节，一个华夏装束的女人从大营溜了出来。雒灵欺到她十步之内，用问心术问道："你是谁？叫什么名字，出来干什么？"

那女人本能地在心里表露出答案："我是戎军联盟四祭师之一达拉，奉了……"女人倏地制止了自己的念头，回过头来，却什么也没看见，喃喃道："奇怪，刚才好像有人问我什么，但却没听见什么声音，难道是幻觉？嗯，大概是刚才给大王暴跳如雷的样子吓着了。"她摇了摇头，找了条小路曲折地绕往东南。

雒灵见她的去向，猜她多半是要往郃城去，心道："这女人有些本事，警惕性也高，不过跟我们几个相比还差得远了。我虽然可以故意让她捉住，只是如何能让她知道我有作为人质的价值呢？罢了，且跟着她，看看她到底要干什么。"

达拉却非走向郃城，径自向东，走了半日，遇见一队行伍。她并不迎上前去，只发出一个信号，闪入一片山石间。不久，一个肉乎乎的男人迎了上来。

达拉没好气道："这么久！姚槐，你不要命了！"

那胖子姚槐笑嘻嘻赔话道："不敢，不敢，实在是不得已。华族耳目众多，我也很不容易啊。"

"华族？你自己不是华族吗？"

"呵呵，我身上流的虽然是华族的血，可我的心早就卖给始均厉大人了。"

达拉"呸"了一声道："不多说了。你听好，这次有两件事情：第一，打听明白刚刚进城的那批人的来历；第二，联系上我们的内应，让他尽量打听到那十二连峰大阵的出路。”

“内应？”

达拉取出一块龙骨，姚槐看了一眼，脸上现出惊讶的神色：“是他！真没想到……”

“有什么没想到的。你们华族别的没有，长反骨的狗最多！”

姚槐当面受她辱骂，面上笑容不变，从容说道：“是，是。”

见他这么无耻，达拉倒也拿他没办法，一手夺过龙骨，两手一搓，搓成粉碎：“快滚进部城办事去吧！”

姚槐哈着腰恭送达拉回去后，回到行伍，下令再次起程。一个胖胖的年轻人凑上前来问道：“爹爹，什么事情？”

“没什么，我肚子痛，去拉了一泡屎。”

队伍行进，径向部城而来，穿过十二连峰大阵，走近城门。守城官喝令停车，姚槐溜下车，朝上拱手：“是我姚胖子的巫舞团来着。”

城门上的将官笑道：“姚胖子，怎么才来？城里不知有多少男人等着你呢！熟归熟，规矩不能废。让巫妓们都下车，验明身份才可入城。”

第六章
曾杀死过蚩尤、夸父的东方神兽应龙横空出世

巫舞团

有莘不破很郁闷。他本来想迅速结束掉郈城的事情，尽早赶到夏都去救江离，谁知道北狄的事情还没解决，雒灵却又出事了，直到现在还没消息。

羿令符宽慰他说："不必担心，也许雒灵另有打算。"

"你叫我不担心？昨日探子来报，北狄的大军就在那十二连峰大阵外不远处。"

"你觉得凭北狄能困住雒灵？"

"你不是说那个始均厉很厉害吗？"

"始均厉确实很厉害，"羿令符道，"但留下雒灵却也不容易。"

有莘不破想了想，说道："若是平时我倒也不怎么担心，我们现在的修为，就算遇见四大宗师也未必不能全身而退。但雒灵她毕竟怀孕了啊。要是打着打着，动了胎气怎么办？"

羿令符笑道："胎气？没那么早吧。她的肚子都还不怎么看得出来。再说心宿就在左近，不会放着雒灵不理的。"

“心宿？”有莘不破喜道，“她老人家在附近？我怎么不知道！”因为雒灵的关系，有莘不破一直对独苏儿十分敬重。

羿令符道：“我也只是猜测。记得你去追都雄魁，当时我听见一个声音，对你有回护的意思。那个时刻，那种地方，能让我察觉不到她藏身之处，又是那样大的口气，我猜应该就是心宿——她也有回护你的理由。若不是她，我怎么可能让你一个人莽莽撞撞地追来？”

“你是说这一路上她一直跟着我？”有莘不破大奇道，“我居然不知道！”

“那也没什么奇怪的。心宗素来行踪诡异，在四宗之中向以神出鬼没见长。再说你那时一门心思追赶血祖，可未必有心思理会旁的。”羿令符言语之间对心宗可就没多少敬意了，然而也不像对血宗那样厌恶。

“若是这样我就放心多了。”有莘不破道，“你说会不会是雒灵的师父把她召去的？”

“有这个可能。”

桑谷隽比有莘不破更加郁闷。

陆离洞事件以后，他自以为和燕其羽的关系已更进一步，甚至已经亲密无间了。谁知道这一路走来，她却一直对自己若即若离的。一开始，他还以为是为了在众人面前避嫌。进了郚城以后，桑谷隽几次在无人时悄悄去找燕其羽，每一次都被冷冰冰地挡了回来。此刻他心情极坏，已没有心思去理会有莘不破和雒灵之间的别扭了，一个人躲在角落里喝闷酒。

“桑兄，你怎么在这里？”

桑谷隽一回头，见到了姬庆节。

“没什么，喝酒。”

“喝酒怎么跑到这个地方来了？”

“这个地方怎么了？”

“这……这里是东城啊。”姬庆节一时也不知道怎么跟他说。东城是一个半隔离的区域，大概占据了郚城十分之一的地方。往来的商贾、外来的难民、三教九流等都聚集在这个地方。简言之，这里是比较正宗的部人不很信任的人的聚居地。平时东城和其他区域倒也相处融洽，但一到战时，这个地方就显得有点暧昧。东城和其他区域之间还有一道城墙，这道城墙有一种象征性意义也有实质性作用——它表明公刘并没有把东城全部抛弃掉，但也有一定的戒心。

本来，有穷商队进城也应该驻扎在这个地方的，这也是部城众长老的主张，但姬庆节和有莘不破、桑谷隽等人一见如故，力主有穷进驻主城，驻扎在内城旁边。桑谷隽一时郁闷，想找个见不到熟人的地方，凭着直觉就来到东城。他并不知道东城是个什么概念，也没兴趣问，懒洋洋道："哦。"

姬庆节在他旁边坐下，也不说话，看着两面刚刚扬起的旗子发呆。那两面旗子，一面绘着石笋，一面绘着花苞。

一个人坐着再无聊也不觉得尴尬，两个人坐着不说话可就有点窘迫了。桑谷隽怕姬庆节问起他不想说的事情，先开口道："看什么？"

"没，没什么。"

"没什么？那两面旗子是什么来着？画得好奇怪，好像，好像……一时说不上来。"

"那是巫舞团。"

"巫舞团？什么东西来着？"

姬庆节想了想，似乎在考虑如何措辞，过了好一会才说道："是一个巫师商人建立的行走团伍，团里养了很多巫……巫女。"

"巫女？养巫女来干什么？给人治病？"

"差不多。"姬庆节说，"治男人的病。"

"男人的病？我知道女人是有些我们男人没有的病的，怎么男人也有吗？"

姬庆节被他问得见底，终于放开了，笑道："就是男人，嗯，特别是单身男人郁闷到实在不行的时候，可以到那里解脱发泄。"

"哦，"桑谷隽道，"还有这样的好地方。你去过没有？"

姬庆节的脸一下子有些发红。

“干吗？”

“没，我……去过。我十七岁开始，家父觉得我能独当一面以后，就时不时地闭关，有时候是真闭关，有时候是假闭关。”

桑谷隽奇道：“假闭关？”

“嗯，他其实是出城去了，为了稳定人心，就宣称闭关。”

“那这次……”

“这次是真的。”姬庆节继续他原来的话题，“他每次闭关，我便成为整个部城甚至是整个西北华族的领袖。唉，你想想，当时我才多大？虽然这几年也历练起来了，但压力仍然大得要命。如果在和平时期也就算了，可是偏偏遇上北狄虎视眈眈的乱世。你想想，我一个决定，有时候就会影响成千上万人的生死——像这次挚任氏的覆灭，还有申屠氏的伤亡，我都要负很大的责任。”

桑谷隽道：“你也不要太自责。这个世界的格局，本来就是各个国族之间的斗争与消长。每个国家和民族都有聪明豪杰之士，都在努力地为本族谋利益。你努力，别人可能比你更加努力；你高明，别人也不差。族与族之间斗争的成败，有时候不是个人的能力和愿望所能决定的。”

“我知道。可我总觉得很多事情我能做得更好。”

桑谷隽笑道：“你要是老这样想，迟早会出问题。”

“嗯，这个我也知道。”姬庆节说，“我常常想尽各种办法去排遣，但有时候那种揪心揪肺的感觉……你懂不懂？”

“知道。”桑谷隽叹息了一声。虽然国家的事务和爱情是不同的，但所引发的后遗症，有时候也有相通之处。“这种不是痛苦的痛苦，有时候不但自己无法排解，而且，而且……而且不足为外人道。”

“说得好。”姬庆节说，“就算是最亲近的父亲、最信任的朋友，也有些说不出口或不愿意说的话。而我站在这个位置上，更是连痛苦郁闷都不能放在脸上，每天都要表现得很开心、很自信，这样才能让我的臣民们安心。”

“我虽然也是巴国的王子，可从没理过事，父亲也还没给我什么担子，在这方面倒还没有很深的体会。”桑谷隽叹道，“不过我终于明白不破为什么要离家出走了。他所面对的压力，比我们都大得多。而他的性子，偏偏又比我们放纵十倍。”

“不破？”姬庆节奇道，“有莘兄有比我们更大的担子？”

桑谷隽笑道：“他没跟你提起过他的身世是吧？也是，他从来不愿提起。我也是从旁人言语的蛛丝马迹中了解到的。”

“身世？是指要复兴有莘氏吗？”

“不是。”桑谷隽道，“比这个还要麻烦十倍。”

姬庆节思虑良久，却无答案，摇了摇头道：“如果是什么秘密的话，你不说也无妨，我理解的。”

“也不算什么秘密了。”桑谷隽道，“既然连念念不忘要致不破于死地的都雄魁都知道了，这件事情瞒着别人又有什么意义？更何况，你又是我们的朋友。”他顿了顿，望着东方的天空：“有莘不破不是有莘氏子孙，确切来说，他是有莘氏的外孙。”

“外孙？”

“嗯。是的，他是后契的嫡系，商王成汤的孙子，那个国族的指定继承人。”

这轻轻的一句话，却如天际的轰雷闪电，虽然远在西陲，但姬庆节也明白有莘不破这个身份意味着什么。过了好久，他才消化掉这个事实。姬庆节叹了一口气，却不说什么。

“对了，”桑谷隽说，“你刚才为什么突然跟我聊起令尊闭关的事情来着？”

姬庆节似乎有些不好意思，道：“其实，我只是想说，我去那里是有理由的。”

“那里？”

“嗯，是这样的，有一次我偶然听见有巫舞团这种地方，那段时间又实在是太难受了，就偷偷去那里了。”

桑谷隽道：“那个地方既然能帮我们减轻压力，去就去了，干吗还要偷偷地去？”

姬庆节正不知如何回答，桑谷隽道：“喏，你看，申屠畔不也进去减轻压力了吗？”

姬庆节一愣，果然看见申屠畔闪进了巫舞团的帐篷。桑谷隽选择这个地方喝酒的本意是为了避免被人打扰，因此这个地方相对来说颇为隐僻，姬庆节见到他纯属偶然。因而此刻他们俩看见申屠畔进了巫舞团，申屠畔却没见到他们。

桑谷隽笑道：“你们部人做事怎么都喜欢偷偷摸摸的，你看申屠畔那副贼样！”

“不是的，这……”姬庆节道，“我也不知该怎么跟你说。不过，申屠大哥可是有家室的人，还去那种地方，可就有些说不过去了。”

红牌莲蓬

桑谷隽听了姬庆节的话，笑着道：“有家室的人干吗不能去那种地方啊？”

姬庆节苦笑道：“那里……可都是女人啊。”

“女人，巫女本来就是女人啊。啊！难道……”桑谷隽张大了嘴巴，姬庆节有些尴尬地点了点头。

桑谷隽“哈”了一声，揍了姬庆节一拳：“好你个小子，哈哈，看来人模人样的，居然去那种地方。哈哈，让你老爸知道，看不打断你的腿！”

姬庆节红着脸道：“我……我说过有原因的。”

桑谷隽笑道：“原来搞了那么多的铺垫，就是为了这句话啊。嗯，话说回来，你老爸知道这个巫舞团的存在吗？”两个男人一旦连这种话题也聊起来，通常私底下都会变得亲热无比。桑谷隽这时和姬庆节说话，言语间也亲密了三分。

姬庆节道：“自然知道。”

“那他老人家就这样容许这个团伍的存在？不怕它教坏你们部人的……哈哈，教坏你们部人的良家少年？”

姬庆节红了一会脸，咳嗽两声，勉强正色道：“家父说，这种事情不能任它泛滥，但也不能堵死。何况这个巫舞团也还不算过分。里面的巫女也不是肆无忌惮地……做那个事情。”

“那是偷偷摸摸的了？”

“不是。其实……”姬庆节小声道，“其实女人帮男人解决，有时候不需要进行得很彻底的。”

“我懂了。”桑谷隽道，“就是……就是用一些手段，是不是？”

姬庆节叹了一声，点了点头。

桑谷隽奇道：“你叹气干什么？”

“我……唉，这些巫女在普通人家眼里名声不好，但其实，其实她们也有她们的苦衷，特别是有些女孩子，心地并不坏。”

桑谷隽眨着眼看他：“你干吗这么为她们辩护？难道……那里有你喜欢的……女孩子？”

姬庆节犹豫了一会，终于点了点头。

“天！”桑谷隽道，“是什么倾国倾城的美人，居然能迷倒我们的稷后王子！”

姬庆节叹道：“其实，她也不算很漂亮，甚至很一般啦。不过有她在身边，我总能很快地放松下来。而且，我相信她其实是那种……那种虽然处淤泥，而不染尘垢的人。”

桑谷隽道：“我不想打击你，可你认为有可能吗？在那种地方。”

“至少，”姬庆节道，“她的心是干净的。”

桑谷隽喝了一口酒，想起了自己的事情。姬庆节伸手接过他的酒瓶，喝了一口，传回给他。两个男人不说话，你一口我一口地闷喝。

桑谷隽突然道：“我突然想去……放松一下。”

姬庆节道：“哦。”

“要不要一起去？”

姬庆节摇头道：“现在是非常时期，我怎么可以进去？就算我不顾及我的身份，也要顾及我的责任。”

“那万一我遇上她，你……会不会介意？”

姬庆节出了一会神，道：“如果你遇见她，帮我问问她的意思。”

“意思？”

“嗯。”姬庆节道，“如果她也有一样的心意，那我……我就算冒着被父亲打死的危险，也敢跟父亲提这件事。但我不知道她的意思。”

“你干吗不直接去问她？”

姬庆节没有回答这个问题，而是站了起来，轻声道：“她叫莲蓬。”说完转身离去。

桑谷隽目送他的背影，喃喃道：“莲蓬，莲蓬，你可知道我们这些王公子弟，其实比你更没自由……”一仰脖子，把酒喝光了，借着酒气大摇大摆地向那两面旗子走了过去。走了几步，想了想，一矮身子，还是走向侧门，低着头蹿了进去。

姚槐正在接见他今天最重要的客人，突然有人敲门。

“怎么回事？富贵？”

门开了半边，他儿子姚富贵侧身进来。姚槐的客人马上面向里壁，似乎连姚槐的儿子也不愿意见。

“爸爸，有个羊祜，居然点名要见莲蓬。”

“去！不是说了吗，除了那个人再来，否则莲蓬谁也不见。”

“可奶妈说那个人有些来头，要不要你出去看看？”

“来头？”姚槐摇头道，“我这里有更要紧的事情，你让奶妈去稳住人，能糊弄过去就糊弄过去。”

姚富贵出去后，姚槐的客人才转过身来，问道：“一个巫妓，干吗守得这么严？是你手底下的红牌吗？”

“红牌？”姚槐笑道，“什么红牌！粗女人一个。”

“那干吗这么看重？难道你想让她做你媳妇？”

姚槐笑道：“这女人平平无奇，但不知为何，却把一个要人给迷住了。那要人来过一次，底下的人没看破他的身份，随便拨了莲蓬去服侍。那人离开的时候被我无意中窥见他的真面目，吓得我半死！我还以为我这里事发了呢！后来那要人竟然又来第二次，我不敢见他，让奶妈派了我手底下最聪明漂亮的舞妓去服侍他，谁知道他看不上，仍然点了莲蓬。我当时就留意了，一开始还以为莲蓬把我卖了，不过暗中察看端倪，却又不像。后来那人又来了两次，两次都要莲蓬服侍，我这才知道，嘿，那小子竟然是迷上了莲蓬！从那以后我就把这小妞收藏好，除了那人再来，否则谁也不让碰。”

那客人道：“究竟是什么要人让你这样看重？”

姚槐笑道：“这个不忙，咱们说正事要紧。”正要说回“正事”，突然脚下微震，惊道：“地震吗？”但只震了两震却没下文。正放下心来，门口又响起敲门声。姚槐脸色一沉：“又干吗？”

门外姚富贵道：“奶妈说了，这人很奇怪，最好爹爹你去相一相。”

姚槐回头望了他的客人一眼，见他的客人也点了点头，才道：“你稳住他，我就来。”

姚富贵才走，姚槐道：“那您先坐坐？”

“不，我也想去看看。有办法让我偷偷瞄上一眼吗？”

“这个……”

“我怕是有穷的人。那你可不认得。”

姚槐犹豫了一下，终于道：“好吧。”

桑谷隽有些不自然地坐在这座小帐篷中。

他并没有露富，但迎接他的老女人一看到他那领天蚕丝袍马上摆上一张笑脸，把他请到最上等的帐篷中款待。桑谷隽不懂得这风月场所的情调，坐下就问：“是不是有个叫莲蓬的？”

那老女人一听这个名字，脸上不动声色，心里却知道有异，一边笑着应付，使唤了个上等巫妓傍着桑谷隽，自己借了个理由出来，让姚富贵去知会姚槐。得了姚槐的回应后，才回帐给桑谷隽赔笑：“莲蓬今天身子有些不舒服。”

她又使了个眼色，旁边两个巫妓忙献殷勤。桑谷隽被弄得手足无措，他不是不沾女色的君子，却也不是好坏全收的货柜桶，被摆弄得烦了，鼻孔中哼了两声，哼一声，大地便震一下。那老女人也是见过些世面的，心中吓了一大跳，暗示两个巫妓收敛收敛，随即又让姚富贵去请他父亲。

没片刻姚槐抱着肚子笑吟吟走进来赔罪。桑谷隽也不好发作，只是又点名要见莲蓬。

姚槐道：“是，是！”他看不出桑谷隽的深浅，托了个模棱两可的话：“莲蓬可是我们团里顶级的巫女，我们团里谁也指不动她，我这就去请她，还请公子海涵稍候。”

退了出去，闪进一个小隔间，隔间中似乎有人耳语，姚槐再度出来，脸上似乎有些变色，低声吩咐姚富贵：“赶快叫莲蓬进去服侍！”随即又进了帐篷，脸上恭谨的神色比方才又多了十二分：“公子稍候，莲蓬马上就来，马上就来！”

“知道了。”桑谷隽挥挥手，“你先出去。她来之前我想静静。”

姚槐哪敢违拗，哈腰退了出去。

桑谷隽哪会把这小小的巫舞团放在眼里？虽然姚槐等人做了些小动作，他也懒得去猜测，而是躺在地毡上喝酒等候。

“顶级的巫妓吗？不知美到什么程度。虽然姬庆节说很平凡，但他既然看得上眼，总差不到哪里去吧。当然，跟燕姑娘是没办法比的。”

正在出神，帐门掀起，掀门的是一双大手，还没见到人，先看到一双大脚。桑谷隽皱了皱眉头，随即见到一个女人——身上打扮得虽然华丽，但那装束却似乎是临时套在她身上的，她本身并无足以陪衬这身衣服的娇俏，皮肤也有些粗糙，但五官倒还端正。

“大概是莲蓬的丫鬟吧。”桑谷隽想，有些不悦地问道：“莲蓬呢？怎么还不来？”

那女人一怔，道：“莲蓬？我就是莲蓬啊。”

华族的叛徒

桑谷隽见到莲蓬的样子实在大吃一惊：就这女人，居然把姬庆节给迷住了！

说实在的，这女人也说不上丑陋，可是也实在太普通了些。

姬庆节的身份何等尊贵！他本身又何等优秀！一个巫妓居然能让他不顾世俗的歧视爱上她，必然有十分过人之处，谁知一见之下，却让桑谷隽大为失望：这副容貌，就算她是天下共主的女儿，桑谷隽也为姬庆节感到委屈。

"你不是要找我吗？怎么却是这副模样？莫非找错了人？"

"你真的是莲蓬？你们团里有没有另外一个叫莲蓬的？"

那女人嘴角动了动，终于忍住没有发作："没有。这团里只有我一个莲蓬，莲蓬又不是什么好名字，这么多人抢着要吗？"

桑谷隽呃了两声，不知说什么好。莲蓬走近前来，除下袍子，随即又脱了外衣。

"别，别！"桑谷隽跳了起来。如果是别的妓女，逢场作戏一场倒无所谓。如果这个女人真是姬庆节的心上人，他怎么下得了手？

"你这人可真奇怪。"莲蓬说，"我穿着外衣，怎么作法？"

"作法？"

莲蓬从帐篷中一个小柜子里取出一个香炉，焚了香，室内登时一阵清馨。

莲蓬道："你要我先帮你放松精神，还是放松肉体？"

桑谷隽从没经历过这些，讷讷道："放松精神怎么样？放松肉体怎么样？"

莲蓬道："放松精神的话，我会念安眠咒，让你好好睡上一觉。放松肉体的话，我会给你念狂欢咒，让你发泄一下。"

桑谷隽心道："狂欢咒多半和那个事有关。"便道："安眠咒吧。"

“好。”莲蓬在香炉前坐下，“来，你坐在我对面，用你觉得最轻松的姿势坐着就行。”

桑谷隽心道：“不知会不会真的睡着。要是睡着了岂非任人鱼肉？嗯，还是防范一点好。”暗运神通，在帐篷内壁布下一层透明的天蚕丝，不但形成了一个守护网，而且把内外的声音也都隔绝了。

姚富贵听从父亲的指令，把莲蓬送进了帐篷，心中却不服气，找到姚槐问道：“你不是说除了那个小子以外，不让莲蓬接任何客人了吗？”

“混账东西！”姚槐低声骂道，“‘小子’两个字是你叫的？以后不管人前人后，不准对那个年轻人无礼。”

姚富贵不敢顶嘴。姚槐又道：“现在帐篷里那个年轻人，来头更大！虽说强龙不压地头蛇，但……要是能多攀上一个贵人，总是不错。”

姚富贵不由有些好奇：“他到底是什么贵人？”

姚槐挥了挥手：“出去吧，这事跟你说了你也不懂的。”

他儿子恹恹出去以后，一直面向里壁的那个神秘客人道：“你不是效忠始均厉的吗？怎么现在又去攀那个巴国王子？难道你不知道这个姓桑的正帮助郜人和始均厉作对？”

姚槐笑道：“效忠？呵呵，始均厉大王我自然是要效忠的，可这并不妨碍我效忠巴国王子啊。你也不想想，巴国是什么地位！天下八大方伯之一。而且和岌岌可危的姬家不同，桑家可是几百年来一直兴旺至今啊。听说中原大乱了，可中原无论怎么乱，也没巴国的事情！如果说这个世界上还有一棵一定不会倒下的大树，那么就是巴国！这样的大神，你就是让我每天供在床头拜我也愿意啊。”

那客人冷笑了一声道：“无耻！”

“无耻？哈哈。”姚槐压低了声音笑道，“你有资格说这句话吗？我不过是个地位卑微的龟公，向谁投诚也没什么了不起的。我家又没族谱，虽然出生在郜人的部落里，冠了华夏的姓氏，可谁知道我身上有没有蛮夷的血！说不定我祖父就是个北狄呢。嘿，倒是你，身为郜国十大部族之一的族长，血统纯正的轩辕后裔，却在这危急关头背叛本族，到底谁更无耻呢，申屠畔族长？”

暗黑中的男人喘息着说不出话来：“不！不是，我不是！”

姚槐冷笑道：“不是？我最多是个奸商，是个小人，你申屠畔却是个彻头彻尾的叛徒。”

“不！”申屠畔不敢高声，却在极力抗拒着，“我不是的！至少，我不像你那样，我不是为了自己……”

“好了好了。”姚槐突然发现自己话说得太多了，而且都是些不见得对自己有利的话，当下回口道，“我知道族长你有不得已的苦衷。不管怎么样，我们现在是坐在一条船上了。还是让我们商量一下怎么干好始均厉大王交代下来的事情吧。”

莲蓬念起了咒语，桑谷隽不禁有些失望。莲蓬的确是在催动安眠的巫术，她的咒语正试图让桑谷隽的大脑放松下来，这巫术和雒灵的心法倒也略有相通之处，但高下却相去甚远。就算是雒灵也未必能在正面对敌的情况下撼动桑谷隽的心神，莲蓬这点咒语哪里会有什么作用？

桑谷隽又是一阵失望，他原来以为莲蓬是有什么独特的绝技能令姬庆节沉溺，哪知道眼前这个女人的巫术也只有这种程度。

“你，还没感到要睡吗？”

桑谷隽苦笑着摇了摇头。莲蓬嘘了一口气，似乎有些气馁：“唉，还是不行。”

“还是，你以前也失败过？”

“嗯。”莲蓬道，“对第一个客人就失败了。”

桑谷隽眼睛一亮：第一个客人，莫非就是姬庆节？他小心地问道：“是什么样的客人？”

“是一个富家公子吧。”莲蓬说，“那天团里生意极好，那个男人穿着一身布衫进来。当时没有别的人手，奶妈就临时让我装扮一下去应付他。”

桑谷隽道：“既然是富家公子，干吗你们那个奶妈不好好招呼？”

“当时他不像有钱的样子。”莲蓬道，“我是后来才猜出来的。”

“猜出来？”

“是啊，”莲蓬说道，“我原来在团里也就洗洗补补，做饭打杂。但接待过那个男人之后，团主对我的眼色就有些不一样了。后来那个男人又来了一次，之后团主就对我好起来了。现在我住的、穿的、用的、吃的，都是全团最好的。活也不用干，除了那个男人，也不用接待别的客人。我猜团主的心思，大概那男人其实是个偷偷跑来我们这里的富家子弟吧。要不然团主不会这样费尽心思巴结他。”

桑谷隽心道：“这女人出身卑贱，但心里倒很明白。”对莲蓬便多了两分好感。

“其实，”莲蓬道，“你也是个有身份的人吧？”

桑谷隽迟疑了一下，才点了点头。

莲蓬道：“我猜就是。嗯，只是你为什么会想到要点我？除了团里的人，没几个人会知道我的呀，我长得也不漂亮。”

桑谷隽道：“我听一个朋友提起过你。”

“朋友……是他吗？”

桑谷隽知道她说的是谁，却装糊涂：“你说谁？”

莲蓬道：“他啊，虽然我都不知道他的名字。”

“你是说你接待的第一个客人？”

“嗯，”莲蓬说，“其实他也是我唯一的客人。你想想，这里个个女孩子都比我漂亮，没毛病的话，谁会来点我？”

桑谷隽试探着问道：“你觉得那个男人怎么样？”

“不好。”莲蓬回答得果断异常。

桑谷隽大为惊奇：“不好？你说姬……那个男人不好？”

“他姓姬吗？你果然是认识他的。”

桑谷隽抵不过，只得承认。

莲蓬低头想了一下，道：“我不是说他真的不好，而是……而是太好了。其实我也知道他的心意的，可是我们之间是不可能的。”

“你觉得你配不上他？”

“不是。”莲蓬说，“我觉得，跟他在一起我终究不会快乐的。”

桑谷隽瞪着眼睛看着她："不会快乐？为什么这么说？难道你……你不相信他的心意？"

"不是。"莲蓬说，"我们地位差得太远，生活的环境也差得太远。我只是山坡上放养着的山羊，脏一点累一点都无所谓。但要把我圈在一个又陌生、又华贵的栅栏里，我只怕会生病。再说，他的家人朋友大概也会看我不惯吧，只怕会弄来很多尴尬。"

桑谷隽对这个女人不由得又看高了三分，却仍忍不住道："其实两个人在一起，自己开心就好了，何必管这么多呢？"

莲蓬呵呵笑了起来，指着桑谷隽说："你还没成亲吧？"

桑谷隽一怔："你怎么知道？"

莲蓬说："你若成亲了，就不会说这样的话了。"

桑谷隽不由得道："为什么？"不知不觉中，他的思路已经开始被莲蓬牵着走了。

莲蓬不答，却道："你有没有心上人？"

"嗯。"

"我猜啊，"莲蓬说，"你一定摸不透她的心思。如果是她先喜欢你还好些，要是你追她，你这副不可依靠的样子，小心她被人抢走。"

桑谷隽待了一会儿，说："是我先喜欢她的，后来，我们好像好上了，可她……她太奇怪了，最近对我忽冷忽热的。"不知什么时候，桑谷隽竟对眼前这个女人多了几分信任，连这种对亲密战友也说不出口的话也对她说出来了。

莲蓬道："好起来？好到什么程度？"

"就是……"桑谷隽有些红脸，"那个了。"

莲蓬道："你这么害臊，莫不是她主动？"

"呃……是吧。"

"我不知道你们之间发生了什么事情，"莲蓬说，"不过她大概是个很有主见的女孩子吧。如果她和你亲热之后并没有变得很温柔，那你可就得小心点了，说不定她根本没把那件事情当回事。"

桑谷隽惊道："那怎么可以？"

莲蓬道："你啊，都多大了，怎么想事情还孩子气没脱尽的样子。你这个样子，叫女孩子怎么放心把下辈子交给你。"

"那……我该怎么办？"

诱饵

莲蓬听桑谷隽问"该怎么办"，不由得一笑。她的嘴略嫌大了一点，但此刻桑谷隽非但不觉得不好看，反而觉得她这笑容令人产生某种信任感。

"这……莲蓬姐姐，到底该怎么办？"

"姐姐？我可不大敢当啊。"莲蓬说，"这种事情，外人是很难插手的。总之，你要表现得沉稳点。"

"沉稳？"桑谷隽说，"怎么样才能表现得沉稳？"

莲蓬道："其实一个人实际是什么样子的，全都会在日常生活中流露出来。你要表现得沉稳，关键还是自己得真正地长大。"

桑谷隽道："真正地长大……"

"希望那个女孩子还没有心上人吧。"莲蓬说，"那你的机会应该还很大。哎呀，香都焚光了。"

桑谷隽道："焚光了就焚光了，再点一块不就好了？"

"哎，你不懂得，我们这一行的规矩，香焚光了，就是接待结束了。再待下去，你就要多给钱。"

"给钱就给钱，有什么了不起的。"突然，桑谷隽想起自己没有带钱，脸上一阵尴尬。

莲蓬看着他，笑道："没带钱？"

桑谷隽苦笑着点了点头："我很少带着钱的。"

莲蓬笑道："你看你，出门也不长个心眼，叫人家女孩子怎么信赖你？娼家最讲究钱了，任你门第多高，没有这东西，只怕马上变脸把你扫地出门。"

“要不，我把这袍子先押在这里。”

“那可多难看。”莲蓬从自己的衣袋里取出一个布包来，“给。”

“那怎么行？”

“这些都是团主给我零花的，我平常也花不了那么多。”莲蓬说，“其实团主为什么看得起我，我也猜出了一二。说到底，他还是想放长线钓大鱼。你拿着，这点钱对你来说不算什么，但却省了一顿难堪。”

说着穿起外衣，披好袍子。桑谷隽心里竟有一点不舍，道：“莲蓬姐姐……”

莲蓬笑道：“别叫我姐姐，我有多大啊，只怕比你还小些。”

“嗯。”桑谷隽说，“我们以后还有机会见面吗？”

“见我干什么？”

“不知道。”桑谷隽说：“跟你说说话，感觉很舒服。我终于知道小姬为什么喜欢你了。”

莲蓬眼光下垂，随即摇头说，“见到他跟他说，让他不要再来了。”说完转身出门，再无一点犹豫。

桑谷隽望着帐门，不知玄想了多久，这才起身，收了天蚕丝，迈步出门。门口那个老女人早已等候在那里。桑谷隽手一丢，看也不看一眼地把整包钱丢给她，也不理会赶来恭维的姚槐，自顾自离去了。

姚槐看着他远去的身影，心中骂道：“这些公子哥儿可真难伺候！可就奇怪，莲蓬那女人偏能搞定他们！这女人到底有什么手段，以后可得留心留心。”

回到居所，申屠畔已经不告而别。姚槐心中不悦，但想始均厉所要的消息已经到手，这次的任务能交代过去了，便即释怀。

申屠畔借着夜色从巫舞团的侧门溜了出来，连转几个弯，直到回头看不见那几座帐篷了，才放慢脚步。

“你究竟在逃避什么？”心里有一个声音问他。

“逃避？没有，我只是不想被人发现罢了。”

“是吗？但看起来却不是这样子。其实，是姚槐的那番话让你不安，是吧？”

“不！不是。”

“你看不起姚槐，可现在却和他做着一样的事情！”

“不！不是的！我和他不同！我是迫不得已，而且，我也不是为了我自己，而是为了我的族人。”

“族人只不过是你的借口。”

“不，不是。我并不怕死，但我不能眼睁睁地看着我的族人就这样灭绝！其实，如果不是我和北狄私下达成了协议，我们根本挨不到有莘不破的出现。而且有莘不破也完全是多管闲事，北狄的袭击只是要让我们不……那有莘不破就算不出现，北狄也会另外找个理由撤退的。”

“看来，你一点也没有感激有莘不破的意思。”

“当然！我为什么要感激他！不但他，就连公刘大人也根本不值得我们信任。没错，我们这些年似乎生活得越来越光明了，如果在不死人的情况下，我会选择这种文明的生活的。可是不行啊。胡人们嫉妒我们，他们容不得我们这些文明人的存在。”

“所以为了活下去，你宁可和北狄私下达成协议，宁可选择从文明人降格成野蛮人！”

“我！我不是为了自己！而是为了部族！我不要我的族人再流血了，人已经死得太多了。公刘大人从一开始就错了。我们一直浑浑噩噩和胡人生活在一起不是很好吗？他偏偏要搞出那么多事情来，让我们觉醒，让我们懂得什么所谓的文明！还要用这文明去同化蛮夷！想想就知道！蛮夷的族长们能容得下他吗！”

“可是，如果公刘成功了呢？”

“成功？不可能成功的。始均厉的力量那么强大……”

“可是，有穷商队的出现，也许会改变整个力量对比。”

“有穷？他们才有多少人！”

“人数吗？这是玄道纵横的时代啊。决定力量对比的，并不是数量，而是高度！有穷商队那几个人的实力，你应该见识到了。他们那些人中，至少有三四个不在姬庆节之下，甚至足以和始均厉争一日之雄长！有穷的出现，已经让胜利向华族这边倾斜了，你难道不是这样认为的吗？”

“不！不是这样的！不是这样的！”

“其实，你心里早就有这个想法了，对吗？”

“不！”

“不肯承认吗？真是可笑啊。你为了避免败亡而做了叛徒，谁知道到头来胜利却将落在自己的母族这边，那你的背叛又算什么？你的所谓苦心又成了什么？笑话！对，变成一个滑稽的笑话！”

“不！不是的！始均厉不可能失败的。”

“哦，是的。你必须帮助始均厉成功，否则你的背叛就变得没有价值。可是……这还是你背叛的初衷吗？”

申屠畔疯狂地、无目的地逃跑着，突然跪倒在地面上。

“其实不管初衷是什么，你已经没有后路可以退了。你只能继续走下去。”

“……可我……我能怎么办？”

“有办法的，一定有办法的。第一步，是把碍事的人剔除出去。对，就是有穷那批人。你并不承认有莘不破是申屠氏的恩人，所以对你来说，出卖他们没什么，根本不必遭到良心的谴责，不是吗？”

“出卖……有穷商队？”

“对。出卖有穷商队。只要有穷商队消失了，那一切都会回归到原先的样子。让公刘和始均厉在没有外力介入的情况下，公平地决一胜负！然后，你再选择其中的胜利者。”

“回归原先的样子……”

“总之，打破整个局面的，就是那从天而降的有穷商队，只要他们消失，那么命运就会重新走上正轨。”

“可，可是怎么出卖他们呢？他们太强了，在他们面前，我根本就无反抗的余地。”

“不是要你直接去对付他们，你只要把他们卖了，卖给始均厉。”

“可怎么卖呢？”

“提前通知始均厉在十二连峰之外布下陷阱，再把他们引过去。”

“引过去……”

“对。设置陷阱的事情你可以完全不用理会，交给始均厉这边。你只需要提供一个诱饵。”

“诱饵？什么诱饵？有什么诱饵能把有穷那群人引诱出去？”

“这个诱饵，当然必须是对有穷商队来说很重要的人，重要到有莘不破会不顾一切冲出去。但同时又必须是比较弱小的人，这样你才有可能把人抓住。”

“可是，有穷有这样的人吗？”

突然间，申屠畔脑中闪过一个影像：那是一个看来很娇弱的女孩子，在铜车中微微露出她清丽的脸庞——那个女人！

申屠畔想起来了，她似乎就是有莘不破的女人！叫什么来着？雒灵！对。有莘不破介绍她的时候，那种语气，没错，就是他的女人。她看起来很娇弱，应该不难对付。可是，这样重要的女人应该会受到有穷商队严密的保护才对。

我怎样才能神不知鬼不觉地抓到她呢？

想到这里，申屠畔心头剧震：“我……我在想些什么啊！难道我真的要亲手削弱母族的优势吗？不，不行！如果是北狄占据绝对优势，我投降可以说是不得已，但现在华族已经有胜利的希望了，我不能这样做！我，我要悬崖勒马！”

“悬崖勒马？”心里那个声音毫不留情地打击他，“你已经没有退路了，始均厉一句话，就能让你身败名裂！你现在唯一的出路，就是把有穷卖给北狄。那样子就算部城最后沦陷了，申屠氏一族也能在蛮夷中活下去——一切仍然会像你当初想的那样！”

“不！不行！而且我也没能力做到！有穷的守卫一定很严密，不可能无声无息把对他们那么重要的一个女人掳出来的。”

申屠畔拼命地抵抗着，蓦地一抬头，他当场就呆住了。

一个女人伏在不远处。她的脚好像扭伤了，而且身子似乎很虚弱，看起来像是受到什么咒语的禁制。

这些都不重要，重要的是，这个女人竟然就是铜车松抱中露出半边脸的那个女人！有莘不破的女人！

雒灵！

进退两不宜

这里是东城一个很偏僻的所在，四处静悄悄的，除了申屠畔和雒灵之外没有第三个人影。可是，这个女人为什么会在这里！

“你……”申屠畔尝试着问雒灵，“你怎么会在这里？有莘……有莘公子他们呢？”他下意识地环顾四周，仍然没见到一个人。

雒灵抬头望着他，似乎没法说话，她的眼光似乎在向申屠畔求援。但申屠畔心中却有另一个声音在诱惑着他：“不管她为什么会在这里，总之，现在是天赐良机！把她带到姚槐那里去！拿下她身上一件信物，然后算好时间，去告诉姬庆节自己发现了一些奇怪的蛛丝马迹！其他的事情，始均历自然会有打算！”

“不！不可以！走了这一步，我就万劫不复了。”

“不走这一步，你一样万劫不复！”

“可，可是……”

“成功就在眼前！那个本来万难得到的猎物就在你的眼前了！只要你一伸手，对，一伸手就能改变整个西北的格局！”

“可是……”

“退一步，你就什么都不是，甚至连做叛徒都嫌滑稽——哪有人背叛胜利者而去投靠失败者的？可进一步，一切将回到正常的轨道，你将成为影响历史的人物！”

申屠畔的面目逐渐狰狞起来，一步步向雒灵走去。

城墙上，燕其羽望着北方发呆。

“怎么了？”问的人是羿令符。邰的一个将领告诉他又有一个女人站在城墙上，神情奇怪，他们不敢造次，又怕和上次一样。羿令符得到姬庆节的转告，前来探视。

“我的羽毛。”

“羽毛？”

“还记得我撕下来的羽毛吗？”燕其羽抚摸着手中的一片白羽，羿令符知道这片羽毛是她的翅膀所化，“我是说，另一片。”

“我知道。”羿令符道，“在天山的时候，好像你说那片羽毛托着你弟弟飞向北方去了。可惜当时龙爪刚刚飞脱了力，你的元气也耗损得太过厉害，都没办法追上去。”

“嗯。我记得那片羽毛是我交给你的。后来你又交给川穹了？”

“没有。”羿令符道：“我交给了江离。因为当时我就要去对付仇皇，你知道的，江离是个可以信赖的人。而且，我临走时有种预感，觉得把羽毛放在江离那里比较合适。”

“嗯，你的预感应该没错。虽然不知道发生了什么事情，但那羽毛确实陪伴在川穹身边，在天山我们都感应到了，不是吗？”燕其羽说，“而且……你还记得你邀我同行时说的话吗？”

“你是指……”

“预感，你的另一个预感。”燕其羽道：“你说你觉得和你们同行，我会和川穹重逢。我想，你的这个预感也会变成现实的。”

“哦，”羿令符目光闪烁，“你是不是感应到了什么？”

“嗯，在北方！我的羽毛正在靠近。”燕其羽抚摸了一下后背已经合吻了的伤口，“或许明天，或后天，或许大后天，我们就能见到川穹——至少能见到我的白羽。”

羿令符沉思着，正想说什么，突然驺吾跃了过来，它的背上，芈压大声叫嚷着：“羿哥哥，燕姐姐！出事了！出大事了！”

羿令符不为所动：“干吗这么慌慌张张的，就算始均厉杀到城底下也用不着这样。”

芈压叫道：“始均厉算什么东西！他杀到城底下，我们高兴还来不及呢！”

“那还有什么大事？”

“是雒灵姐姐出事了！”

“雒灵？她能出什么事情？”

芈压道：“具体情况不清楚，但申屠畔——就是不破哥哥道上救下来的那个部族的族长，在东城巡视的时候，远远看见两个行踪诡异的人把雒灵姐姐掳走了。”

羿令符冷笑道：“鬼话！”

“可是，他捡到了雒灵姐姐的衣角啊。”

“衣角？”

“嗯，他发现有异的时候赶了上去，只是隔得太远了追不上，但却在灌木上捡到了一片衣角。不破哥哥一看就脸色大变，应该没错。”

羿令符沉吟不语，芈压叫道：“你快来覆翼小筑商量一下吧，不破哥哥都快急死了！”

羿令符看了燕其羽一眼，燕其羽道：“我就不去了。你们几个连仇皇大人都对付得了，天底下没什么你们做不到的。有什么要帮忙的再吱个声。”

“嗯，好。你也不要太着急，该重逢的，会重逢的。”说着他下了城，不慌不忙随芈压而去。

覆翼小筑内，有莘不破暴跳如雷，桑谷隽在旁边皱眉，姬庆节面有惭色。

有莘不破一见羿令符，冲上来叫道：“快！老大，把龙爪秃鹰放出去找人！”

羿令符哼了一声，道：“急什么！”

“你竟然说急什么！”有莘不破吼道，“雒灵被人抓走了啊！”

羿令符冷笑道：“抓走？谁有这么大的本事？”

“这，这……申屠大哥，你来说。”

“是。”申屠畔言简意赅，“我只远远看到三个背影，其中一个被人夹在腋下无法动弹，似乎遭受什么禁制。距离有点远，我追不上，只在地上捡到一块衣角。”

羿令符不厌其烦地追问每个细节，申屠畔应对如流，没有露出半分破绽。

“雒灵一定是中了什么邪法。”有莘不破道，“一定是这样的。”

“邪法？”羿令符冷笑道，“什么邪法？对付你也许能打你个措手不及，对付雒灵！哼！”

“那你说，如果她没出事，她为什么到现在还没回来！”

羿令符道：“这我就说不准了。”

有莘不破怒道：“说不准！说不准！你也知道自己说不准，却在这里大言不惭，说什么雒灵一定没事！你，你是事不关己，高高挂起！要是银环出了事，看你还能这么洒脱！”

羿令符脸色一沉：“你疯魔了吗？在这里胡说八道！”

有莘不破吼道：“总而言之，你不帮忙就算了，我自己去找！”说着便冲了出去。

芈压叫道：“不破哥哥。”就要跟出去，却被羿令符喝住：“你给我站住！”

芈压道：“可是……”

羿令符道：“你伤势还没全好，别到处乱跑。在商队离开郃城之前，不准你踏出城门半步！”

芈压张了张嘴想抗议，可看到羿令符的脸色却不敢说话。他见惯了这个男人冷着脸，却还没见过他黑着脸，心道：“羿哥哥好像很生气，他现在的样子好可怕，比仇皇还可怕。”

桑谷隽见羿令符喝住了芈压，站起身来拍拍手道：“我去吧。”

羿令符点了点头道：“好好看着他，别让他乱来。我没赶上来之前他要是想往北狄的大营闯，就用天蚕丝暗算，把他绑住！”

桑谷隽笑道：“暗算他吗？那倒有趣得紧。”笑声犹在，人已消失。

姬庆节吩咐申屠畔：“你会同南宫将军，给我到东城好好搜索一遍，务必找出奸细！”

申屠畔答应着去了。

羿令符想起一事来："这位申屠先生在东城看到雒灵，也是奉了姬兄的命令？"

"不是。"姬庆节道，"他是为了些私人事情去的，这个……当时桑兄也看见了。嗯，我们再谈。"眼角有意无意看了芈压一眼。

羿令符心道："是芈压不宜听的事吗？莫非是嫖娼？"便不再追问。

姬庆节又道："郃城居然出了这样的事情，我真的好生过意不去。"

"这件事多半跟你、跟郃城都没什么关系。"羿令符道，"我不是宽慰你，而是觉得……这或许完全是我们几个本身的问题，就算是外敌，多半也是我们惹来的。"

"羿兄为什么这么说？"

"嗯，我现在还理不出一个头绪来。不过，无论如何我们且勿轻举妄动，看看再说。"

"但雒灵姑娘……"

羿令符断然道："她不会有事的！不破他是关心则乱，嘿，乱到昏头了！"

始均厉盯着伏在地面上的雒灵："她？"

"没错。"达拉禀道，"根据姚槐传来的消息，这女人就是那伙人首领的老婆。"

"哦？"始均厉用中原话道，"女人！抬起你的头来。"

英雄出少年

雒灵伏在地上，压根儿不理会始均厉的话。

"你是个哑巴？"

……

达拉上前道："大王，要不要用点刑？"

始均厉沉吟半晌，道："请大祭师。"

达拉怔了一怔，应命去了。

大帐中静得出奇，雒灵展现在众人面前的，是一个“平凡”的状态，甚至始均厉也没察觉到她的危险性。对于自己现在的修为，雒灵很有自信，然而她很快就动摇了。

一个可怕的心声正在靠近。那心声不是在释放一种威慑力，而是在搜索——就像雒灵一样搜索周围一切异样的心声。雒灵的心一沉：“是谁？好像是本门高手！这么深邃的功力，除了师父，本门还有这样的人？”她闭上了眼睛，连对外人心声的探察也断绝了。

“大祭师到！”

雒灵不敢看那个大祭师，微微睁开眼睛偷看始均厉的反应，只见他竟然也站了起来施礼。

“大王何事见召？”是个女人的声音，那声音不是传进人的耳朵，而是直接侵入每个人的心里。

始均厉道：“达拉，你来说。”

“是。”达拉当下把雒灵的来历和申屠畔所献的计策一一道出。那大祭师道：“那姬庆节天纵英才，在后辈中已经是极其难得的高手了，年轻一辈中居然还有人能与他抗礼，而且一下子冒出了三四个，这么多，这事情可不寻常。”

达拉道：“我们检视过那叫有莘不破两次出手留下的痕迹，确实非同小可。拉婆门，你和他们直接交过手的，你来说。”

那大祭师听完拉婆门的讲述，道：“法天象地、地崩山摧、巨灵之羽……嘿！果然个个大有来头。这些年轻人突然聚集在这里干什么？按理说，夏商交恶，中原大乱，他们应该没余力来理会这西北战局才对。哼！不知道他们的师长来了没有？”

大祭师慢慢向雒灵走来，道：“这女孩，就是会法天象地那个男子的女人？孩子，抬起头来。”

“她在对我用心控！”雒灵心下大骇，不敢抵抗，抬起头来，看到蒙面的黑纱中后面那双十一月冬风般的眼睛。

“孩子，来，告诉我除了那三个少年之外你们还有什么高手，告诉我他们都达到什么境界了……”说着伸手向雒灵的额头摸来。

这个举措在其他人只有一眨眼工夫，在雒灵却是漫长无比：“怎么办？现在就翻脸？我根本就不可能瞒过她！唉，动手吧。”雒灵就要出手，那大祭师突然停住，仰头上望。

“大祭师，”达拉道，“怎么了？”

“上面有人。”

“上面？”

那大祭师双眼光芒暴涨，喝道：“下来！”

大帐外砰的一声，有东西砸了下来，跟着是帐外一阵呼喝和杂乱的脚步声。

达拉、拉婆门等北狄高手一齐冲了出去，始均厉和那大祭师也相继出帐。雒灵轻轻松了一口气：“不知道是谁？嗯，不管了，且顾好自己。”有了个缓冲，她心中已有办法。在大脑的浅层造出些或真或假的记忆，跟着把心灵深处给封锁住了。“这样子，如果她轻视我，或者能瞒过去。如果瞒不过，就趁她不备把她拉入我心灵的深渊。”

大帐外，四祭师、十几个北狄将领、八百戎王亲卫队把帐前一人团团围住，刀剑犀利，杀气腾腾！大帐前，更有功力绝顶的始均厉和北狄的大祭师在。

而那个被重重围困的人，披着一身粗粗制成的毛皮，眼若秋水，肤如春雪，手中拿着一片白羽，漂亮得男女不辨，怯生生站在包围圈中，环顾四周，眼光落在那大祭师身上：“刚才是您叫我下来的吗？”说的却是中原言语。

那大祭师道：“不错！”

“哦，你叫我下来有什么事情吗？”

达拉喝道：“大胆！敢对大祭师无礼！”

“大祭师……那是什么？”

达拉正要呼喝，却被那大祭师的眼神阻止。大祭师眼神闪了两闪，要逼得这人下跪屈服，谁知道对方竟然静立不动，心中一惊：“这人才几岁，居然有这样的修为！”喝道：“你是谁，来这里做什么？”

“我不知道。”那人抚摸了一下那根白雪般的羽毛，说，“是它带我来的。唉，我飞了好久，有点口渴，能给我杯水喝吗？”

始均厉皱了皱眉头，北狄的一个族长拉婆门喝了一声，下令擒拿。十六个卫兵挺戈上前，突然那大祭师道：“等等，又有人来了。”

这次却是从郃城的方向飞来一个黑点，带着一股飓风，不多时便来到北狄阵营的上空。拉婆门道：“弓箭手伺候。”

两句话工夫，那个黑点已经飞到众人头顶，却是一片芭蕉叶，叶上坐着一个女孩子，明眸短发，见到包围圈中之人，喜上眉梢：“川穹！弟弟，真的是你！”

“川穹……你在叫我吗？我是你弟弟？”

“啊，川穹，你会说话。我是你姐姐燕其羽。”

“川穹……”少年喃喃道，“原来我叫川穹，我还有个姐姐，叫燕其羽……是啊，她座下的那片芭蕉叶，和我这片也会变成芭蕉叶的羽毛不正是一对吗？”

达拉上前低声向始均厉和那大祭师禀道：“根据前方情报，上面这女的也是有穷的人。”

始均厉颔首道：“既然如此，先拿下再说！”

十个卫士向川穹冲来，燕其羽喝道：“大胆！昊天旋风！起！”

巨大的风轮突然出现，八百卫士登时陷入，连大帐也被卷得随时要离地而起，整个阵营登时大乱，只余下几个族长和祭师能勉强立定，始均厉和那大祭师却稳如泰山。

“她在保护我。”川穹见了，心中不由涌起一阵暖意。

燕其羽见底下居然还有好几个人没被卷入风轮，倒也颇为意外，喝道：“倒还有点修为嘛！不过都给我死吧！昊天现劫，度尽一国……啊！”她的呼吸突然一促，似乎有什么东西侵入自己的心田，逼迫得自己无法使用风轮。

一股寒气伴随旋风而起，直抵芭蕉叶，凝结水汽泥沙，化作一道旱冰带，要把燕其羽拉下来。燕其羽大骇：“这人比寒蝉还要厉害十倍！”

寒气布满整个空间，少了阴阳之气的对流，旋风竟慢慢止歇。八百卫士纷纷在渐缓下来的旋风中着陆，四祭师一起作法，要助大祭师降服燕其羽。

燕其羽和心中的魔念全力抵抗，已经没法分出心思来对付别的，叹了一声，知道今日难以幸免。突然听背后一个声音道：“姐姐。”

她一回头，川穹不知什么时候竟然坐在自己背后，脸上一股淡淡的笑意：“我们走吧，别和这些人纠缠。”

天空中一阵扭曲，什么旋风，什么寒气，连同那个少女一齐消失，只剩下万里无云的天空、一片狼藉的营地。

同时地上“砰”一声巨响，那少年却在消失前中了大祭师的摧魂咒，跌落下来，还没着陆就已经睡了过去。

始均厉一愣，大怒道：“这什么妖法！”

那大祭师也愣在那里，喃喃道：“我十年不回中原，没想到各派变化这么大！居然连藐姑射的传人也出世了。”

达拉率人救治伤者，拉婆门下令整治营地。始均厉转身入帐，那大祭师抓起昏睡中的川穹也跟了进去。

雒灵仍伏在那里，一动不动，似乎睡着了。那大祭师抚摸着川穹的额头，喃喃道：“奇怪，这少年脑子里的东西怎么这么少。嗯，他果然遇见过季丹洛明。”

始均厉听到季丹洛明的名字，身子一震道：“季丹洛明？这少年和他什么关系？”虽然僻处西北，但这戎王居然也知道季丹洛明的名头！

大祭师道：“这少年是季丹洛明帮天魔选定的传人。”

始均厉道：“季丹洛明也来了吗？”

“没有。”大祭师道，“这孩子是要来找什么人，也许就是刚才的那个少女。嘿，姐姐？这少年的脑袋里根本就没有那个少女的半分影子，只怕那少女是认错人了。大王，这少年和有穷那帮人没什么关系，拘囚几天，等郜城的事情一了就放了他吧，没必要无端端惹上藐姑射和季丹。”

始均厉点头答应。那大祭师跟着又向雒灵的额头摸去，她因川穹和燕其羽的出现，连连运功，颇耗心神，注意力转移了大半，加上先入为主的印象，对雒灵存着轻视之心，匆匆一感应，便即撤手，皱眉道："达拉所得到的情报不假。哼，没想到那几个小辈有那样的修为。若他们背靠十二连山大阵，只怕不好对付。"

始均厉道："大祭师亲自出手也制服不了那几个小子？"

"别的不说，刚才那个风之子，居然能强抗我那么久。如果另外三个人都有这等本事，嘿！可有些麻烦。"那大祭师道，"不过这女孩子倒真的是个好人质。嗯，不如就用她把那几个人给引出来！"

始均厉道："伏击？"

"不，是布阵。"

"布阵？"始均厉有些惊讶，"要用那阵法？那不是你要用来对付你师姐的吗？"

"顾不得了。"

始均厉道："若用那阵法，我可就帮不上忙了。"

大祭师淡淡道："不必！有四祭师相助，足以发动阵法，再加上这些年来积累下来的三十三万怨灵，就是四宗传人齐至也休想逃出去。"

应龙现身

雒灵再度睁开眼睛，发现自己置身于一个阴冷的帐篷，帐篷空荡荡的，只有一块巨大的冰块陪着自己，冰块中，困着那个叫川穹的少年。

"这就是藐姑射的传人？"雒灵微微牵动手脚，始均厉对她还算"礼遇"，只用一根丝绸捆住她的手脚。

雒灵端详着川穹，不知为何，她想起了进入巴国之前的那个晚上，她、有莘不破和江离一起坐在小村中看月光。那天晚上，江离敞开了他的心扉——从那以后，这两个门派对立的年轻人之间建立起了一种微妙的关系。

"为什么我见到你，会想到江离？"

川穹没听见雒灵无声的言语，雒灵知道，他被那大祭师给催眠了。

"要不要唤醒他呢？"

有莘不破望见了北狄的大营，就要闯进去，突然腰间一紧，被一束天蚕丝给扯住了。他不用看就知道是谁来了。

"桑谷隽，放开我！"

桑谷隽的天蚕丝却收束得更紧了。有莘不破怒道："你要我动用精金之芒吗？"

桑谷隽冷冷道："你真认为凭你一个人能救出雒灵？你想过没有，雒灵的本事不在你之下，对方能把她从部城掳走……"

有莘不破截口道："不对！雒灵一定是被暗算的！"

"暗算又怎么样？"桑谷隽道，"如果对方能在部城暗算雒灵，就不能在他们自己的地头暗算你？"

"你到底要怎么样？"

"这句话应该我问你才对。"桑谷隽道，"如果你真的想救雒灵，就给我冷静下来。现在急着进去根本无济于事。"

"你放心，"有莘不破道，"这一路来，我就算是激怒攻心，也早已冷静下来了。"

"冷静下来？那还这么无谋地往前冲！"

有莘不破道："都已经来到这里了，难道就这么空手回去不成？我是想去偷袭一番，顺利的话就放一把火，把雒灵所在的位置探出来。不顺利的话，也好探测一下对方的实力，好过现在这样凭空猜想。"

"要真是这样我便放心了。"桑谷隽收了天蚕丝，道，"不过说到偷袭这事情，你可不适合干。这样吧，你上阵前挑战，吸引他们的注意力，我偷偷从地底溜进去窥测。"

有莘不破奇道："你刚才死命拉住我，这会却让我上去当面挑战？"

桑谷隽道："我刚才拉住你，是怕你不顾一切冲上去和人家拼命。你一个人孤掌难鸣，若只是一味往前冲，只怕会把性命送在这里。但你若已经冷静下来了，那堂堂正正上前挑战也不打紧。不过你得答应我一件事情：一旦引出了对方真正的高手，一战就走！不要被对方缠住！"

有莘不破哈哈笑道：“我怕的只是他们拿了灵儿来威胁我，谅他区区北狄，能有什么高手能留难我！”

始均厉正在大帐中享用女俘，突然帐外一阵震动，牙官来报：“有人在辕门外挑战。”

“多少人？”

“一个！”

始均厉怒道：“滚！一个人跟我禀告什么！”抓住身下的女人继续大动。

片刻牙将又来报：“前营八百狼牙将全部被那人杀了。”

“什么？”

牙将在帐外禀道：“那人夺了风马，反向辕门冲来，胡苏族长已亲自上前迎敌。大王是否前去看看？”

始均厉跳了起来，喝道：“替我穿衣！”

才套上裤子，门外来报：“胡苏族长被来人一刀斩于马下，拉婆门族长说那人就是有穷商队的有莘不破！”

始均厉的衣装才匆匆束好，大帐竟然一阵晃动，帐外来报：“四大族长一齐出手，仍然抵挡不住。那有莘不破弄起一阵怪风，把辕门都给刮坏了！四大祭师正全力控制那古怪旋风！”

始均厉拿起玄冰狮头斧，冲了出去，一直冲到辕门。四大族长听到背后呼声，知道大王到了，奋力挡住有莘不破的劲气，跳出圈子。

那歪斜的辕门外，一匹风马踏步在尸体中间，一个男人稳坐在风马背上，手中一把大刀，刀上全是鲜血。

始均厉喝道：“你就是有莘不破吗？”

那男人傲然反问：“你就是始均厉？”

“不错！”

那男人大刀向他一指：“你知道我有莘不破到了部城，居然还敢来犯边，真是不知死活！”

始均厉怒道：“你是什么东西！敢说这大话！”

有莘不破喝道："废话少说，我妻子呢？是不是你派人暗算她的？"

始均厉放声大笑道："原来是找老婆来着。"

有莘不破怒道："姬庆节还说你是一代枭雄！原来全是放屁！你根本连狗熊都不如！"

始均厉一听不由得暴怒："你说什么！"

面对这跺跺脚西北震动的男人，有莘不破丝毫不惧："你不敢和我面对，却用阴谋诡计暗算我的女人，这算是大丈夫的行止吗？始均厉，有胆的出来和我大战三百回合！你要是输给老子，就乖乖把我的雒灵送回来！"

始均厉笑道："既然你急着见你老婆，好，老子就拿你回帐，让你们夫妻相会！"他踏步而来，没走出两步，有莘不破便觉得方圆数十丈内全笼罩在一片肃杀的寒气之中，座下的风马悲鸣一声软倒在地，有莘不破跳了起来，心中大惊："这家伙果然不好对付，还没出手，光这寒气就能冻死人！"眼见敌人强大，他不惧怕，反而兴奋，张开无明甲，晃动鬼王刀，向始均厉杀来。

桑谷隽潜入地底，有心弄一场地震，却怕暴露了目标，当下以寻找雒灵为第一要务。

他一路向北狄大营的中心游去，突然感到一阵若有若无的触动——那是一种不是声音也不是味道的奇异感觉，桑谷隽心头一震："我被人发现了。等等，这种奇怪的感觉……对了，有莘伯伯说过，那是心宗特有的搜索功夫'神察'！只要进入他们的心灵感应领域，哪怕是隐身术也无所遁形！"他当然马上就想到了雒灵："一定是她！只要找到这神察的核心，就是雒灵的所在！"

北狄大营的突然喧哗惊动了雒灵，她竖起耳朵聆听，心道："莫非是不破吗？来得好快！不知道都有谁来了。"

她不敢运起神察，这门法术虽然能感知到一定范围内的所有异动，但如果遇到修为深湛之士，在发现对方的同时也会被对方察觉。雒灵知道二十丈外的那个大祭师已经张开了一个半径百丈的圆形神察领域，自己一有异动马上会被她发现。

“嘿，直径百丈的圆形神察领域，说张开就张开，这份功力可真不是赖的。”她已经猜到那个大祭师的身份了，“‘那不是要用来对付你师姐的吗？’嗯，始均厉所谓的‘师姐’，大概就是师父吧。嘿！原来是师父的师妹、我的师叔。却不知为什么会来到这蛮荒之地。是因为在中原无法容身，还是因为不想面对那个伤心地？沼夷啊，你应该也有段不开心的过去吧。”

桑谷隽慢慢游近那神察领域的核心，正要浮上，突然想起天山上吃的那个大亏，警惕地停了下来，张开“透土之眼”张望，却被一层光华挡住了看不清楚。

桑谷隽心道：“如果雒灵现在的状态能够张开这神察领域，那以她心宗的异能，应当能通知我一些什么信息才对。现在什么消息都没有，连地面也被人用法术遮住了看不清楚，多半是陷阱。这人能张开这么大的神察领域，功力不在雒灵之下！有危险！”

他感情上纠缠不清，处事却甚果断，考虑清楚，马上撤退。他来的时候通畅无阻，但刚动念离开，眼前登时布满了幻象，桑谷隽心道：“果然有古怪。但这里仍然是地底深处。我要是在这里栽给了你，那也太窝囊了。”当即召唤来地鼠带路，断绝了五感，屏息护住心灵，跟着地鼠向辕门方向撤退。

“沼夷在施展靡靡之诱？”雒灵心道，“对象在下方。嗯，是桑谷隽到了。”

沼夷施展心术要把桑谷隽给迷出来，她全心对付桑谷隽，便再无余力维持那么大的神察领域。雒灵舒了一口气，心道：“看这形势，她和桑谷隽大概是僵持着吧。”于是她站了起来，舒展了一下身子，放松了一下精神：“隐藏得真累啊。”又伸手抚摸了一下困住川穹的那块巨大的冰块：“师父说过，太一宗和洞天派之间的关系最为微妙，看来这川穹一定和江离有些关系。但究竟是什么关系呢？”

那厚实的冰块隔断了两人的触觉，却没法隔断雒灵心聆的刺探。雒灵的搜灵之术刚刚接触到川穹的心灵外围，还没来得及有所刺探，川穹竟然醒了过来。

雒灵一怔，心道：“沼夷应该是下了很大的功夫才对，没想到他的睡意居然这么浅，一碰就醒。”

川穹在冰块中没法睁开眼睛，然而雒灵却知道他已经醒了。冰块中晃荡了一下，就像湖面荡起一圈涟漪，兽皮中的少年便在冰块中消失了，跟着凭空出现在雒灵的面前。

两个人面对面，端详着对方。一会儿生出一种似曾相识的感觉，一会儿又觉得对方完全陌生。

川穹看着雒灵好一会，道：“我们……认识吗？”

雒灵摇了摇头。

“可我好像认识你的样子。嗯，感觉上对你又佩服，又……又有点怕，哦，不是怕，该怎么说呢？”

雒灵心道：“大概是忌惮吧。”

“啊！”川穹道，“是忌惮。唉，这个词好像有点深，我为什么会想起这个词来着？”

雒灵心道：“江离对我似乎也是这个感觉。如果都雄魁大人有传人，不知会怎么看我。”

川穹沿着帐篷绕了一圈，道：“这算是一座囚牢吗？”见雒灵点点头，川穹又道：“我应该可以出去。我带你出去怎么样？”

雒灵却又摇了摇头。

“你怕？嗯，不是的，”川穹似乎在自言自语，又似乎在对雒灵说话。从一开始他似乎就没有发现雒灵一直不说话有什么不妥。“难道你是不愿意离开这里？”

雒灵没有点头，也没有摇头，眼睛向下望着地面，让川穹猜测不出她的态度。

“你不走的话，我可要出去了。那个女人，还有那个胡人似乎不好对付，他们两人联手我斗不过，不想再遇见他们了。你要是不走的话，有什么要我帮你的吗？”

雒灵心中希望看到有莘不破不顾一切来救她，但又害怕沼夷那个阵法太过厉害，有莘不破没救出自己，反而失陷在那个阵法之中。“她要拿来对付师父，想必那阵法十分厉害。但我又不想直接出手，该怎么办呢？”想了一想，有了主意，转过身去，后背侧对着川穹。

川穹道：“你要我拿什么东西吗？”见雒灵点头，便伸出手去，他的手竟然穿过了雒灵的衣服和身体，就像伸入水中一样。收回来时，手中已经多了一把剑——正是雒灵在大漠绿洲中超度十万怨灵的天心剑。

川穹拿着天心剑，看了一会，道：“你要我拿这把剑去给某人？你的朋友？”见雒灵示意肯定了自己的说法，又道：“可是我怎么知道你的朋友是谁呢？”见雒灵望向南方，川穹道：“南方？哦，正好，姐姐不也正是从南方过来吗？我最后那一个传送太过匆忙了，连自己也不知道把她送到哪里去了。羽毛偏偏又不见了……不过，往南方走的机会也许大一点吧。”

桑谷隽逃脱了沼夷的迷象，冒出地面，已在辕门之外。有莘不破见他出来，却不见雒灵，叫道：“怎么样了？雒灵呢？”心神微分，始均厉的寒气马上侵入，冻结了他的双臂，沿着血气直逼心脏。

桑谷隽天蚕丝飞出，一面注入真力帮有莘不破抗寒，一面要把他拖回来。始均厉竟不追赶，但桑谷隽把有莘不破拖近一步，便觉得身边的寒气浓烈了三分，等到把有莘不破拖到身边，只觉脚下一片冰凉，连大地也被冻住了，土壤中的湿气化作无数冰珠把地面冻得硬若铜石，就是要施展遁地之术也不能了。

桑谷隽一推有莘不破，只见他牙齿上下碰撞，全身发抖，手脚竟然没法动弹，只能强催真气布开无明甲护住全身。

桑谷隽挡在有莘不破面前，眼见始均厉踏步而来，心道：“挡他一时片刻，等不破回过气就什么都不怕了。”突然眼前一晃，始均厉一个变两个，两个变四个，瞬间眼前出现万千个始均厉，压得自己透不过气来。桑谷隽心知是幻象，不由大骇："不妙！那心宗的高手也跟来了。这两人联起手来，只怕……"

他一拍有莘不破的肩膀，道："不破，没办法，得出真功夫了！"双手按地，北狄大营前面，一座土山隆起，桑谷隽竟然在举手投足之间就召唤出了独狢！雄浑的空间扭曲力量在那一瞬间抵消了沼夷幻象的影响，独狢长啸一声，大地土潮狂涌，泥沙如浪向北狄大营冲去。

有莘不破哈哈大笑，道："没想到决战提前开始了！也罢，我们就代公刘灭了这支蛮族！让西北华族可以在这片土地上安心生活！"于是施展开法天象地之术，整个人变得如独狢般巨大，一脚踩下，踏烂了十几个军帐！

北狄诸族仰望着这一人一兽，一些人惶恐地大叫起来："夸父！夸父！"更有一些人惊惶得跪在地上，顶礼膜拜。

始均厉嘴角不断颤动，他猛地回头望向沼夷："夸父一族还有后人？这个少年，是夸父的后代？"

"夸父一族已经死尽死绝了！"沼夷道，"这是当年力牧[①]为了抵抗夸父而创制出来的武技，叫做法天象地。当今之世会这一招的，应该只有季丹洛明，这小子莫非是季丹洛明的传人。"

始均厉眼见北狄诸部在有莘不破与桑谷隽的威胁下渐渐失去了战意，冷冷道："别说是季丹洛明的传人，就算他本人到来，既敢惹我，今天我也要将他留下！"

有莘不破哈哈笑道："好大的口气！可惜只会吹牛皮！"

始均厉冷笑道："别说幻化的身体，就算是夸父始祖亲自来了，见到了我也得死！"他双手朝天空一伸，一股云气忽然从四面八方卷了过来，弥漫了整个万丈苍穹！

整个天空陡然间全部暗了下来，似乎始均厉双手的阴影已经覆盖了整片大地！就连独狢，也在这可怕的威势之下显得靡馁起来。

有莘不破吃一惊道："这是什么妖法？"

---

① 力牧：上古轩辕族英雄，黄帝手下四大名将之一。

“这不是妖法！”桑谷隽道，“是有神兽要现世，而且是像白虎那样的战斗神兽！”

有莘不破道:“能是什么神兽！”

苍穹之上，云影相连，幻化出了一头巨大的龙之形象。但这头巨龙与江离所召唤出来的龙不同，它的背部竟有一双巨大的翅膀，双翅张开，竟而笼罩了数百里的天空。

整个天空似乎都已经被这头神兽所掌控，整个大地都因为这头神兽的出现而颤抖！邰城外，姬庆节惊恐地站了起来，失声叫道:“应龙！”

无数华族百姓吓得跪伏在地，无数北狄部族则欢呼了起来。

“应龙，应龙！”独狢颤抖起来，“竟然让我遇到了应龙！”它刚刚是何等的威武，这时却瑟缩起来，应龙之形尚未完成，独狢却已浑身发颤、匍匐在地动也不能动。这是轩辕黄帝手中攻击力最为强大的大杀器，这是连蚩尤也曾被它杀死过一次，连夸父族也被它屠杀殆尽的无敌神兽——应龙！

可是，只服从轩辕黄帝一人的神兽，为什么会出现在这西北的天空，为什么会服从一个北狄首脑的召唤?

雷声轰轰响起，每一寸雨丝竟然都夹杂着渗入骨髓的寒意，落到身上，连拥有护身气劲的有莘不破都觉得难受，落到草木上，草木立即冰冻，落到大地上，大地马上冰封……

激发个人成长

多年以来，千千万万有经验的读者，都会定期查看熊猫君家的最新书目，挑选满足自己成长需求的新书。

读客图书以“激发个人成长”为使命，在以下三个方面为您精选优质图书：

1、精神成长

熊猫君家精彩绝伦的小说文库和人文类图书，帮助你成为永远充满梦想、勇气和爱的人！

2、知识结构成长

熊猫君家的历史类、社科类图书，帮助你了解从宇宙诞生、文明演变直至今日世界之形成的方方面面。

3、工作技能成长

熊猫君家的经管类、家教类图书，指引你更好地工作、更有效率地生活，减少人生中的烦恼。

每一本读客图书都轻松好读，精彩绝伦，充满无穷阅读乐趣！

认准读客熊猫

读客所有图书，在书脊、腰封、封底和前后勒口都有“**读客熊猫**”标志。

两步帮你快速找到读客图书

1、找读客熊猫

2、找黑白格子

马上扫二维码，关注“**熊猫君**”

和千万读者一起成长吧！